KB259902

의학의 초보자

의학의 초보자

ⓒ 들녘 2010

초판 1쇄 발행일   2010년 2월15일
초판 2쇄 발행일   2010년 5월24일
지은이 가이도 다케루
옮긴이 지세현
펴낸이 이정원
책임편집 곽성규
펴낸곳 도서출판 들녘
등록일자 1987년 12월 12일
등록번호 10-156
주소 경기도 파주시 교하읍 문발리 파주출판단지 513-9
전화 (마케팅) 031-955-7374 (편집) 031-955-7382
팩시밀리 031-955-7393
홈페이지 www.ddd21.co.kr
ISBN 978-89-7527-906-5 (04830)
      978-89-7527-900-3 (세트)

값은 뒤표지에 있습니다.
잘못된 책은 구입하신 곳에서 바꿔드립니다.

醫學のたまご
의학의 초보자

가이도 다케루 지음
지세현 옮김

들녘

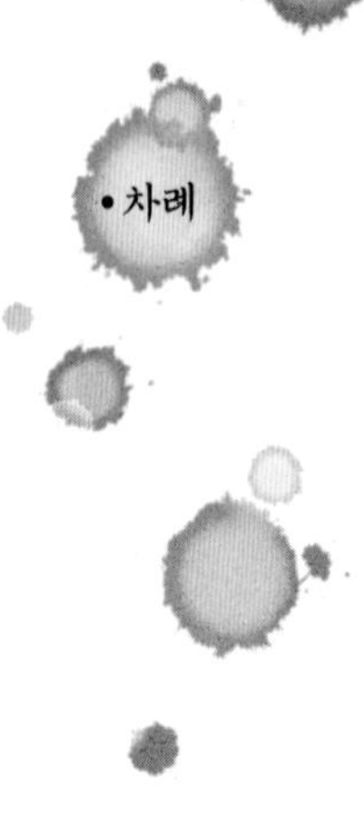

제1장

아버지께서 말씀하셨지, "세계는 주문과 마법으로 이루어
져 있다"라고.

　내 이름은 소네자키 카오루. 사쿠라노미야 중학교 1학년
이다. 이름이 여자 같아서 솔직히 좀 창피하다. 우리 학교는
사복을 입는다. 나는 그게 불만이다. 차라리 교복을 입었으
면 좋겠다. 그러면 이름을 부르고 나서 남자인지 여자인지
묻는 일도 없을 거고, 집안일을 도와주는 야마사키 아줌마
에게 옷 때문에 이러쿵저러쿵 잔소리를 듣는 일도 없을 텐데.
　나한테는 애지중지하는 노트가 한 권 있다. 겉장은 노란색
이다. 나는 그 노트 첫 페이지에 "세계는 주문과 마법으로 이
루어져 있다"고 써 놓았다. 언젠가 아버지가 해준 말인데, 나
는 그 말을 정말 좋아한다. 아니, 제일 좋아한다.

아버지가 하는 말 중에는 알아들을 수 없는 게 더 많다. 물론 시간이 지나면서 자연히 알게 되는 것도 있기는 하다. 사실 나는 아버지와 좀 더 자주 이야기를 나누고 싶다. 하지만 그러지 못 한다. 다른 애들처럼 나 역시 아버지한테 일종의 거리감을 느끼니까. 하긴 나이든 사람이 중학교 1학년밖에 안 된, 그것도 제멋대로인 열세 살짜리 아이와 잘 어울린다면 그게 더 의심스럽지 않을까?

아버지는 〈게임이론〉이라는 학문 분야에서 대단히 존경받는 학자인 듯하다. 아버지 사진과 기사가 신문에 가끔 오르는 걸 보면. 하지만 주로 과학지면에서 다루는 것들이라 나는 솔직히 읽어도 무슨 말인지 잘 모른다. 다만 모르는 티를 내기 싫어서 아는 척할 뿐이다. 그러면 눈치 빠른 아버지는 내가 알아들을 수 있도록 쉽게 설명해주신다. 바로 그 때가 내가 감동하는 순간이다. 그래서 몰래, 아버지가 한 말을 노트에 적어두기도 한다.

2월도 중순이 되었다. 그러고 보니 올해는 윤년이다. 잎이 다 떨어진 은행나무를 멍하니 바라보고 있는데 문득 미치코한테서 발렌타인데이 초콜릿도 못 받았다는 게 생각났다. 그때 갑자기 누군가 내 이름을 불렀다. 거친 목소리다.

"카, 오, 루 짱!"

1학년 B반의 문제아 히라누마 유스케. 보통은 '헤라누마'

라고 부른다. 내 이름을 여자처럼 부르는 걸 싫어한다는 사실을 뻔히 알면서도 그 애는 나를 그렇게 부른다. 괴롭히려는 수작이다. 이럴 땐 아버지의 충고대로 '그냥 무시하는 게' 상책이다.

"카오루야! 남을 괴롭히는 건 말이다, 게임이론에 따라 설명하자면 진을 빼는 거야. 괴롭히는 녀석들은 다 소인배야. 자기보다 약한 자를 괴롭혀서 자신의 심리적 영역을 지키려는 불쌍한 녀석들이지. 자기 주제도 모르면서 남을 얕잡아보는 놈들한테는 딱 한 가지 대응책밖에 없어."

나는 고개를 끄덕였다.

"삼십육계 줄행랑! 맞죠?"

아버지는 만족스러운 표정을 지었다.

"그래. 세상 대부분의 일은 도망치는 걸로 해결된다. 맞서 싸우느라 에너지를 낭비하는 건 바보 같은 짓이지."

나는 고개를 끄덕이면서도 히라누마 유스케 즉, 헤라누마가 결코 소인배는 아니라고 생각했다. 한심한 녀석도 아니다. 더구나 도망치기만 하는 건 잘못된 방법이다. 내 생각은 그렇다.

아버지가 문제를 두고 늘 도망만 쳤기 때문에 결국 어머니도 쌍둥이 중 하나인 시노부를 데리고 집을 나간 게 아닐까?

아버지와 어머니가 헤어진 것은 우리가 태어난 직후의 일이다. 그래서 나는 이의 한 번 제기하지 못하고 그대로 받아

들여야 했다. 때문에 어머니가 어떤 분이었는지는 잘 모른다. 다만 우리 아버지가 나사가 하나 빠진 듯한 사람이라는 것을 알 뿐!

아버지는 원래 도쿄의 테이카 대학에서 본격적으로 게임 이론을 연구하고 싶어 하셨다. 하지만 천식 증세가 있는 나 때문에 도쿄보다는 사쿠라노미야 시를 택하셨다.

물론 나의 추측이다. 아버지가 야마사키 아줌마에게 하는 이야기를 몰래 듣고 안 일이니까. 말하자면 비합법적인 경로를 통해 얻은 정보라 그게 사실인지 아닌지는 확인할 수 없다. 하지만 주거지가 도쿄든 시쿠라노미야든 나한테는 별로 상관없다. 어차피 아버지는 겸임하고 있는 매사추세츠대학에서 1년의 거의 대부분을 지내고 있으니까.

언제나 그랬듯이 헤라누마가 나를 또 귀찮게 하겠지, 하고 생각하고 있는데 그가 갑자기 신중한 표정으로 내게 말했다.

"야, 소네자키, 듣는 거야?"

나는 깜짝 놀라 헤라누마를 보았다. 선생님도 안 계신 데서 녀석이 내 이름을 제대로 부르다니. 정말 뜻밖이다.

"응, 듣고 있어. 뭔데?"

"스즈키 선생님이 너를 찾아. 교무실로 오래. 무슨 일이냐?"

"글쎄."

헤라누마가 걱정하는 것도 당연하다. 우리들 담임은 타나카 요코 선생님이고, 스즈키 선생님은 교감 선생님이다. 교감 선생님한테 불려간다는 건 우리처럼 평화로운 중학교에서는 드문 일이다.

나는 잔뜩 긴장해서 교무실로 간다. 묵직한 문을 열자 팔짱을 낀 스즈키 교감 선생님이 서 있다.
"늦었네, 소네자키 군! 이쪽으로 따라와."
스즈키 선생님이 총총 걸음으로 앞서 가신다. 나는 교감 선생님의 마른 등을 보며 따라갔다.
대체 어디로 가는 거지?
교감 선생님이 어느 문 앞에 멈춰 섰다.
"들어가자. 손님이 기다리신다."
교장실이었다. 망설이고 있는 사이, 내 눈 앞에서 천천히 문이 열렸다. 나는 교감 선생님이 시키는 대로 교장실에 들어섰다.

태어나서 처음으로 들어가 본 교장실. 교장 선생님이 대머리여서 우리는 늘 '찐 계란'이라 부른다. 영어 교과서에 나오는 삶은 계란 삽화와 똑같이 생겨서 붙인 별명이다.
찐 계란 교장 선생님 건너편에 처음 보는 아저씨가 앉아 있다. 검은색 양복을 말쑥이 차려 입고 넥타이도 맸다. 옷차림이 늘 엉망인 아버지와 정반대다. 교장 선생님이 그를 향해 미소 지으며 말했다.

"이 아이가 소네자키 카오루입니다."

내가 인사를 하자 교장 선생님이 말을 이었다.

"갑자기 불러서 놀랐겠구나. 실은 지난번에 치렀던 잠재능력 시험 건 때문에 불렀다."

불길한 예감. 나도 모르게 어깨가 움찔했다.

잘 봤을 거라고 생각했는데 불려오다니……. 혹시 이름 쓰는 걸 잊어버렸나?

교장 선생님은 내 생각 따윈 안중에도 없는 것처럼 보였다.

"그 시험에서 자네가 전국 1위를 했다."

땡땡땡! 머리에서 종소리가 났다. 어어어? 뭐라고? 그럴 리가? 너무 놀라서 넋이 나갈 지경이다. 어느 정도 좋은 성적을 받으리라고 예상은 했지만 일본에서 1등을 하다니…….

사실 내가 좋은 성적을 받는 건 당연한 일이었다. 시험 문제를 출제한 사람이 다름 아닌 우리 아버지였으니까. 그리고 나로 말하자면, 아버지가 문제를 만들 때 옆에서 도왔으니 그 시험에 어떤 문제가 나오는지 불 보듯 훤히 알 수밖에.

그뿐만이 아니다. 나는 문제를 만든 당사자로부터 문제 푸는 요령까지 배웠다. 내가 답을 틀리게 말할 때마다 아버지는 즐거운 듯 말했다.

"어이, 드디어 걸려들었다. 좋아, 카오루! 이 문제는 여기, 이 부분에서 피타고라스의 정리를 써야 돼!"

"이런 거, 보통 중학생들은 절대 풀지 못 해요. 곱셈을 하는데 왜 피타고라스의 정리를 사용하는지 정말 모르겠네!"

"문부과학성에서 경이적인 문제를 만들어 달라고 했거든."

"아무리 그래도 그렇지, 이건 너무 꼬았어요."

"아무튼 전국 평균 점수를 30점 정도로 해달라고 요구하더라. 이런 시험은 대개 평균 점수를 60~70점 정도로 나오게 만드는데. 도대체 그 오하라라는 여자는 무슨 생각으로 그러는지 모르겠다."

오하라 씨는 아마도 문부과학성 사무관인 모양이다. 사람 이름 외우는 것을 싫어하는 아버지가 기억하고 있는 걸 보면, 그 여자는 대단히 똑똑하거나 여느 사람하고 좀 다른 인간인 게 틀림없다.

이렇게 말하면 아버지와 내가 책상 앞에 나란히 앉아 사이좋게 문제를 검토하고 있는 모습을 떠올리겠지만, 사실 이 대화는 컴퓨터를 통해 태평양 저쪽 편과 이메일로 주고받은 것이다. 말하자면 엄청 까다로운 문제들을 통신교육의 혜택으로 풀어낸 셈이다.

시험을 치르던 날, 나는 문제를 보자마자 휘파람을 불었다. 그리고 콧노래를 부르며 문제를 풀어나갔다.

교장 선생님은 우리 아버지가 문제를 만들었다는 사실을 모른다. 누가 문제를 만들었는지 아는 사람은 몇 명 안 된다고 했다. 이른바 초특급 비밀 사항이라는 것이다. 아버지는 내게 자랑스럽게 말했다.

"카오루, 이 일은 절대 비밀이야. 무심코 입을 잘못 놀렸다가는 일이 복잡해져. 선생님들이 문제를 알고 싶어서 우리 집으로 쳐들어올지도 몰라."

나는 고개를 끄덕였다.

자유경쟁시대가 되면서 초등학교와 중학교도 성적 관리에 신경을 곤두세웠다. 얼마 전에도 학생들의 성적을 올리기 위해 편법으로 문제를 가르쳐준 선생님 이야기가 뉴스에 나왔다. 그러니 아버지가 출제위원이라는 사실을 알게 되면 우리 학교 선생님들이 안달할 건 뻔한 일이다. 처음 그 뉴스를 들었을 때 나는 치사하다고 화를 내기는커녕 부럽다고 생각했다. 그러니 다른 말을 해 무엇 힐 것이며, 아버지가 걱정하는 것도 당연한 일 아니겠는가? 그런데 우습게도 사태는 전혀 다른 방향으로 전개되고 있었다.

'하긴, 아버지가 하는 일이 언제나 그렇지 뭐.'

세계적인 게임이론 학자인 소네자키 신이치로의 약점은 정작 자기 주변의 일을 게임이론으로 예측하는 데엔 몹시 취약하다는 것이다. 아버지는 제일 중요한 사실을 잊고 있었다.

아들인 내가 중학교 1학년이기 때문에 '잠재능력시험'을 치러야 한다는 사실을. 아버지는 그저 중학생인 내가 뭘 잘 풀고 뭘 잘 못 푸는지에만 관심이 있었던 거다. 좀 더 엄격한 사람이었다면 이런 사태쯤은 얼마든지 예방할 수 있었을 텐데. 이게 바로 아버지가 말하는 '게임이론의 특이점'일까?

뜻밖의 사태.

더욱 기막힌 것은 내 앞에 앉아 있던 아저씨의 한마디였다.

"소네자키 군! 대학에서 의학을 연구해볼 생각은 없나?"

나는 그 말이 무슨 뜻인지 몰라 반사적으로 되물었다.

"그러니까 저더러 대학에 놀러 오라는 뜻인가요?"

아저씨는 당혹스러운 표정으로 고개를 저었다.

"놀러……? 아니. 의대에서 의학을 연구하면서 공부해보지 않겠냐는 뜻이야."

나는 아저씨의 얼굴을 멀뚱멀뚱 쳐다보았다. 정말요? 지금은 2월 중순, 다음 학년이 되기까지 한 달이나 남았다. 중학교 2학년에 올라가는 것도 버거운 마당에 의대에 입학하라니, 아저씨 지금 농담하는 거죠?

대학에서 온 아저씨가 내게 명함을 내밀었다. '해부'라는 글자가 눈에 들어왔다. 도쿄 대학 의학부 종합해부학 연구실 교수 후지타 카나메. 나는 조심스럽게 물어보았다.

"저, 그 시험에서는 운이 좋아서 성적이 잘 나온 거예요. 보통 땐 성적이 엄청 나쁜데……."

옆에 있던 교감 선생님이 한마디 덧붙였다.

"모처럼 요청하신 말씀에 찬물을 끼얹는 것 같지만, 사실 저 학생 말이 맞습니다. 소네자키 군이 겸손을 떠는 게 아니에요. 정말입니다. 대학에서 연구한다는 건 아무래도 무리일 거 같습니다."

스스로 인정하는 건 사실 괜찮다. 하지만 다른 사람이 나에 대해 이렇게 단언하니 갑자기 발끈해졌다.

후지타 교수가 고개를 흔들며 미소 지었다.

"아닙니다. 그렇지 않습니다. 잠재능력 시험을 통해 자신도 모르는 숨은 재능을 발견하는 경우가 많습니다. 소네자키 군처럼 일반적인 성적은 나쁜데 잠재능력시험에서 좋은 성적을 얻는 경우가 오히려 이상적이죠. 바꾸어 말하면 통상적인 교육 환경에서는 스포일 될 수 있는 뛰어난 재능을 갖고 있다는 뜻입니다. 소네자키 군이야말로 우리가 찾는 미래의 아인슈타인, 사쿠라노미야의 자랑이 될 가능성이 높은 인재일지도 모릅니다."

"스포잇이 무슨 뜻입니까?"

내가 작은 소리로 묻자 스즈키 교감 선생님이 얼른 대답했다.

"스포잇이 아니라 '스, 포, 일' 즉 사장된다는 뜻이다."

옆에서 이야기를 듣고 있던 찐 계란 교장 선생님이 얼굴을 찌푸렸다. 기분이 안 좋은 모양이다. 후지타 교수의 말은 내가 재능을 발휘하지 못 한 이유가 잘못된 교육 방식에 있다는 뜻이니까.

후지타 교수는 교장 선생님의 표정 변화에는 전혀 개의치 않고 당당하게 말을 이었다.

"사실 나는 평준화된 획일적인 교육체제에 늘 의문을 갖고 있었습니다. 소네자키 군이 이 학교에서 그다지 뛰어난 성적을 올리지 못한다면 도쿄 대학 의학부에 한 번 맡겨보시는 게 어떻습니까? 밑져야 본전 아닐까요?"

나를 포함해서 그 자리에 있던 세 사람 모두 기분이 불쾌해졌다. 교장과 교감 선생님은 면전에서 당신들의 교육 방식이 잘못됐다는 얘기를 들어서 그랬고, 나는 '밑져야 본전'이라는 표현 때문에 그랬다.

하지만 나는 이미 아버지로부터 교수라는 사람들에 대해 들은 바가 있어서 그냥 넘어가기로 했다. 아버지는 교수들을 일컬어 '자신이 제일 뛰어나다고 생각하는 원숭이 나라의 대장 원숭이'라고 말하곤 했으니까.

갑자기, 후지타 교수의 제안이 굉장히 매력적으로 다가왔다. 지루하고 음울한 교실에서 탈출할 수 있는 절호의 기회! 이런 기회를 잡기란 흔치 않은 일인데.

교장 선생님이 대답했다.

"먼저 소네자키 군 아버님께 여쭤봐야겠습니다. 이 자리에
선 답변을 드리기가 곤란하군요."

나는 기회를 놓칠세라 얼른 끼어들었다.

"아버지는 매사추세츠대학에 출장 중이어서 연말이나 돼
야 돌아오세요."

후지타 교수의 눈이 둥그레졌다.

"그럼, 지금 혼자 살고 있다는 말인가?"

후지타 교수는 내가 아버지와 같이 살고 있는 줄 알았던
모양이다.

"아뇨, 집안일을 도와주는 야마사키 아줌마랑 같이 있어
요. 이런 일은 이메일로 의논하고요. 집에 가자마자 아버지
께 메일을 보낼게요."

"아니, 그것보다는 전화로 직접 승낙을 받는 게 좋겠는데."

후지타 교수의 말에 나는 고개를 저었다.

"아비지는 연구 중에는 진화를 받지 않아요. 주위가 산만
해진다고 피하세요. 나중에 메일만 확인하십니다. 그러니까
제가 우선 메일을 보내놓을게요."

후지타 교수가 내 얼굴을 쳐다보며 말했다.

"그럼 자네는 대학에서 공부하길 원하는 건가?"

나는 고개를 끄덕였다.

"네. 중학교 과정은 적성에 잘 안 맞지만, 의학은 좀 다를

거 같아요. 잘할지도 모르겠습니다.”

교장과 교감 선생님이 멍하니 내 얼굴을 바라보았다. 교장 선생님이 송구스러워하며 대답했다.

“죄송합니다. 아직 좌우도 구분 못하는 어린 아이라서…….”

후지타 교수가 호탕하게 웃었다.

“아닙니다. 이 정도 패기는 있어야지요. 이거 원, 진짜 보석을 찾은 거 같은데요?”

그가 내 얼굴을 보며 계속 말했다.

“확실히 의학 쪽이 더 간단할지도 모릅니다. 소네자키 군을 기다리면서 수학 교과서를 보았는데 계산이 너무 어렵더군요. 내가 보장하죠. 수학보다는 우리 의학 쪽이 훨씬 간단하다는 거 말입니다.”

교장 선생님이 스즈키 교감 선생님에게 말했다.

“그러면 담임인 타나카 선생님을 불러 의논합시다. 소네자키 군은 일단 교실에 가 있어요. 아버지께 보낼 편지를 써줄 테니까.”

교실로 돌아오니 1학년 B반 아이들이 호기심에 찬 얼굴로 나를 맞이했다.

“카오루, 무슨 일이니? 또 야단맞았지?”

반장인 신도 미치코가 물었다. 미치코는 우등생이지만 잘 난 체 하는 법 없이 나를 잘 도와준다. 소꿉친구라는 것이 가장 큰 이유이긴 하지만.

헤라누마가 떨떠름한 표정으로 말했다.

"말하면 잔소리지. 숙제도 만날 안 해오는데, 혼 날 일밖에 더 있겠어?"

그 말을 듣는 순간 버럭 성질이 났다. 그래서 나도 모르게 사실을 폭로해버렸다.

"잘못 짚으셨네. 네가 생각한 거랑 완전 다른 이야기거든."

"그럼 대체 뭐야? 얼른 말해봐."

헤라누마가 발끈하며 되받아쳤다. 나는 순간 주저했다. 학교 공부도 못하는 주제에 천재 소리를 듣다니. 누가 봐도 웃을 게 뻔하다. 그리고 이상하게도 이 사실을 발설하는 순간 나도 모르는 엄청난 힘에 끌려갈 것 같다는 생각까지 들었다. 그렇지만 나는 결국 조금 전 있었던 일을 몽땅 털어놓고야 말았다. 나를 둘러싼 호기심에 찬 시선들 때문에.

"도쿄 대학 의학부에 입학하게 됐어."

아이들이 일제히 "뭐야!"라고 소리쳤다. 끝내주는 하모니였다. 무대 위에서 합창을 할 때는 선생님이 아무리 다그쳐도 못했으면서!

"말도 안 돼. 어떻게 그런 일이 있을 수 있어?"

등 뒤에서 광분한 목소리가 들려왔다. 도수가 높은 안경을 쓴 미타무라 유이치였다.

"소네자키가 나보다 성적이 좋은 건 사회과목 뿐이야. 그것도 딱 한 번! 지난번에 치렀던 모의고사에서도 나보다 2512등이나 뒤졌는데, 어떻게 그런 일이 벌어질 수 있어? 네가 어떻게 명문 도쿄 대학 의학부에 들어갈 수 있냐고? 그것도 아직 중학교 1학년인 주제에."

나는 쓴웃음을 지었다. 미타무라다운 발언이다. 녀석은 중학생이 대학에 간다는 사실보다 모의고사 시험 성적이 자기보다 떨어지는 내가 자신이 희망하는 대학에 들어간다는 사실에 충격을 받은 모양이었다. 녀석 머릿속은 분명 모의고사 순위와 학급 성적들로 가득 차 있을 것이다. 반 아이들 모의고사 순위를 암기할 시간이 있으면 차라리 『삼국지』라도 읽을 것이지. 그러면 세상을 보는 눈이라도 넓힐 수 있으련만. 이런 쓸데없는 소리나 지껄이고 있으니 사쿠라노미야 시에서 153등밖에 못하지. 아, 내가 미타무라의 모의고사 성적을 아는 건 녀석이 곧잘 자기 등수를 자랑하면서 다니기 때문이다. 우리 반 애들도 다 아는 일이다.

미치코가 미타무라를 돌아보며 말했다.

"충격 받았냐? 너보다 성적이 낮은 소네자키가 명문대에 가게 돼서?"

미타무라의 얼굴이 마구 일그러졌다. 지금 막 지구 멸망 소식을 듣기라도 한 것 같았다. 하긴 나라도 그랬을 거다. 미타무라는 도쿄 대학을 목표로 공부벌레라는 오명까지 참아 가며 열심히 공부했는데!

나는 위로할 겸 한마디 덧붙였다.

"세상 일이 다 그렇잖아!"

그러자 미타무라가 입을 꾹 다물고 나를 노려보았다. 내 딴에는 위로하려고 내뱉은 말인데, 그게 오히려 빈사 상태에 빠진 미타무라를 한 방에 날려버린 것 같았다. 내가 하는 일은 언제나 이렇다.

문이 찰칵 열리고 담임인 타나카 선생님이 들어왔다. 아이들이 한꺼번에 왁자지껄 물어보는 바람에 선생님은 멍하니 서 있었다. 미치코가 질문 공세를 가르며 말했다.

"얘들아, 잠깐. 선생님이 당황하잖아!"

그러더니 미치코가 대표답게 질문했다.

"소네자키가 도쿄 대학에 입학한다는 게 무슨 뜻이에요?"

학생들의 시선이 일제히 선생님에게 집중됐다. 선생님은 얼굴이 벌게져 잠시 생각에 잠겼다.

"저기……. 그러니까……."

교실 안은 순식간에 물을 끼얹은 듯 고요해졌다. 타나카 선생님의 음악시간에는 한 번도 없었던 일이다. 모두 긴장된 표정으로 선생님의 답변을 기다렸다. 나 역시 그랬다. 이 사건에 대해서 누구보다 사정을 잘 알고 있었으니까. 어떤 답변이 나올지 마음이 초조했다. 하지만 타나카 선생님은 아주 훌륭하게 우리의 기대를 저버렸다. 뭐, 보통 때 선생님의 행동을 생각해보면 어느 정도는 예상할 수 있는 일이지만.

"……나도 잘 모르겠다."

"왜 제가 아니라 소네자키죠?"

미타무라가 재빨리 말을 가로채고 나왔다. 건방진 놈! 이런 태도는 분명 의사인 아버지가 녀석을 어렸을 적부터 오냐오냐한 탓이다. 영재교육의 하사품인 셈이랄까? 이해할 수 없는 게 있으면 바로 질문하고, 답을 얻고, 판단하고……. 일종의 우월감이겠지.

"지난번에 모두들 잠재능력시험을 치렀잖니?"

"아, 그 이상한 시험이요?"

미치코가 틈을 놓치지 않고 끼어들었다. 미타무라는 우월감에 젖은 눈초리로 미치코를 쳐다보았다. 모의고사 성적만 놓고 보자면 미타무라가 분명 미치코를 조금 앞선다. 하지만 도토리 키 재기다. 게다가 공부벌레라는 별명을 가진 미타무라와 달리 미치코는 수업 시간 외에는 공부를 하지 않는다. 반 아이들 모두 미치코의 지능이 미타무라보다 훨씬 높을 거라고 생각하는 건 그런 이유에서다. 그래서 눈치 빠른 미타무라도 자기 성적이 더 높다는 사실을 일부러 떠들고 다니는 것이다. 물론 미치코는 전혀 신경 쓰지 않는다. 덧붙여 미타무라는 치사하게도 미치코의 지난번 모의고사 순위가 230위였다는 것을 은근히 떠벌리고 다닌다.

그때 선생님이 말씀하셨다. 선생님의 한마디는 미타무라에게 굉장한 충격을 안겨주고 말았다. 뇌를 죽창으로 찌르는 것 같은 충격을.

"실은 그 시험에서 소네자키가 전국 1위를 했다."

"뭐라고요?"

감탄스런 하모니다. 「날개를 주세요」(일본 교과서에 수록된 노래로 합창곡으로 널리 불리는 노래-옮긴이)의 클라이맥스 2부 합창이 훌륭하게 맞아 떨어졌다. 이대로만 한다면 교내 합창대회는 물론 지역 합창대회에서 1위를 하는 일쯤은 따 놓은 당상일 거다.

"믿을 수 없어!"

이번에는 나 역시 다른 애들과 똑같이 합창했다.

대단해! 이 정도면 전국 합창대회 출전감이다. 단 한 사람, 미타무라만이 충격에 휩싸인 채 말문을 닫고 있었다.

정적을 깬 사람은 우리 반의 무법자 헤라누마였다. 녀석은 정말 규칙을 깨는 데 일가견이 있는 놈이다.

"소네자키! 너 커닝했지!"

앗, 바로 그거다. 어떻게 알았지? 그래서 내가 이 녀석을 깔볼 수가 없는 것이다. 하지만 그 순간 내 머리 속에 아버지의 교훈이 선명한 사진처럼 떠올랐다.

'게임이론 원칙2, 티핑포인트를 사수하라!'

나는 본능적으로 지금 이 순간이 그럴 때라고 생각했다.

"바보 같은 놈! 내가 일본에서 제일이라잖아. 내가 1등인데 어떻게 커닝을 하냐?"

뜻밖의 일격에 무법자 헤라누마는 물고기 밥이 되었다. 후하하하하! 헤라누마, 넌 역시 소인배일 뿐이야!

그러나 나는 아버지의 가르침 중 가장 중요한 부분을 잊고 있었다.

'무엇이든 지나친 건 좋지 않다. 적당한 것이 제일이다.'

이건 아버지가 하는 말 중에서 가장 일반적인 내용에 해당한다. 화장실에 걸려 있는 달력의 글처럼 금방 잊어버리고 마는, 그리고 나중에야 그 말이 얼마나 중요한지 깨닫게 되는 문구. 하지만 나는 멍청하게도 눈앞의 작은 승리에 도취되어 아버지의 충고 따위를 생각할 겨를이 없었다.

그때 문이 열렸다. 스즈키 교감 선생님이 들어왔다. 늘 그렇듯 조급하게 타나카 선생님에게 말했다.

"타나카 선생님! 이런 중요한 편지를 놓고 가시다니요?"

“죄송합니다, 교감 선생님!”

타나카 선생님이 고개를 숙였다. 익숙한 모습이다. 아마 교무실에서도 이런 식으로 혼날 것이다. 그렇지만 교감 선생님이 지나치게 신경질적인 사람이라는 것도 분명한 사실이다.

미치코가 다시 입을 열었다. 최고의 정보원을 그냥 보낼 리 없다.

“교감 선생님! 소네자키가 의대에 입학한다는 게 사실이에요? 그럼 사쿠라노미야 중학교는 그만두는 건가요?”

교감 선생님의 표정에 온기가 돌았다.

“그래그래, 모두들 궁금하겠지. 이제 곧 종례 시간이니까 내가 자세하게 설명해줄게.”

모두들 부동자세로 앉아 교감 선생님의 말을 기다렸다. 명령을 받은 것도 아닌데. 어수선했던 아침조회시간과는 딴판이다. 스즈키 교감 선생님은 작게 헛기침을 한 후 말을 이었다.

“소네자키가 일전에 치른 전국통합잠재능력시험에서 전국 1등을 했다.”

교감 선생님은 내 얼굴을 잠시 쳐다보더니 작은 소리로 중얼거렸다.

“나도 믿을 수 없지만.”

교감 선생님은 심기일전하여 다시 말을 이어나갔다.

“그래서 문교부, 아니 문부과학성이 중심이 되어 전국 상위 다섯 명에게 특별 교육을 실시하자는 의견이 나왔다. 말하자면 '월반 시스템'을 적용한다는 얘기지. 몇몇 대학이 이 아이들에게 입학을 허용했고, 주거지를 고려한 결과 세 개의 월반 교육 프로그램이 만들어졌다. 그 중 하나가 소네자키와 도쿄 대학 의학부의 결합이고."

스즈키 선생님은 키가 작고 좀 시끄러운 사람이지만, 아이들한테는 무엇이든 아주 차근차근 설명해준다. 그 점은 나도 마음에 든다.

미치코가 말을 가로막았다.

"교감 선생님! 중요한 대답을 안 해주셨어요. 소네자키는 중학교를 그만둬야 하나요?"

선생님의 얼굴에 미소가 번졌다.

"미안, 미안! 소네자키는 학교를 그만두지 않는다. 대신 일주일에 두 번 도쿄 대학 의학부로 가서 연구할 거다. 물론 중학교 공부도 병행할 거고."

앗! 이럴 수가!

지리하고 따분한 새장에서 탈출한다는 꿈은 망상에 불과했단 말인가! 결국 짐만 잔뜩 늘어난 셈이잖아?

어째 이런 일이!

'무엇이든 지나친 건 좋지 않다. 적당한 것이 제일이다.'

나는 사실 그게 무엇이든, 일본 제일이 되고 싶은 마음은 전혀 없다. 의대에 들어가고 싶어 한 적도 없다. 그저 잘 아는 문제가 나왔기 때문에 너무 기쁜 나머지 아무 생각 없이 열심히 풀었을 뿐이다.

그것이 화살이 되어 내게 돌아오다니!

갑자기 어느 게임 챔피언의 말이 생각났다. 어떻게 해서 테트리스 챔피언이 되었냐고 기자가 묻자 그는 '거기에 테트리스가 있었기 때문'이라고 대답했다. 내가 그 말에 감동했다고 하자 아버지는 껄껄 웃었다.

"카오루! 세상 물정 모르는 소리 마라. 괜히 웃음거리만 된다. 열심히 공부하면 되는 거야."

하지만 나는 아직도 그때 아버지가 왜 웃었는지 잘 모르겠다.

교실 안에 기묘한 안도감의 기류가 퍼졌다. 그리고 교실 안은 곧 하루를 끝내는 종례시간에 어울리는 분위기가 되었다.

미치코는 내가 진학을 가지 않아도 된다는 사실에 안심했고, 미타무라는 내가 정식 대학생이 되는 게 아니라는 데 안심했으며, 말썽쟁이 헤라누마는 내가 학교에서 혼자 사라지지 않고 두 배의 숙제를 짊어졌다는 사실을 깨닫고 안심했다. 타나카 선생님은 성가신 문제를 교감 선생님이 잘 설명해 준 데에 안도했다. 결국 우리 반 모든 사람들이 안정을 되찾은 것이다. 단 한 사람, 나만 빼고……

한결 표정이 밝아진 타나카 선생님이 여느 때와 마찬가지로 종례를 마무리했다.

"그럼 오늘은 여기까지. 내일 건강한 모습으로 봅시다!"

나는 장기부 서클활동을 빠지고 곧장 집으로 갔다. 현관문을 열자 야마사키 아줌마의 낭랑한 목소리가 들렸다.

"어서 와, 카오루짱! 일찍 왔네. 간식 준비해 놨다!"

"그렇게 부르지 말라니깐……."

"어머, 카오루짱이라는 이름이 어때서? 그리고 그렇게 거친 말투 안 좋은 거라고 몇 번씩 말했을 텐데."

"아줌마가 '짱'이라고 안 하면 나도 말투를 바꿀게요."

나는 던지듯 말을 내뱉고 곧장 방으로 갔다. 야마사키 아줌마는 실제론 예순이 넘은 할머니다. 하지만 나이에 비해 젊어 보인다. 그래서 아줌마라고 부른다. 아저씨는 병으로 돌아가셨고 하나뿐인 자녀는 결혼해서 독립했다고 한다. 독신이라 어디든 갈 수 있다는 게 마음에 들어서 아버지가 고용한 분이다. 아버지의 판단은 옳았다. 이것은 게임이론 기초 중에서도 기초에 해당하는 것으로 '직감이 최고의 결단이다'는 항목에 해당된다. 적어도 야마사키 아줌마를 고용한 일에 대해서는 나도 아버지의 안목을 100퍼센트 지지한다.

야마사키 아줌마가 구워준 애플파이를 한 입 베어 물며 컴퓨터 앞에 앉았다. 메일부터 체크했다. 오늘 아침에 체크

했는데 벌써 스무 건이나 더 들어와 있다. 대부분이 스팸 메일이다. 나 같은 학생에게 발모제와 스위스제 시계를 판다니 개가 웃을 노릇이다. 나는 스팸메일부터 지웠다. 수많은 메일 중에서 아버지가 보낸 것을 겨우 찾아냈다.

✉ **디어 카오루!**

오늘 아침은 캘리포니아 해변 리조트에서 아보카도 샐러드를 먹었다.

-신

이런 제길! 나는 혀를 찼다. 아무리 말해도 아버지는 언제나 메일 첫머리에 Dear라고 영어로 안 쓰고 카타카나로 쓴다. 그쯤은 알고 있다고 아무리 말해도 소용없다.

아침마다 식사 메뉴만을 일부러 알려주는 것도 아버지 딴에는 세심한 배려다. 하지만 신이치로라는 이름을 쓰는 것도 귀찮아서 '신'이라고만 써 보내는 건 좀 섭섭하다.

나는 주머니에서 스즈키 선생님에게 받은 편지를 꺼내 스캐너에 넣고 디지털화한 다음 메모리카드에 저장했다. 나와 아버지의 접촉은 95퍼센트 정도 메일로 이루어진다. 그래서 이런 기술엔 아주 익숙하다. 서류를 다시 한 번 읽어보려고 했지만 한자가 너무 많아서 포기했다. 보기만 해도 질리니까. 중국 고전에 나오는 인물들의 이름 정도라면 괜찮겠지만.

나는 스즈키 선생님이 말한 내용이 적혀 있을 것이라 생각하고 일단 메일을 첨부했다. 그러고 나서 본문을 입력했다.

✉ 아버지!

이번에 도쿄 대학 의학부에 입학하게 됐어요.
그래서 아버지 동의가 필요한데 첨부서류에 사인
해서 보내주세요!

– 카오루

아버지 의견을 구하는 절차는 생략했다. 쓸데없는 일을 하지 않는다는 아버지의 소신을 따르기 위해서다.

띵동! 놀랍게도 답장이 즉시 왔다. 게다가 첨부문서까지 덧붙여서…… 나는 태평양 저 건너편 상황을 상상했다. 이렇게 빠른 답장을 한 걸 보면 아버지는 분명 고민하는 게 귀찮았을 거다. 애플파이에 차나 한 잔 마시며 쉽사리 결정한 것이 틀림없다. 아버지가 도대체 뭐라고 썼을까? 나는 두근거리는 마음으로 메일을 열었다.

　　✉ 디어 카오루!

　　할 수 있으면 해봐라.

　　　　　　　　　　　　　　　　　　　　－신

　아버지가 태평양 저편에서 나를 보며 피식 웃고 있는 모습이 상상된다. 나도 곧바로 답신을 보냈다.

　　✉ 두말하면 잔소리죠. 걱정 말아요.

　'답장하기'를 눌러 메일을 보낸 후 멍하니 앉아 있는데 전화벨 소리가 들렸다. 아마사키 아줌마의 목소리가 귀청을 울렸다.
　"후지타 교수라는 분한테 전화 왔어. 카오루짱!"

제2장

아버지께서 말씀하셨지, "뚜껑을 열었을 때는 이미 승부가 나 있는 법이다"라고.

"카오루짱, 이 사람 왠지 무서워 보인다……."

야마사키 아줌마가 수화기를 한 손으로 막으며 말했다.

"걱정 마세요. 도쿄 대학 의학부 교수님이에요."

어안이 벙벙한 야마사키 아줌마를 곁눈질하며 수화기를 받아들었다.

"여보세요! 전화 바꿨습니다."

"아, 소네자키 군! 기분이 좋군. 아까는 고마웠네."

교수님의 목소리는 밝았다. 하지만 어딘지 서먹서먹했다. 전화로는 학교에서 보았던 그 미소를 볼 수 없기 때문인가?

"무슨 일이세요?"

"자네 아버님이 그 유명한 세계적인 게임이론 학자 '소네자키 신이치로'씨 맞지!"

그 말 한마디에 가슴이 덜컥 내려앉았다. 어떻게 후지타 교수가 아버지에 대해 알고 있을까? 하지만 나의 의문은 다음 순간 깨끗하게 풀렸다.

"문부과학성 프로그램이라 가정환경 정도는 쉽게 알 수 있지. 역시 대단하신 분이야. 답변이 이렇게 빠르다니……. 조금 전에 '카오루를 잘 부탁합니다'는 메일과 함께 승낙서를 보내주셨어. 아주 놀랐어!"

내가 답신을 보낸 뒤의 시간을 따져보니 충분히 짐작이 갔다. 아버지는 아마도 메일을 열고 닫는 일을 동시에 진행했을 것이다. 보통 때처럼 즉각적으로 일을 처리하신 거다. 메일을 열면 곧장 답신을 쓰고 바로 삭제하기. 자기 아들이 월반해서 대학 의학부에서 공부하게 되었다는 빅뉴스를 앞에 놓고도 조금도 고민하지 않았다는 뜻이다.

"그런가요? 보통 있는 일인데요 뭐. 아무튼 잘 부탁드립니다."

수화기 저편에서 후지타 교수의 커다란 웃음소리가 들려왔다.

"소네자키 군은 아버지와 미국에서 오래 살았나?"

힐끔 야마사키 아줌마를 보았더니 아줌마가 얼굴을 붉히며 고개를 숙인다. 아무래도 내가 말을 잘못 구사한 모양이다. 잠시 주저하는 사이, 후지타 교수가 말을 이었다.

"아침 10시에 사쿠라노미야 중학교에서 기자회견이 있다네. 부탁하네."

"네?"

기마 막힐 노릇이다. 그래서 나도 모르게 되물었다.

"기자회견이라니요? 무슨 일 때문에요?"

후지타 교수의 경쾌한 대답이 이어졌다.

"소네자키 군은 일본 최초로 중학생 의대생이 된 거야. TV와 신문에서 취재하게 해 달라고 난리가 났어. 그래서 한꺼번에 정리할 겸 기자회견을 열기로 했다네."

그러고 보니 수화기 저편에 전화벨 소리가 시끄럽게 울리고 있다.

"저기, 잠깐 기다려주세요. 그거야말로 아버지한테 여쭤봐야 할 것 같은데……."

"아, 그 문제는 걱정 말게. 벌써 허락을 받았으니까!"

띠링!

메일 도착음이 울렸다. 열어보니 '취재허락서'다. 아버지의 답신에 대한 화답으로 내게 보내준 것이다. 내가 메일을 읽고 있는 사이에 아버지와 후지타 교수 간에 왕복 메일이 오간 모양이었다. 역시 아버지다운 빠른 일 처리!

후지타 교수의 이야기는 계속 되었다.

"교장 선생님에게도 지금부터 허락을 받을 예정이지만, 분명 허락하실 걸세. 그러니 내일은 말끔하게 차려 입고 등교하길 바라네."

후지타 교수는 할 말을 다 하고 전화를 끊었다. 나는 수화기를 꼭 쥔 채 앞에 있는 달력을 물끄러미 쳐다보았다. 2월 17일, 산링보(三隣亡, 십간십이지로 길흉을 점치는 날 중 하나로 흉일에 해당한다-옮긴이). '산링보'가 뭘까? 아마도 흉한 날 중에서도 가장 흉한 날일 것이다.

후지타 교수와의 통화내용을 전해 듣고 야마사키 아줌마는 아무 말도 하지 않았다. 잠시 정적이 감돌았다.

"청바지는 안 되겠네. 단정하게 입어야지. 카오루짱 일생일대의 사건이 벌어지는 날이니까……."

야마사키 아줌마는 서둘러 하나뿐인 정장을 꺼내 보였다. 나는 아줌마의 뜻과는 아랑곳없이 한마디 했다.

"필요 없어요. 그냥 청바지 입고 갈래요."

"후지타 교수님이 일부러 잘 차려 입고 나오라고 했잖아? 카오루짱도 한 번쯤은 제대로 갖춰 입고 갈 필요가 있다고."

나는 대답하지 않고 방으로 돌아왔다. 경험상 아줌마의 충고를 듣다보면 밤을 새도 모자란다는 걸 알고 있기 때문이다.

다음 날 아침, 나는 메이플 시럽을 듬뿍 바른 팬케이크를 다 먹어 치우고 기세 좋게 집을 나섰다. 물론 청바지 차림으로. 하얀 셔츠에 초록색 카디건을 걸치긴 했지만.

뒤에서 야마사키 아줌마가 뭐라고 중얼거렸지만 나는 뒤를 돌아보지 않았다. 보나마나 뻔한 이야기일 것이다.

학교에 도착하니 학생들은 잘 사용하지 않는 정문 현관 앞에 사람들이 모여 있었다. TV방송국 깃발을 꽂은 검은색 자동차가 여러 대 있고, TV카메라를 든 젊은 남자 몇몇은 왔다 갔다 하며 셔터를 눌러대고 있었다. 무리 속에서 나를 발견한 헤라누마가 토끼처럼 달려왔다. 그리고 카디건 소매를 붙잡고 건물 뒤로 끌고 갔다.

"소네자키, 저렇게 매스컴을 불러도 괜찮아?"

나는 한숨을 내쉬었다.

"바보냐! 아무려면 내가 저 사람들을 불렀겠어?"

"그건 그렇지. 그래도 사람들이 너무 많이 왔어. 사쿠라 TV도 왔다고."

헤라누마가 나를 힐끔거리며 말했다.

"저기, 친구들과 사이좋게 지내는 장면이 필요하다면 내가 출연해줄게!"

어이가 없었다.

"너랑 내가 언제부터 사이가 좋았는데?"

헤라누마는 꼼짝도 하지 않고 실실 웃었다.

"아니, 카오루짱하고 내가 제일 사이좋지 않았나?"

느끼한 행동에 대답할 말을 잃고 서 있는데 뒤에서 누군가 어깨를 쳤다. 신도 미치코다.

"소네자키! 교장 선생님이 불러."

아쉬운 눈길로 나를 바라보는 헤라누마를 뒤로 하고 나는 미치코를 따라 학생용 현관으로 갔다.

미치코가 뒤돌아보며 말했다.

"왠지 말도 안 되는 일이 벌어진 거 같아. 괜찮니?"

나는 고개를 절레절레 저었다.

"전혀 괜찮지 않아. 어쩌다 이렇게 됐는지 나도 모르겠어."

미치코가 피식 웃었다.

"성적이 너무 지나치게 좋으니까 그렇지. 지나친 건 안 좋은 거라고 아저씨도 항상 말씀하셨잖아."

미치코는 내 소꿉친구이기 때문에 소네자키 신이치로의 게임이론에 대해서도 잘 알고 있다.

"그 정도로 일본 제일이 되리라고는 꿈에도 생각 못했어."

"멍청하긴. 문제를 보고 짐작했어야지. 그거 아저씨가 만든 문제잖아. 문제가 뭐고 답이 뭔지 뻔히 다 아는데, 어떻게 좋은 성적이 안 나오니?"

맞다, 생각났다.

처음에 아버지한테서 문제를 받았을 때 나는 너무 어려워서 하나도 풀지 못했다. 그래서 미치코에게 도움을 요청했었다.

"그런데 넌 어째서 만점을 못 받았어?"

미치코가 또 웃었다.

"머리를 써야지. 나는 난이도를 계산해서 평균보다 5점 정도만 더 받을 수 있도록 조절했거든."

나는 멍하니 미치코를 쳐다보았다. 교활한 계집애.

"머리 하난 좋구나. 내 대신 의대에 가지 그러냐?"

진심이었다. 하지만 미치코는 그냥 웃어넘겼다.

"바보. 그렇게 하고 싶었으면 처음부터 만점을 받았지."

그건 그렇다. 이렇게 될 줄 알았으면 그때 미타무라에게 도움을 요청할 걸 그랬다. 그러면 미타무라가 도쿄 대학 의학부에 갈 수 있었을 텐데, 그토록 소원하는 그곳에. 이런 걸 두고 '운은 천하를 돌고 돈다'고 하는가 보다. 아니다. 틀렸다. 확실히 도는 것은 오직 '돈'뿐이다.

"그럼 수고해. 그렇게 불쌍한 표정 짓지 말고 어깨를 펴. 뒤에서 응원해 줄게. 아저씨도 말했잖아, '뚜껑을 열었을 때는 이미 승부가 나 있는 법'이라고……."

나는 미치코의 말에 고개를 끄덕였다. 씨름 선수처럼 볼을 두드리며 크게 심호흡을 했다. 그리고 교장실 문을 열었다.

갑자기 열기가 쏟아졌다. 눈이 부셨다. 순간적으로 현기증
이 일었다. 눈이 섬광에 익숙해지자 그곳에 모인 사람들이 보
였다. 정말 많았다. 눈이 부셨던 것은 틀림없이 찐 계란 같은
교장 선생님의 머리에서 빛이 났기 때문일 거다. 헤라누마에
게 이 이야기를 꼭 전해줘야지 하고 마음먹었다. 교장 선생
님의 머리는 벌겋게 달아올라 있었다. 삶은 계란은 하얀색인
데…… 차라리 '삶은 개구리'로 별명을 바꾸는 게 맞을 거라
는 생각이 들었다. 아주 짧은 시간, 내 머리 속에서 말도 안
되는 잡념들이 스쳐 지나갔다.

'음! 이 정도면 괜찮아.'

나는 빛줄기 사이에서 후지타 교수의 웃는 얼굴을 발견하
고 가슴을 진정시켰다. 교장 선생님의 상기된 얼굴과는 대조
적으로 어제와 다름없이 침착한 모습. 주위를 둘러보니 열 명
남짓한 사람들이 은색 마이크를 손에 들고 기다리고 있었다.

"소네자키 군! 이리로 앉지."

교장 선생님이 가죽 소파를 가리켰다. 내가 자리에 앉자
투명한 렌즈들이 나를 덮쳤다.

아름다운 누나가 내 앞에 와 앉았다.

"그러면 사쿠라 TV가 대표로 질문하겠습니다."

리포터 누나의 목소리는 상당한 저음이었다. 그녀는 뒤쪽

에서 기다리고 있는 사람들에게 살짝 고개 숙여 인사한 후 내게 말했다.

"잘 부탁해요. 소네자키 군!"

나도 엉거주춤 고개를 숙였다.

"3, 2, 1, 큐!"

선글라스를 낀 아저씨의 카운트다운에 이어 불빛이 쏟아졌다.

"여러분 안녕하세요! 오늘은 의학부에서 연구하게 된 슈퍼 중학생 소네자키 군의 학교를 찾아왔습니다."

나는 깜짝 놀랐다. 리포터 누나의 목소리가 별안간 귀여운 여대생처럼 바뀌었기 때문이다. 게다가 슈퍼 중학생이라니!

마음이 가라앉았다고 생각한 건 순전히 나의 착각이었다. 나는 다시 순식간에 흥분했다. 그 다음부터 어떤 질문을 받고 어떻게 대답했는지 지금도 전혀 생각나지 않는다. 많은 질문을 받았을 텐데 정신을 차려보니 눈 깜짝할 사이 인터뷰는 끝나 있었다. 아름다운 누나는 숨 쉴 틈 없이 질문을 던졌고 대답을 받아 적으며 선글라스 낀 아저씨에게 고개를 끄덕였다.

"소네자키 군, 긴 시간 고생했어요."

다시 저음으로 돌아온 누나가 말했다. 나는 그제야 겨우 정신을 차리고 인사했다. 후지타 교수가 물었다.

"방송은 언제 나갑니까?"

"이제부터 초특급으로 편집할 예정이니까 정오 뉴스 톱으로 나가지 않을까 생각합니다."

선글라스 아저씨가 말했다.

"대단합니다. 항상 신세가 많습니다."

"아닙니다. 상부상조 하는 게 세상사잖아요."

그렇게 대답하며 선글라스 아저씨는 교장 선생님에게 악수를 청했다. 교장 선생님은 긴장한 탓인지 오른손을 내민 아저씨와는 반대로 왼손을 내밀었다가 황급히 오른손으로 바꿨다. 선글라스 아저씨는 서둘러 악수를 하고는 방에서 나갔다. 함께 있던 다른 사람들 역시 순식간에 방을 빠져 나갔다.

일순, 방 안에 정적이 감돌았다. 후지타 교수가 일어서면서 교장 선생님에게 말했다.

"그럼 아까 말씀 드린 바대로 오늘 오후엔 소네자키 군을 도쿄 대학에 데리고 갈 테니 잘 부탁드립니다."

교장 선생님은 고개를 끄덕였다. 나는 후지타 교수와 함께 교장실을 나갔다.

현관 앞에는 검은색 차가 한 대 서 있었다. 후지타 교수가 차에 오르자 나도 따라서 탔다. 문이 닫히고 가벼운 엔진소리와 함께 차가 출발했다.

시가지를 빠져 나온 중계차는 언덕길을 올라갔다. 사쿠라노미야 중학교에서 도쿄 대학까지는 걸어서 30분, 차로 가면 10분, 버스로 가면 20분 정도 걸린다. 도쿄 대학 의학부는 시쿠라노미야 언덕 위에 있다. 조금 높은 곳에 있는 터라 우리는 종종 도쿄 대학 의학부를 '산'이라고 부른다. 말은 그렇게 하지만 사실 사쿠라노미야 언덕은 작은 구릉에 지나지 않는다. 하긴 해발 210미터를 굳이 '구릉'이라고 표현하는 것도 과장이긴 하지만.

차 안에서 후지타 교수가 내게 말했다.

"오늘은 우리 연구실을 견학하고 안내해줄 거야. 단, 그 전에 연구실 사람들에게 소네자키 군을 소개해야겠지? 일단 점심부터 먹고 회의에 참석하자고. 아까 같은 인터뷰는 이제 없을 거야. 안심하게."

후지타 교수가 표정을 바꾸면서 물었다.

"점심은 무엇으로 할까?"

"아무 거나요."

솔직히 말해서 야마사키 아줌마가 만든 빵을 먹고 싶었다. 메이플 시럽을 듬뿍 바른 팬케이크처럼 달착지근한 음식이 먹고 싶었다. 하지만 보통 음식점에 그런 게 있을 리 없다. 그렇다면 아무거나 먹어야지.

"그러면 새로 지은 병원 건물 꼭대기 층에 있는 레스토랑에서 점심을 먹자. 우동이 아주 맛있어!"

후지타 교수의 말이 끝남과 동시에 검은색 차는 도쿄 대학 부속병원 현관 앞에 도착했다.

우동은 확실히 맛있었다. 나는 어느 정도 기운을 차렸다. 스카이 레스토랑 '만텐'에서 본 경치는 아름다웠다. 후지타 교수는 내가 식사를 하고 있는 사이에도 여기저기 전화를 걸었다. 이야기를 들어보니 대부분은 '우즈키 씨'라는 사람이 상대인 것 같았다. 후지타 교수의 목소리는 그와 이야기할 때마다 약간 거칠어졌다. 잠시 후 후지타 교수가 웃는 얼굴로 말했다.

"우동 맛있지? 모처럼 왔는데 이거 어떡하나? 미안하지만 곧장 회의에 들어가야겠어."

나는 고개를 끄덕였다. 우동이 조금 남은 게 아까웠지만 포기하고 자리에서 일어섰다. 그리고 엘리베이터 쪽으로 향하는 후지타 교수 뒤를 서둘러 쫓아갔다. 후지타 교수는 한 손을 들어 보이며 계산도 하지 않고 카운터를 지나쳤다.

엘리베이터에 타자 후지타 교수가 3층을 눌렀다. 엘리베이터는 13층에서부터 천천히 내려가다가 5층에서 멈췄다. 덩치 좋은 아저씨 한 사람이 탔다. 그러자 후지타 교수가 갑자기 긴장했다. 아저씨가 후지타 교수를 힐끔 보더니 말했다.

"교수회의에 지각이군!"

"죄송합니다. 카키타니 교수님! 꼭 처리할 게 있어서……."

엘리베이터 안에 기분 나쁜 침묵이 돌았다.

"참, 모모쿠라 군을 맡긴 지 몇 년 됐지?"

후지타 교수가 멍한 표정을 지었다. 그러더니 금세 고개를 떨어뜨리고 기어들어가는 소리로 대답했다.

"2년 반입니다."

"이제 슬슬 결과가 나올 때 되지 않았나? 더 끌면 나도 곤란해."

"열심히는 하고 있지만, 운도 좀 따라야 하는 일이라서……."

카키타니 교수가 나를 힐끗거렸다. 그리고 콧방귀를 끼었다.

"점심 뉴스는 잘 봤네. 아무튼 후지타 군다운 일이야!"

후지타 교수의 얼굴에서 미소가 사라졌다.

문이 열렸다. 카키타니 교수는 성큼 내렸다. 그리고 복도 끝에 있는 문을 열고 안으로 들어갔다. 문도 안 닫고 들어가는 걸 보고 교수지만 매너가 형편없다고 생각하는 찰나 후지타 교수가 그곳으로 들어갔다. 나도 후지타 교수를 따라 묵직한 공기가 떠도는 방 안에 들어섰다.

시끄럽던 회의실이 갑자기 조용해졌다. 모두의 시선이 일제히 우리 두 사람에게 쏠렸다. 이루 말할 수 없이 긴장되는 순간이었다. 굳이 설명하자면 모두가 교장 선생님 같았다고 나 할까? 아니, 삶은 계란 같은 중학교 교장 선생님들이 아니라 그보다 훨씬 뛰어난 선생님들의 비밀스러운 집회 같은 느낌이었다.

아무리 생각해봐도 잘못 온 것 같았다.

가운데 앉은 체구가 자그마한 백발노인이 입을 열었다.

"시간이 지나서 바로 정례 제765회 교수회의를 시작하겠습니다."

내가 어찌할 바를 모르고 서 있자 후지타 교수가 내 어깨를 눌러 앉혔다.

카키타니 교수가 말했다.

"그럼 먼저 의장인 제가 시작하겠습니다. 오늘의 의제는 종합해부학 연구실의 후지타 교수가 제출한 문부과학성 특별 과학연구B, 전략적 장래구상 프로젝트에 관한 신청서류 검토 건입니다. 그 전에 의장으로서 묻고 싶은 게 하나 있습니다. 사전 신청도 없이 외부인을 데리고 온 이유가 뭔가요? 후지타 교수, 우리가 납득할 수 있도록 설명해주기 바랍니다."

나를 가리키는 말인가? 맥박이 점점 빨라지는 것 같았다. 힐끗 옆을 쳐다보니 후지타 교수는 어느새 표정을 바꿔 웃고 있었다. 그가 자리에서 일어서며 말했다.

"이번 프로젝트에 관해서 여러 가지 설명을 하려고 했습니다만, 백문이 불여일견이라는 말도 있잖습니까? 그래서 우리 도쿄 대학 의학부의 특별 프로젝트 연구에 참가하게 된 일본 제일의 중학생 소네자키 카오루 군을 먼저 소개하는 게 좋겠다 싶어서 이렇게 데리고 왔습니다. 사전 신청을 못 한 이유는 소네자키 군의 승낙을 받은 것이 어제 오후였기 때문이고요.”

후지타 교수가 나를 돌아보며 작은 소리로 말했다.

“자, 교수님들께 인사해야지!”

인사라니? 대체 무슨 말을 하라는 거지? 반사적으로 일어나긴 했지만 머릿속이 혼란스러웠다. 나는 잠시 장승처럼 서 있었다. 그때 후지타 교수가 작지만 강한 어조로 말했다.

“인사드리세요, 소네자키 군. 간단하게 자기소개 정도는 해야 하지 않겠어?”

나는 일단 고개를 조아렸다. 그리고 생각나는 대로 지껄였다.

“저기, 안녕하세요! 소네자키 카오루입니다. 저도 모르는 사이 이곳에 왔고 이렇게 인사까지 하게 되었습니다.”

왠지 방 분위기가 금세 부드러워지는 것 같았다. 한결 마음이 놓였다. 호의적일 거라고는 기대하지 않았지만, 이왕이면 호의적인 게 좋지 않은가?

그러자 테가 없는 안경을 쓴 사람이 물었다.

“카오루 군인가? 귀여운 이름이군. 취미는 뭐지?”

"역사책 읽기입니다."

모두 감탄하는 소리가 들렸다. 조금 전 질문한 교수가 계속 물었다.

"음, 역사물이라! 그런데 이번에는 왜 의학을 연구하려고 하려는 거지?"

"그렇게 말씀하시면……."

나는 할 말을 잊었다. 의학을 공부해보고 싶다는 생각은 이제껏 단 한 번도 해본 적이 없으니까. 나는 얼른 옆자리의 후지타 교수를 바라보았다. 그러자 그가 재빨리 지원사격에 나섰다.

"소네자키 군은 일전에 치른 잠재능력시험에서 전국 1등을 했습니다. 모든 분야에 걸쳐 엄청난 잠재능력을 갖고 있다는 뜻이죠. 풍부한 감성을 바탕으로 한 그의 재능을 의학을 통해 발휘하게 한다면 침체일로에 놓인 도쿄 대학 의학부도 활력을 되찾을 겁니다."

"후지타 교수! 말을 삼가시오!"

그때까지 조용히 질문하던 테 없는 안경을 낀 선생님이 날카롭게 쏘아붙였다. 하지만 후지타 교수는 조금도 기가 죽지 않았다.

"누마타 교수, 선생님은 윤리 분야에서 연구의 가부를 결정할 수 있는 책임자시죠? 그러니 제 이야기의 진위를 이해해

주실 거라 믿습니다. 최근 1년 동안 선생님의 윤리문제 위원회에 연구신청을 낸 안건은 거의 제로에 가깝지 않습니까?”

누마타 교수라 불린 선생님은 후지타 교수의 말에 침묵을 지켰다. 후지타 교수가 계속 말을 이었다.

“누마타 교수님이 10년 가까운 시간 동안 윤리문제를 정리하려고 애썼다는 사실은 이 자리에 계신 분들이라면 모두 알고 있을 겁니다. 하지만 오로지 윤리만을 강조하다가 중요한 연구 정신이 반감된 것도 사실 아닙니까?”

누마타 교수는 아무 말도 하지 못했다. 그러자 이번엔 카키타니 교수가 질문을 했다.

“후지타 교수는 화려한 방법을 구사하는 데 능숙하더군요! 정오 뉴스를 보았는데 교수회의 동의도 없이 마음대로 기자회견을 연 것에 대해서는 찬성할 수 없소.”

“그러면 묻겠습니다. 카키타니 교수님은 문부성 특B인 이번 프로젝트에 상당하는 예산을 다른 곳에서 끌어올 수 있습니까?”

카키타니 교수도 침묵을 지켰다. 후지타 교수는 좌중을 둘러보다가 줄무늬 옷을 입은 마른 사람에게 시선을 고정시켰다.

“어떻습니까? 미후네 사무장님! 저는 아무렇지 않습니다. 이 프로젝트에 실질적으로 가담하고 있지 않기 때문에 현 단계에서 그만둔다 해도 저는 손해 볼 게 없습니다."

"그건 곤란합니다. 이 예산을 받지 못하면 도쿄 대학 운영에 차질이 생깁니다. 위기 상황에 봉착한다는 뜻이죠."

후지타 교수가 의기양양하게 카키타니 교수에게 물었다.

"자, 시간 절감을 위해 제 의견에 찬성인지 반대인지 결의 동의안을 내는 게 어떻겠습니까?"

"그 전에 한 가지 물어봐도 될까요?"

후지타 교수 옆에 앉아 있던 사람이 손을 들었다. 무척 온화해 보였다. 그 사람이 입을 열자 실내에 묘한 긴장감이 감돌았다.

"후지타 교수는 1년 전에도 고등학생인 사사키 군을 데려와 월반시켰습니다. 아시는 바와 같이 그는 우수하고 도쿄 대학에도 잘 적응하고 있는 학생입니다. 그런데 왜 지금 한 사람을 더 받으려는 거죠?"

후지타 교수가 웃으며 대답했다.

"이런 자리에서 타구치 교수님이 발언을 하시다니요! 아주 오랜만에 있는 일이군요. 선생님이 지적하신 대로 사사키 군은 분명 훌륭한 성적을 내고 있습니다. 그래서 이번에 한 명을 더 추천한 겁니다. 이런 좋은 사례를 십분 살려 한 단계 더 나아가려고요."

"고등학생이라면 또 몰라요. 하지만 지금 추천한 학생은 의무교육을 받아야 할 중학생이잖습니까?"

"그 점도 걱정 없습니다. 저는 일찍부터 의학을 의무교육에 편입시켜야 한다고 문부성에 제안했습니다. 이번에 자금총액 10억 엔이라는 대규모 프로젝트에 들어갈 수 있었던 것도 그러한 기반이 있었기 때문입니다. 제 말뜻은 소네자키 군이 특수한 케이스가 아니라는 겁니다. 이 학생은 앞으로 더 증원할 예정인 중·고생에 의학 연구 프로젝트의 효시가 될 겁니다."

후지타 교수는 잠시 숨을 고른 뒤 말을 이었다.

"타구치 교수가 무엇을 걱정하는지 잘 압니다. 물론 의무교육에 소홀하면 안 돼지요. 그래서 소네자키 군이 다니고 있는 중학교에서 전격적인 협조를 얻기로 했습니다. 주 2회는 여기서 연구하고 나머지 날은 중학교에 돌아가 공부하는 거죠. 어제 합의를 본 터라 배포자료엔 없는 내용입니다. 제대로 서류를 갖추지 못한 점에 대해서는 양해를 구합니다."

이번 이야기는 나도 알아들었다. 신은 나를 버렸고, 내 부담은 두 배가 되었다. 야마나카 시카노스케(전국시대 산인지방의 무사. 초승달에게 "나에게 세상 모든 고난을 주소서"라고 빌었다는 일화가 유명하다-옮긴이)처럼 되고 싶은 생각은 단 한 번도 없었는데, 어째서 내게 이런 시련이 닥쳐온 것일까?

더욱이 '나를 위해서'라니! 허울만 좋다. 내 의견 따위엔 조금도 관심이 없으면서.

나는 속으로 중얼거렸다.

'정말 어이없어!'

그 뒤, 대본 대로 진행되는 버라이어티쇼처럼 몇 개의 질의응답이 있었지만 나는 그저 멍하니 앉아만 있었다. 이야기를 들어보니 교수들의 의지는 좀 전의 돈 이야기에서 이미 결정이 난 상태이고 다음은 의례적인 진행에 불과했다.

중앙에 자리 잡고 있던 체구가 작은 남자가 입을 열었다.

"다른 질문 있습니까? 그럼 후지타 교수의 제안에 찬성하는 분들은 손을 들어주세요."

조마조마한 마음으로 주위를 둘러보니 모두 손을 들고 있다.

"찬성 다수. 제 765회 교수회의는 본 안건을 승인합니다."

"감사합니다. 타카시나 학장님!"

후지타 교수는 중앙 정면에 앉은 작은 체구의 남자에게 깊이 머리를 조아렸다.

회의가 끝나자 후지타 교수는 다시 기운을 차린 것 같았다.

"소네자키 군! 피곤했지. 오늘 일은 거의 끝났으니 조금만 수고해주게. 이제부터 우리 연구실을 보도록 하지. 그것으로 오늘 일정은 끝이야. 교장 선생님과 이야기해서 자네가 다음 주부터는 화요일과 수요일에 여기서 공부할 수 있도록 허락을 받아냈어."

내 의지와는 별개로 모든 절차가 예정대로 진행되었다. 나는 거부하고 싶었다. 후지타 교수는 신新병동 1층 현관 밖으로 나갔다.

"어디로 가는 거예요?"

내가 묻자 후지타 교수는 '아차' 하는 표정을 지었다.

"우리 연구는 구舊병동 빨간 기와 건물에서 이루어진다네. 대개 의학의 기초연구인데, 모르모트를 사용한 실험이나 세포 배양을 주로 하지."

후지타 교수는 연결 통로를 따라 총총걸음으로 앞서갔다. 나는 그의 뒤를 따랐다. 나와 후지타 교수 사이에서 마른 나뭇가지가 바스락거렸다.

겨울 햇살은 점점 차가워졌다.

빨간 기와를 얹은 구병동은 위에서 보면 아마도 작은 정사각형일 것이다. 5층 건물이었지만 아주 작아 보였다. 아마도 병원 본관을 먼저 봐서 그런 것 같다. 하긴 13층짜리 고층 빌딩 앞에서는 어떤 건물이든 작게 보일 수밖에.

커다란 엘리베이터가 도착했다. 굉장히 오래되었나 보다. 엘리베이터에 타자마자 후지타 교수는 3층을 눌렀다. 천천히 문이 닫혔다. 다음 순간 엘리베이터 안이 깜깜해지는가 싶더니 곧바로 불이 들어오고, 덜컹하는 소리와 함께 서서히 움직였다.

"지, 지금 이거 왜 그렇죠?"

"왜 그러지?"

후지타 교수가 이상하다는 표정을 지었다.

"조금 전에 엘리베이터 안이 어두워졌잖아요?"

후지타 교수가 고개를 주억거렸다.

"아 그거. 놀랄 만도 하지. 이 엘리베이터는 건물이 세워질 때부터 있던 거라네. 벌써 100년 이상 됐지. 하도 오래돼서 그런지 움직일 때 순간적으로 조명이 나가. 하지만 곧 익숙해질 거야."

후지타 교수의 설명이 끝나자마자 엘리베이터 문이 열렸다.

"벌써 다 왔군."

끈적끈적한 공기가 밝은 빛과 더불어 엘리베이터 안으로 흘러 들어왔다. 나는 눈을 가늘게 떴다.

"소네자키 군! 환영하네. 우리 종합해부학 연구실에 잘 왔어. 여기가 바로 우리 연구실이라네."

멋진 검은색 문에 빛이 반사되었다. 눈이 부셨다. 가슴이 콩닥콩닥 뛰었다. 여기가 해부학 연구실이래! 와, 문을 열고 들어가면 분명 포르말린에 담긴 시체가 둥둥 떠 있을 거야.

문이 열렸다. 나는 깊게 숨을 들이마시고 아버지의 말을 다시 한 번 떠올렸다.

"뚜껑을 열었을 때는 이미 승부가 나 있는 법이다."

제3장

아버지께서 말씀하셨지, "어떤 장소에 처음 가거든 제일 먼저 몸을 숨길 곳부터 찾아야 해"라고.

상상은 역시 상상으로 끝나는가 보다.

'종합 해부학 연구실 문을 열고 들어가면 사체들이 늘어서 있을 거야!'라고 생각했지만, 웬걸, 연구실은 보통의 평범한 방이었다. 책상과 접이시이자 그리고 소파가 있었다. 책상 위에는 보다가 펼쳐 놓은 듯한 몇 권의 잡지가 있었다. 내가 즐겨 읽는 〈동도코〉라는 만화잡지도! 그걸 본 순간 갑자기 기분이 좋아졌다. 오호, 의학부 교수님들도 이런 만화를 보네!

방 한쪽 구석에는 작은 책상 하나가 놓여 있고, 거기 여자 하나가 조용히 앉아 있었다. 책상 위에는 검은색 전화와 잘 정돈된 서류들이 놓여 있다.

"우즈키 씨! 이 학생이 소네자키 군이야."

후지타 교수의 소개에 여자가 고개를 살짝 숙였다.

작은 체구에 얌전한 느낌. 테 없는 안경을 쓰고 산뜻한 차림으로 앉아 있는 여자가 시골에 있는 사촌누나를 생각나게 했다. 나이는 이십 대 중반 정도?

"우즈키입니다. 처음 뵙겠습니다."

기어들어가는 듯한 목소리. 모기가 말한다면 저런 소리가 나겠지.

후지타 교수가 내게 미소 지으며 말했다.

"비서인 우즈키 씨야. 우주의 '우宇'에 달 '월月'을 쓰지. 약국 아주머니 같은 사람이니까 무슨 일이 있으면 우즈키 씨한테 상담하게나."

나는 고개를 숙였다. 테 없는 안경 너머로 우즈키 씨의 눈동자가 희미하게 흔들렸다.

"오늘은 시간이 별로 없으니까, 곧장 연구실부터 안내해줄게."

드디어 사체들을 구경시켜 주는 걸까!

옆방 문이 열렸다. 가슴이 마구 요동치기 시작했다. 사체는 과연 어떤 느낌일까?

하지만 옆방에도 사체는커녕 사체 그림자도 없었다. 시험관, 플라스크, 알코올램프 같은 흔한 실험기구들만 잔뜩 진

열되어 있었다. 물론 생전 처음 보는 커다란 기계도 있었다. 얼핏, 연구실이라기보다 무엇인가를 생산해내는 공장처럼 보였다. 여기가 진짜 해부학 연구실인가?

한쪽 구석에 놓인 테이블 앞에 어떤 남자가 앉아 있다. 그는 시험관을 들여다보고 있었다. 후지타 교수가 그를 불렀다.

"모구라 군! 잠깐!"

모구라? 그럼 두더지? 별명 같은 이름에 나는 깜짝 놀랐다.

통통한 남자가 시험관에서 시선을 떼고 나를 올려다보았다. 그리고 일어나 인사를 했다.

"모모쿠라입니다."

모구라가 아니라 모모쿠라인가!

무슨 한자를 쓸까? 내 생각을 읽기라도 한 듯 모모쿠라 씨가 말했다.

"그러니까 모모는 복숭아 '도桃' 자를 쓰고, 쿠라는 창고 '창倉' 자를 씁니다."

역시 이름이 모모쿠라 씨인가? 동시에 모구라, 라는 이름은 잘못 들은 것이 아니라는 생각이 들었다. 듣고 보니 모모쿠라 씨는 아무리 보아도 '모구라(두더지)'로 밖에는 보이지 않았기 때문이다.

후지타 교수가 모구라 씨한테 말했다.

"그런데 사사키 군은 어디 있지?"

"보통 때처럼 어딘가를 어슬렁거리고 있겠죠."

모구라 씨가 시큰둥하게 대답했다. '어딘가'라니!

아까 회의에서 거명된 고등학생을 말하는 모양인데, 대체 어떤 사람일까?

그때 문이 열리면서 키 큰 남자가 방으로 들어왔다. 학생복 차림이다. 후지타 교수가 반갑게 맞았다.

"잘 왔네 사사키 군. 이번에 같이 연구를 하게 된 소네자키 군일세!"

나는 학생복을 입은 남자를 쳐다보았다. 이 사람이 바로 그 슈퍼 고등학생 사사키 선배인가?

사사키 선배는 고개를 숙이며 "잘 부탁합니다"고 말했다.

그때 우즈키 씨가 왔다.

"후지타 교수님, 전화 왔습니다."

우즈키 씨는 후지타 교수를 쳐다보았다.

"그 일 때문이군!"

교수와 모구라 씨는 얼굴을 마주보았다.

"알았네. 곧 가지. 모모쿠라 군도 같이 가지."

후지타 교수가 나에게 말했다.

"여기서 잠시 기다려주겠나?"

나는 고개를 끄덕였다. 사사키 선배와 나는 방에 남았다.

　　사사키 선배에게 말을 걸어보고 싶었지만 무엇을 이야기 해야 할지 몰라서 나는 그냥 멍하니 있었다.

　　사사키 선배는 손에 들고 있던 종이를 책상 위에 툭 던졌다. 빨강 노랑 파랑 보라색 선들로 이루어진 막대그래프 같은 그림이었다. 아래쪽에는 알파벳이 줄줄이 쓰여 있다.

"역시 그 변이의 재현은 무리인가!"

　　사사키 선배가 길고 가느다란 머리카락을 쓸어 넘기며 나지막이 중얼거렸다. 그러다가 옆에서 내가 보고 있다는 사실을 뒤늦게 알아차린 듯 한 마디 던졌다.

"뭐야, 아직 있었어?"

　　다짜고짜 내뱉은 차가운 말에 나는 조금 실망했다. 나와 비슷한 처지라 그와는 금세 가까워질 줄 알았는데.

　　사사키 선배가 커다란 눈으로 나를 바라보았다. 눈길이 어찌나 냉랭한지 과학실에서 본 적이 있는 석영 빛 같았다. 내 마음 저 깊은 곳까지 꿰뚫어 보는 듯한 눈길. 잠시 후 사사키 선배가 긴장감을 누그러뜨리며 말했다.

"카오루라고? 너 위험했어."

　　뭐? 무슨 말이지?

"TV 인터뷰 했지? 점심뉴스는 봤냐?"

　　나는 몸을 떨며 고개를 저었다. 사사키 선배가 비웃는 듯

한 미소를 지으며 말했다.

"그럼 그렇지. 그걸 보았다면 지금 이렇게 편안하게 있을 수 없지."

뭐? 이건 또 무슨 말이야? 어떤 뉴스가 나왔기에 그러지?

갑자기 눈앞이 캄캄해졌다. 왠지 불안해졌다.

그런 모습을 보고 사사키 선배는 한숨을 쉬었다.

"할 수 없군. 한 가지만 가르쳐줄게. 어딜 가든 처음에는 말하고 싶은 내용의 반만 말하는 거야. 이건 아주 중요한 문제야."

나는 고개를 끄덕였다. 나도 모르는 사이에 실수를 저지른 모양이다. 나는 끝 모를 불안감에 사로잡혀 고개를 떨어뜨렸다. 사사키 선배의 말이 마음속에서 그의 교복 소매에 달린 금색 단추처럼 빛났다. 돌연, 예전에 아버지와 함께 산책할 때 들었던 말이 떠올랐다.

아버지는 잡목들 사이를 걷다가 나무뿌리 부근에 난 생채기를 가리키며 야생 곰이 만든 흔적이라고 말했다.

'카오루! 어떤 장소에 처음 가거든 제일 먼저 몸을 숨길 곳부터 찾아야한다. 그러고 나서 탐험에 나서야해. 안 그러면 큰일을 당하거든…….'

사사키 선배는 나를 위협하더니 한바탕 크게 웃었다.

"뭐, 그럴 수도 있지만."

시간을 뛰어넘어 두 개의 금색 단추가 쨍하고 부딪히는 느낌이 들었다. 나는 사사키 선배를 힐끔거렸다. 잘하면 몸을 숨길만한 후보지를 찾을 수 있을지도 몰라! 사사키 선배의 생각은 나도 모르지만…….

그때 문이 열리며 후지타 교수가 돌아왔다.

"소네자키 군, 오래 기다렸어. 이제 가볼까!"

돌아서서 방을 나가려는데 사사키 선배의 딱딱한 시선이 등에 와 꽂혔다. 마음이 다시금 서늘해졌다.

후지타 교수는 기분이 좋은 것 같았다. 휘파람이라도 불 듯한 표정으로 가볍게 걸었다. 우리는 처음 들어갔던 방으로 돌아왔다. 거긴 일종의 대기실인 모양이다.

조금 전 사사키 선배에게 말을 삼가는 게 좋다는 충고를 들었지만, 나는 도무지 궁금해서 참을 수가 없었다. 그래서 다짜고짜 물었다.

"후지타 선생님! 사체는 어디 있어요?"

후지타 교수는 어리둥절한 표정이 되었다.

"사체? 왜 그런 걸 찾아?"

"해부학 연구실이잖아요."

후지타 교수가 깔깔거렸다.

"그거야 그렇지. 뭐, 이 연구실에서 의대생 해부실습 정도 는 하고 있지만, 평소에는 다른 걸 해."

“그게 뭔데요?”

“여러 종류의 암에 나타나는 비정상적인 유전자의 특이점을 찾아내는 게 우리 연구실의 공통 주제야.”

후지타 교수의 말이 별안간 어려워졌다. 아마도 보통 때의 말버릇일 것이다. 하지만 끈질긴 놈이라고 오해받을지언정 궁금한 걸 그냥 넘길 수는 없다. 그래서 다시 한 번 물었다.

“왜 해부학 연구실인데 사체를 연구하지 않죠?”

후지타 교수는 미소를 지었다. 그러더니 돌연 안색을 바꾸어 대답했다.

“소네자키 군이 그렇게 묻는 것도 당연해. 좋은 질문이니 잘 설명해줄게. 간단하게 말하자면, 다른 걸 연구하는 게 돈을 많이 받을 수 있기 때문이야.”

후지타 교수는 잠시 호흡을 고른 뒤 빠르게 말을 이었다.

“내가 너무 돈, 돈 한다고 생각할지도 몰라. 하지만 연구에서 제일 중요한 건 돈이라네. 예전엔 대학병원이 국립이었지만, 20년 전쯤부터 독립 행정법인으로 바뀌어서 예산을 얻기가 아주 어려워졌다네. 소네자키 군 같은 케이스를 적극적으로 추천하면 연구실에도 돈이 들어오니 일석이조지.”

질문에 맞는 답은 아니었지만 후지타 교수가 무슨 말을 하는지는 알 것 같았다. 그렇다고 내가 후지타 교수의 생각에 전적으로 찬성한다는 뜻은 아니지만.

한편으로 나는 가슴을 쓸어 내렸다. 어쨌든 사체는 보지 않고 끝날 수 있을 것 같다.

대기실에 돌아오니 우즈키 씨는 여전히 책상 앞에 앉아 있었다. 그녀는 후지타 교수의 얼굴을 힐끗 보더니 고개를 숙였다. 후지타 교수가 나를 보며 기분 좋게 말했다.

"잘 왔네. 우리 후지타 연구실에. 이것이 자네에게 주는 내 선물이네."

책상 위에 천을 덮어 놓은 무엇인가가 있다. 무엇일까? 내가 흥분하고 있다는 걸 눈치 챘는지 후지타 교수가 씩 웃으며 천천히 하얀 천을 걷었다. 마치 연극배우처럼.

"짠!" 하는 효과음이 들리는 듯했다. 그와 동시에 산처럼 쌓인 책들이 나타났다. 세어보니 모두 10권이었다.

"앞으로 자네가 읽어야할 최소한의 참고서일세. 연구에 필요한 것들이지. 이것들을 다 읽어오도록."

네? 지금 뭐라고요? 이 10권의 책을 전부 읽어오라고?

"이것이 자네에게 주는 내 선물이자 첫 과제네."

현기증이 일었다. 만화라면 몰라도……. 나는 기가 차서 후지타 교수에게 물었다.

"저기, 만화판 해설서 같은 것은 없습니까?"

그 순간 후지타 교수의 얼굴에 떠오른 표정을 나는 아마 평생 잊을 수 없을 것이다. 사쿠라노미야 시 전체 아니, 일본

전역에서 다른 사람을 멸시하는 표정을 모두 합치면 그렇게 되지 않을까? 그만큼 차가운 표정이었다. 그가 냉랭하게 말했다.

"만화 같은 걸로 의학을 공부할 수 있다고 생각하나?"

툰드라의 동토처럼 딱딱하고 서늘한 그 말이 내 오장육부로 스며들었다. 나는 하늘을 쳐다보며 속으로 울부짖었다.

'오오, 도대체 이게 무슨 변고란 말인가!'

후지타 교수는 나를 위해 택시를 불러주었다. 하지만 나를 위해서가 아니라 저 두꺼운 책들 때문에 부른 게 분명하다.

책들의 두께는 하나같이 내가 즐겨 읽는 〈동도코〉와 비슷했다. 믿을 수 있겠는가? 〈동도코〉와 비슷한 두께의 책이 오직 글자로만 덮여 있다는 사실을……. 게다가 그것들을 전부 읽으라고? 나는 택시에서 내려 니노미야 킨지로(에도시대 후기 사람으로 숙부에게 구박을 받으며 책을 읽었다는 이야기가 전해진다-옮긴이)와 같은 기분으로 다섯 권씩 끈으로 묶은 책 다발을 들고 낑낑거리며 엘리베이터 쪽으로 갔다. 때마침 엘리베이터 문이 열렸다. 하늘이 도왔는지 야마사키 아줌마가 마중 나와 있었다.

"어머머, 카오루짱! 힘들겠네."

천우신조다!

감사의 마음이 끓어 넘쳤다. 일방적으로 미워했다가 금세 감사하다니. 하늘 입장에서 보면 말도 안 되는 짓일 것이다. 나는 한 묶음의 책 다발을 야마사키 아줌마에게 건네주고 엘리베이터에 올라 7층 버튼을 눌렀다. 하지만 나는 곧 진실을 알게 되었다. 야마사키 아줌마가 나온 건 하늘이 도운 게 아니었다.

"방금 전 후지타 교수님이 전화하셨어. 카오루짱이 택시를 타고 갔으니 짐 부리는 것 좀 도와주라고."

이럴 때 고마워해야 하나?

나는 야마사키 아줌마가 만든 메이플 시럽 팬케이크를 먹으면서 후지타 교수가 선물한 책 다발을 풀었다. 일단 한 권을 집어 대충 넘겨보았다. 사진은 많았지만 글자가 작았다. 게다가 온통 어려운 낱말 투성이였다. 아무리 봐도 어른들을 위한 책 같았다. 나는 3분 징도 뒤직이다 집어 던지고 말았다. 이것들을 다음 주까지 모두 읽어야 한다니, 정말이지 고문이 따로 없다.

'내일 미치코한테 물어보자.'

나는 침대 속으로 들어가 깊은 잠에 빠져들었다.

그날부터 내 인생은 완전히 바뀌었다. 하지만 그것은 어디까지나 서막에 불과했다. 나중에 시작된 대소동에 비하면 차라리 평온한 일상이었으니까.

　다음날 아침. 상황은 최악이었다. 머릿속은 터질 것만 같았고 몸은 어제 실어 나른 책 때문인지 여기저기 욱신거렸다. 간신히 몸을 일으켰다. 아침 햇살이 눈부셨다. 그때 "띠링" 하고 메일이 도착하는 소리가 났다.

　✉ 디어, 카오루!

　오늘은 프랑스 레스토랑에서 스크램블드에그를 먹었다.

－신

　나도 모르게 베개를 집어던지고 싶어졌다. 아버지의 메일은 전날 쓴 메일을 복사해두었다가 메뉴만 바꿔 쓴 것 같았다. 보통 때 같으면 그냥 넘어갔을 텐데 오늘 아침에는 괜스레 짜증이 났다. 나는 모니터 앞으로 달려가 키보드를 두드렸다.

　✉ 아버지께!

어제 도쿄 대학 의학부에 입학했어요. TV 인터뷰
도 했어요. 뉴스에 어떻게 나왔는지 보지 않았지
만……. 그리고 다음 주까지 어려운 의학서적 10
권을 읽으라는 과제를 받았죠. 아주 곤란한 상황
이에요. 어떻게 하면 좋을지 가르쳐주세요.

- 카오루

괴롭지만 기댈 곳은 아버지밖에 없었다.

어쩔 수 없다. 메일을 기다리고 있는데 곧바로 답장이 왔
다. 떨리는 가슴으로 메일을 열어보니 다음과 같은 말만 달
랑 쓰여 있었다.

✉ 디어, 카오루!

그럴 때는 속여라!

- 신

아버지 그건 더 어렵잖아요! 나는 책상 위에 있는 오리 쿠

션에 얼굴을 파묻었다. 얼마동안 그렇게 얼굴을 묻고 있다가 고개를 들고서 모니터에 쿠션을 던져버렸다. 모니터 저쪽, 즉 태평양 건너편에서 아버지가 피식 웃고 있는 것만 같았다.

일단 야마사키 아줌마가 만들어준 햄에그 샌드위치를 챙겼다. 그리고 과제로 받은 책 두 권을 왼손에 들고 방을 나섰다. 32분에 오는 버스를 놓치면 지각이다.

평상시처럼 파란색 버스에 올라탔다. 뒷자리에 앉은 미치코가 이쪽으로 오라고 손짓했다. 나는 미치코 옆에 앉았다.

"카오루! 도쿄 대학은 어땠어?"

"그냥 그래. 의과대학이나 중학교나 다 거기서 거기야. 숙제만 산더미 같이 받았어."

나는 미치코에게 후지타 교수가 과제로 내준 책 두 권을 보여줬다. 미치코가 말했다.

"『왓슨과 크릭의 이중 나선 구조의 악마』와 『PCR의 모든 것』이라……. 해볼 만한 것들이네."

"이거 읽어본 적 있니?"

미치코가 웃으며 대답했다.

"음, 자세히 읽지는 않았지만 대충은 훑어봤어."

"대단한데!"

정말로 감동했다. 나는 그 감동을 나의 미래를 위해 이용하려고 했다.

"그럼 내용을 쉽게 설명해 줄 수 있니?"

미치코는 잠시 생각에 잠겼다.

"그런 문제라면 적임자가 따로 있지. 그것도 우리 반에."

누구를 가르치는 일은 미치코가 제일 잘한다. 내가 알기로 그 애보다 나은 사람은 없다. 미치코는 귀찮아서 피하는 게 틀림없다. 불쾌했다.

'그게 대체 누구냐'고 물으려는데 버스에서 사쿠라노미야 중학교 앞이라는 안내방송이 나왔다.

"내려요, 내려."

나는 책을 챙겨 들고는 미치코를 따라 앞문 쪽으로 달려갔다.

교실에 들어서니 반 아이들이 일제히 내 쪽으로 몰려들었다. 헤라누마가 맨 먼저 달라붙었다. 어제 인터뷰할 때 자기를 '친구'로 지목하지 않아서 화가 난 모양이다. 성가신 놈 같으니라고!

"실은 뉴스를 못 봤어."

야마사키 아줌마는 점심뉴스를 DVD로 녹화해두었다고 했다. 마음만 먹으면 얼마든지 확인할 수도 있었다. 조금 후회가 됐다. 역시 어제는 말도 안 되는 일로 지쳤었구나.

헤라누마는 내 말이 하나에서부터 열까지 다 맘에 안 든다는 듯 시비를 걸었다.

"아, 그러십니까! 대단한 스타라서 자신이 출연한 작품을 일일이 볼 시간이 없으시다고요? 그래도 촬영할 때의 감상 정도는 말해줘야죠."

나는 주위를 둘러싼 아이들 얼굴을 휙 둘러보았다. 모두 흥미진진한 표정을 짓고 있었다.

"조명이 지나치게 밝았던 거 같기도 하고!"

"말하기 귀찮다 이거지, 카오루짱!"

또 헤라누마다. 그의 눈은 부러움으로 기득하다. 그 순간, 문이 열리면서 담임인 타나카 선생님이 들어왔다.

"여러분, 자리에 앉아주세요."

작지만 서늘한 목소리에 모두들 자기 자리로 돌아갔다.

아침 자율학습 시간이었지만 모두들 나를 힐끔거리느라 정신이 없었다. 조금 겸연쩍긴 했지만, 왠지 모르게 자랑스러운 마음도 들었다.

점심시간이 되었다. 나는 밖에 나가지 않고 교실에 남아 두꺼운 책과 씨름했다. 미타무라가 그런 내 모습을 흘끔거렸다. 신경이 쓰이는 눈치였다. 그러다 결국 참을 수 없었던지 내게 다가왔다.

"도쿄 대학 의학부 어땠니?"

"우동이 굉장히 맛있더라고."

솔직한 내 대답에 미타무라는 순간적으로 실망한 표정을 지었다. 하지만 곧 기운을 내며 말했다.

"스카이라운지 '만텐'의 인기 메뉴긴 하지. 거기 우동은 진짜 유명해. 종류만 해도 스무 가지가 넘으니까."

"어라! 어떻게 그런 거까지 알고 있냐?"

미타무라가 기분 좋은 듯 코를 벌름거리며 말했다.

"우리 아버지 모교라서 가 본 적 있어. 멋있지, 그 바닷가 풍경……."

미타무라는 먼 곳을 응시한 채 중얼거렸다. 미타무라 이야기는 언제나 반 정도밖에 못 알아듣는다. 그래서 굉장히 곤란했는데 바닷가 풍경 이야기만큼은 들어본 기억이 있다. 전에 야마사키 아줌마와 함께 간 디즈니랜드 호텔 방에서 아줌마가 똑같은 말을 했기 때문에.

미타무라는 내 책에 흥미가 있는 모양이었다.

"『왓슨과 크릭의 이중 나선 구조의 악마』와 『PCR의 모든 것』이네……. 분자생물학 입문서로는 적당하지."

"뭐? 너도 이 책 알고 있어?"

"의학부 지망생이라면 당연히 알아둬야 할 책이지. 그런데 지금 '너도'라고 말했는데, 그럼 다른 사람이 또 알고 있는 거야?"

"미치코!"

미타무라는 실망스런 표정을 지었다. 미치코가 예술계 대학에 진학할 거라는 사실은 그도 이미 알고 있다. 그런 미치코가 읽은 책을 안다고 자랑했으니……. 미타무라는 자신이 경솔했다고 생각하는 눈치였다. 하지만 내 마음속이 복잡한 터라 녀석의 마음까지 신경 쓰고 싶지 않았다.

'이 책들이 입문서라고? 그렇다면 전문서로 들어가면 대체 어떻게 되는 거야?'

나는 조심스럽게 물었다.

"입문서라는 사실을 아는 걸 보면 이 책을 다 읽어봤다는 얘기네?"

"당근이지. 전부 우리 아버지 서재에 있는 책들이야."

단순한 노력파인 줄로만 알았는데 그렇지도 않은 모양이다. 이 녀석은 진짜로 의과대학을 노리고 있는 거다! 나는 과감하게 물었다.

"미타무라! 너 정말 열심이구나. 쉬는 시간에도 공부하고, 아버지 서재에 있는 책까지 읽고……."

미타무라가 겸연쩍은 듯 고개를 숙였다.

"당연히 노력해야지. 장차 아버지 병원을 이어받아야 하니까."

"대단해. 그런데 왜 모의고사 성적은 100위권 밖이냐?"

내 질문이 미타무라의 신경을 거슬리게 한 모양이다.

미타무라의 얼굴이 금세 벌겋게 달아올랐다. 잠시 고개를 떨어뜨리고 있던 미타무라가 주위를 두리번거리더니 기어들어가는 소리로 말했다.

"아무한테도 말하지 않는다고 약속할 수 있어?"

그 모습에 갑자기 호기심이 발동했다. 그래서 나는 얼른 고개를 끄덕였다.

"사실 난 사회과목이 싫어. 역사나 인물은 전혀 재미가 없어. 지명 같은 거는 아버지랑 가본 데 말고는 하나도 기억하지 못해."

그러고 보니 미타무라는 수학과 생물을 늘 100점 받는다고 칭찬받은 것 같다. 그런데도 작디작은 사쿠라노미야 시에서조차 100위권 밖이라는 사실이 좀 이상하긴 했다. 알고 보니 별 거 아닌 수수께끼였군.

그 순간 머릿속에 번쩍하고 섬광이 스쳤다.

"미타무라! 이 책을 전부 읽었다면 내용도 다 알겠네?"

"그럼."

미타무라가 의기양양하게 고개를 끄덕였다.

"그럼 그 내용을 나한테 가르쳐줄래?"

일순 미타무라의 얼굴이 나를 무시하는 듯한 표정으로 바뀌었다.

"내가 바본 줄 알아? 네 숙제를 도와준다고 내게 무슨 이득이 돌아오는데?"

이번에도 또 반짝이는 아이디어가 떠올랐다.

"미타무라, 잘 들어. 안 그러면 네가 꿈꾸는 도쿄 대학 의학부 교수 자리 같은 건 구름 저편의 무지개에 불과해."

미타무라가 눈을 동그랗게 떴다.

"왜, 왜 그러는데?"

"교수가 되면 헤매는 의대생을 가르쳐야 한다고. 그것도 하나가 아닌 많은 학생들을. 매년 100명 가까운 학생들이 의대에 들어오잖아. 나 정도도 제대로 가르치지 못하면서 도쿄 대학 의학부 학생들을 가르칠 수 있을 거 같아?"

이 한마디가 미타무라의 약점을 건드린 모양이다. 그가 조금 누그러진 목소리로 대답했다.

"확실한 건 아니지만, 우리 아버지 말을 들으면 너 같이 터무니없는 실력을 가진 애들도 있나보더라."

미안하다. 터무니없어서. 느닷없는 미타무라의 일격에 나는 신음소리를 냈다. 숨 쉴 틈도 주지 않고 상대의 약점을 파고들다니 역시 너는 대단해. 게다가 무의식적인 상태에서……. 깔볼 수 없는 상대. 하지만 나도 가만히 앉아 당하고만 있을 수 없다. 강렬한 카운터펀치로 갚아주마!

"미타무라! 내게 의학을 가르쳐주면 그 대가로 사회 과목을 도와줄게."

내 말에 미타무라는 자존심이 상한 모양이었다.

"특별히 너한테 배울 건 없어. 내가 너를 가르쳐줄 일은 있어도……."

"하지만 사회가 싫다며? 내 비법을 전수받으면 사회까지 평정해서 무적의 슈퍼 미타무라가 될 수 있을 텐데?"

그럴 듯한 유혹이다. 미타무라는 마음이 동하는 것 같았다. 나는 때를 놓치지 않고 회심의 일격을 가했다.

"이 거래는 네게 유리한 거야. 나를 가르친다는 사실은 바꾸어 말하면 미타무라 교수가 중학생이면서 나를 통해 의학 연구의 최전선을 좌지우지한다는 뜻이 되지. 그러면 미타무라의 아이디어로 연구할 수 있어. 2인3각 즉, 미타무라와 카오루라는 사상 최강의 조가 완성되는 거지."

바로 그 순간 운동회 때 보았던 미타무라 모습이 떠올랐다. 미타무라는 50미터 달리기에서 완주만 해도 박수를 받는다. 그런 어처구니없는 캐릭터와 내가 2인3각 경기를 해야 하다니, 실은 생각만 해도 끔찍하다. 하지만 지금이 바로 승부수를 날릴 때다. 나는 드디어 결정타를 날렸다.

"음……. 그렇게 되면 소네자키와 미타무라 이론이 노벨 의학상을 받는 것도 시간문제겠지."

그러자 미타무라가 얼른 되받아쳤다.

"미타무라와 소네자키 이론이 더 정확한 표현이지."

그래 좋아. 나는 미타무라의 얼굴을 살피며 다음 말을 기다렸다. 미타무라가 안경테를 올리며 엄숙하게 덧붙였다.

"그럼 어쩔 수 없지 뭐. 말 나온 김에 뿌리를 뽑자. 내일 올 때 책을 전부 가져와. 점심시간에 특훈하자."

'점심시간이라고? 게다가 전부를?'

나도 모르게 괴성이 나왔다.

"왜 하필 점심시간이야? 학교 끝나고 하면 안 돼?"

미타무라가 고개를 저었다.

"안 돼. 방과 후에는 학원에 가야지."

기왓장 같은 책들을 10권 몽땅 가져오라니. 기가 막힐 노릇이다.

그와 동시에 가슴 한구석으로 안도감이 밀려들었다. 미타무라는 어쩌면 하늘이 내려준 동아줄인지도 모른다. 물론 일이 잘될지 어떨지 단언할 수는 없지만 그래도 나 혼자 하는 것보다는 나을 거다. 정말 다행이다. 물론 한심스러운 면도 있지만!

그때 점심시간의 끝을 알리는 종이 울렸다. 미타무라는 허둥지둥 자기 자리로 돌아갔다. 잠시 후 헤라누마를 필두로 학급 아이들이 하나 둘 교실로 들어왔다. 나는 미타무라에게 조용히 미소를 보냈다. 하지만 녀석은 고개를 숙이며 내 시선을 피했다.

다음 날 내가 들고 온 책 더미를 보고 미타무라가 말했다.

"그렇군! 후지타 교수는 너에게 분자생물학, 특히 PCR에서 웨스턴브로트라는 DNA와 RNA, 다시 말해서 유전자 발현에서 단백질 생성이라는 분자생물학의 왕도를 가르쳐주려고 한 것 같아. 타당한 판단이라 말할 수 있겠지. 그리고 대상 질병으로 말하면……."

대단하네, 미타무라! 그래도 나한테는 너무 어려워. 조금 쉽게 말해주길……. 나는 열등생인데다가 역사나 문화에만 약간의 흥미를 갖고 있는 스페셜리스트라는 걸 잊지 말라고!

미타무라는 이제부터 알아야 할 핵심만 정리해서 가르쳐줄 모양이었다. 이 정도 분량의 책을 보고도 눈 하나 끔쩍하지 않다니. 비로소 미타무라가 다시 보였다. 그가 말을 이었다.

"망막증, 다시 말해서 레티노블라스토(Retinoblastoma, 망막아종. 어린이의 안구에 생기는 암의 일종-옮긴이)와 관련이 많은 서적들이네. 아마도 레티노에 대한 분자생물학을 연구하려는 것 같은데!"

미타무라는 또박또박 천천히 말했다. 하지만 하나도 귀에 들어오지 않았다. 나는 착실한 학생인 양 묵묵히 새겨들으려고 노력했다. 시간도 없고 실력도 없는 주제에 뭐 다른 길을 바라겠는가?

제4장

아버지께서 말씀하셨지. "실수했다고 생각되면 바로 고쳐라. 그게 가장 빠르고 좋은 길이다"라고.

3월 3일 화요일.

야마사키 아줌마가 부르는 소리를 등진 채 나는 기세도 등등하게 집을 나섰다. 행선지는 도쿄 대학 의학부의 빨간 기와 건물. 내게는 기념할만한 의과대학 첫 등교다.

평상시와 다른 버스 정류장에 섰다. 맞은편 버스 정류장에 미치코가 있었다. 나를 알아 본 미치코가 크게 손을 흔들었다.

"카오루! 기운 내!"

나는 다른 사람들을 신경 쓰며 작게 손을 흔들면서 중얼거렸다.

"소리도 크네."

미치코는 한 정거장 앞에서 버스를 탄다. 왜 이곳에 있나 생각하다 문득 떠오르는 것이 있었다. 어쩌면 미치코는 나를 응원하기 위해 일부러 버스에서 내려 기다리고 있었던 것이 아닐까?

얼마 후 미치코와 내가 항상 타는 파란색 버스가 왔다. 버스에 올라 탄 미치코는 창가 자리에 앉아 손을 흔들었다. 떠나가는 버스를 보며 나는 홀로 남겨진 기분이 들었다. 그때 새빨간 버스 한 대가 소리 없이 다가와 문을 열었다. 호흡을 길게 하고 버스에 탔다.

15분쯤 지났을까? 흔들리는 버스는 작은 언덕을 오르기 시작했다.

"다음은 종점 도쿄 대학 부속병원입니다."

버스가 멈췄다. 내리는 사람들은 전부 노인들뿐이었다. 버스에서 내려 천천히 도쿄 대학 부속병원인 하얀색 건물 쪽으로 향했다. 가다가 중간쯤에서 왼쪽으로 꺾어 담장으로 둘러쳐진 오솔길로 들어섰다. 앙상하게 마른 벚꽃 나무 사이를 뚜벅뚜벅 걸어갔다.

길 끝에 칙칙하고 빨간 건물이 있었다. 찬찬히 들여다보니 빨간 기와 건물이 마치 도깨비 집처럼 보였다.

엘리베이터에 올라 3층을 눌렀다. 문이 서서히 닫혔다. 순간 엘리베이터 안이 어두워졌다. 그리고 다시 밝아지며 천천히 위로 올라갔다. 아무리 이유를 알아도 이 잠깐의 암흑에는 적응이 힘들었다. 왜 수리를 하지 않는 걸까?

후지타 교수 뒤를 따라갈 때는 몰랐는데 혼자 걸어가고 있으니까 꼭 낯선 외국에 온 것 같은 느낌이었다. 그렇다고 외국에 가 본 적은 없지만! 아버지는 방학 때 미국에 놀러 오라고 하지만 별로 내키지 않았다. 말은 그렇게 해도 사실 영어 성적이 바닥이라 미국에 가는 길이 좀 두려웠다. 어렸을 때 아버지가 말하는 대로 미국에 따라갔으면 영어 점수를 잘 맞을 수 있을 텐데……. 좀 아쉬운 생각도 든다. 아버지는 그런 내 사정을 잘 알고 있기 때문에 메일에는 항상 '디어 카오루'를 영어로 안 쓰고 카타카나로 쓴다.

이런저런 생각을 하다가 결국 길을 헤맸다. 뭐 영어야 아무래도 좋다. 그보다 지금 내가 직면한 문제는 눈앞에 닥친 미로에서 어떻게 탈출하느냐 하는 문제다. 어슴푸레한 복도를 불안한 심정으로 어슬렁거리다 보니 '해부'라는 글자가 써진 표지판이 보였다. 한숨 돌리고 방문을 열었다.

열기가 쏟아져 나왔다. '사람들이 많구나'하고 생각했는데

둘러보니 다섯 명밖에 되질 않았다. 무언가 열심히 토론하는 분위기였다. 키가 큰 남자가 리포트 용지를 만담가의 부채처럼 흔들며 말했다.

"그러니까 이 밴드 발견이 포지티브인지 폴스인지 뒷받침할 수 있는 시험자료가 아직 나오지 않았습니다. 따라서 여기서 필요한 것은……."

주위 사람들이 자신의 이야기보다 뭔가 다른 것에 집중하고 있다는 것을 느꼈는지 그가 뒤를 돌아봤다. 문 앞에 장승처럼 서 있는 나를 보더니 말문을 닫았다. 나는 방안을 둘러봤다. 아니, 왜 아는 얼굴이 하나도 없지?

한가운데 조용히 앉아 있던 노인이 입을 열었다.

"자네는 누구지? 아! 후지타군이 데리고 있는 아이군."

처음 보는 얼굴이었다. 마치 옛날이야기에 나오는 백발이 성성한 신선 같은 모습이다.

"여기는 '신경제이 해부학 연구실'이야. 자네가 찾는 곳은 '종합 해부학 연구실'이지? 이 층은 맞는데 정반대 편에 있네."

"해부학 연구실이 여러 개 있나요?"

내가 놀라 되물었다. 방 안에 갑자기 어색한 기류가 흘렀다. 조금 전까지 침을 튀겨가며 떠들던 남자가 말했다.

"도쿄 대학에는 해부학 연구실이 세 개 있어. 그리고 정신 차리는 게 좋을 걸! 후지타 교수가 아무리 언론과 사이가 좋다고 해도 멍청하게 그러고 있다가는 버려질 수도 있으니까.”

“아카기 군! 아무 것도 모르는 어린아이한테 쓸데없는 소리 할 필요 없잖아.”

백발이 무성한 노인이 타일렀다. 아카기라고 불린 사내는 불만스러운 표정으로 소파에 털썩 주저앉았다. 노인이 평온한 미소를 지으며 말했다.

“자네는 나를 기억하지 못할 테지만, 실은 자네와 전날 교수회의에서 면식이 있었네. 중학생인데도 상당히 훌륭한 인사를 하는 것을 보고 감탄했지.”

“죄송합니다. 실례 많았습니다.”

나는 인사를 하고 방을 빠져 나왔다. 문이 닫히자 아카기라는 남자가 아무 일도 없었다는 듯 다시 떠드는 소리가 들려왔다. 돌아보니 그곳에 ‘신경제어 해부학’이라는 간판이 걸려 있었다. 다시 보아도 전혀 본 적이 없는 방이다. 왜 내가 저 문을 열었을까?

정사각형 건물의 정반대 쪽으로 갔다. 그곳에 익숙한 글자가 눈에 들어왔다.

‘종합 해부학 연구실’

휴, 이제야 겨우 제대로 찾았군. 안도의 숨을 내쉬며 문을 열었다. 우즈키 씨가 얌전히 앉아 있었다.

“좋은 아침입니다!”

우즈키 씨는 놀란 눈으로 나를 쳐다보았다. 그리고 조용히 인사했다.

"안녕! 일찍 나왔네."

"네? 벌써 아홉 시 반인데요. 일찍 나왔는데 길을 잃어서 신경인지 뭔가 하는 해부학 연구실 쪽에 갔었어요."

우즈키 씨가 웃었다.

"이 시간이면 신경제어 해부학 연구실에서 회의가 있을 텐데."

"회의라뇨? 아, 학급회의 같은 거 말하는 거죠!"

우즈키 씨가 엉거주춤 대답했다.

"회의라고 하는 건 실험결과라든가 가설을 논의하고 더 나은 안을 만들기 위해서 서로 토론한다는 걸 말하는 거야. 학급회의와 비교해도 그렇게 다르진 않지. 신경제어 해부학 연구실은 매일 아침 회의를 해."

"우리는 언제 하는데요?"

우즈키 씨는 입을 다물었다. 그때 등 뒤에서 소리가 들렸다.

"우리 연구실은 그런 거 안 하네!"

뒤돌아보니 하얀 가운을 입은 모모쿠라 씨가 서 있었다. 모모쿠라 씨는 편의점 봉지를 툭 던졌다.

샌드위치와 초콜릿 등과 더불어 두꺼운 만화잡지가 튀어 나왔다.

"와, 〈동도코〉다!"

모모쿠라 씨는 눈을 동그랗게 떴다.

"너, 중학생이면서 〈동도코〉를 읽는단 말이야?"

이번에는 내가 놀랐다. 초등학생 대상의 〈동도코〉를 중학생인 내가 읽는 게 뭐가 어떻단 말이지? 그런 식으로 말한다면 의사인 모모쿠라 씨가 〈동도코〉를 읽는 게 더 이상한 일 아닐까?

모모쿠라 씨는 기쁜 표정으로 말했다.

"소네자키 군은 뭐가 좋아?"

"「하이퍼맨 박카스-리턴즈 2」요."

나는 숨도 쉬지 않고 순식간에 대답했다. 모모쿠라 씨가 환한 미소를 지었다.

"그거 참 놀라운 걸! 드디어 동지가 생겼네."

우즈키 씨가 작은 소리로 투덜거렸다.

"모구라 씨! 아침부터 그런 이야기만 하면 후지타 교수님께 혼나요."

다시 들어봐도 우즈키 씨가 '모구라 씨'라고 말하는 것처럼 들렸다. 어쩌면 그녀는 동북 지방 출신일지도 모른다.

"신경 안 써! 교수님은 점심때가 지나야 출근하니까."

그때 문 쪽에서 소리가 들렸다.

"그렇지도 않지."

문이 열리며 후지타 교수가 웃으며 등장했다. 모모쿠라 씨 얼굴이 굳어졌다.

"후, 후지타 교수님! 이렇게 일찍 어쩐 일이시죠?"

이렇게 일찍, 이라니? 나는 시계를 봤다. 이제 곧 10시다. 여기는 대체 어떻게 돌아가고 있는 거야? 지각해도 아무렇지 않은가! 그렇기만 하다면 이곳은 내게 파라다이스다!

"무슨 말을 하는 건가. 우리 종합 해부학 연구실은 아침 아홉시까지 시간 엄수를 기본으로 하지 않나!"

후지타 교수는 안색을 바꾸어 모모쿠라 씨를 힐책하듯 말했다.

"아, 네!"

의외의 말을 들었는지 모모쿠라 씨 눈이 동그래졌다.

후지타 교수는 꼴도 보기 싫다는 표정을 지으며 〈동도코〉를 모모쿠라 씨에게 집어 던졌다.

"하찮은 만화나 읽을 시간이 있으면 PCR 생산에서 생성된 재료 형성 과정을 해독해서 추가 시험이나 해. 그 메커니즘을 밝히기만 한다면 〈네이처〉지에 실릴만한 대발견을 하는 거야. 도대체 몇 번을 이야기해야 알아듣겠나!"

"추가 실험을 주의 깊게 해보고 있지만 아무리 해도 확인할 수 없어서……. 어젯밤에도 철야를 해보았지만……."

"정신 상태야, 정신 상태! 정신집중이 부족하니까 가정을 재현할 수 없는 거잖아. 제발 정신 좀 차리게. 알겠나?"

기어이 후지타 교수는 두꺼운 〈동도코〉를 쓰레기통에 던져버렸다. 아아, 〈동도코〉최신호가…….

모모쿠라 씨는 기가 죽어 방을 나갔다. 아버지 말이 떠올랐다.

"과학에 필요한 것은 노력과 정신력이 아니라 이론과 센스다."

후지타 교수의 말은 어딘지 모르게 아버지 가르침과는 완전히 다른 느낌이 들었다.

"도대체가 융통성이 없는 친구야! 아카기 군 반만 닮아도 좋으련만."

후지타 교수는 모모쿠라 씨 뒷모습을 보며 혀를 끌끌 찼다. 그리고 나를 보며 미소를 띠었다.

"소네자키 군! 우리 도쿄 대학 의학부 의학대학원 기초학과, 종합 해부학 연구실에 아주 잘 왔네!"

후지타 교수의 웃는 얼굴이 불협화음처럼 내 가슴속에 울려 퍼졌다. 기분이 묘하게 불쾌하다는 느낌을 지울 수 없었다.

나는 교수실 소파에 앉았다. 후지타 교수는 검은 가죽의 반들반들한 의자에 양팔을 올려놓고 다른 때와 마찬가지로 웃으며 앉아 있었다. 방에 들어온 우즈키 씨가 내 앞에 홍차를 놓고 후지타 교수 책상에 커피를 내려놓았다.

후지타 교수는 아무 말 없이 커피를 마셨다. 그리고 우즈키 씨를 힐끔 보자 그녀는 황급히 방을 나갔다. 설탕이 없어 조금 곤란했지만 나 역시 후지타 교수처럼 아무 말 하지 않고 홍차를 한 모금 마셨다. 야마사키 아줌마가 끓여주는 홍차가 훨씬 맛있는데……. 하지만 나는 아무 소리도 하지 않았다.

"가져간 책들은 읽어봤나?"

후지타 교수의 물음에 나는 힘없이 고개를 끄덕였다. '힘없이'라는 부분을 나름대로 강조한 대답이었다.

"그래, 어느 정도 읽었나?"

"네?"

어느 정도라뇨? 의외의 물음에 나도 모르게 되물었다.

"그거 전부 읽어오라고 하지 않았나요?"

후지타 교수의 눈이 왕방울만 해졌다.

"다 읽었다면 좋지만 그렇게까지 기대는 안 했는데……."

후지타 교수는 나를 힐끗 보았다.

"설마 정말로 다 읽은 건 아니지?"

나도 모르게 고개를 끄덕이고 말았다.

"다 읽었다고? 10권을, 전부 다?"

큰 소리에 놀란 우즈키 씨가 비서실에서 슬쩍 이쪽을 보았다. 후지타 교수는 그녀에겐 신경도 쓰지 않은 채 자리에서 일어나 팔짱을 끼고 갑자기 왔다 갔다 하기 시작했다. 그 모습을 보고 우즈키 씨는 다시 고개를 숙였다. 마치 바다 속 모래에 몸을 숨기고 있는 뱀장어처럼.

후지타 교수는 눈을 반짝이며 나를 봤다.

"역시 잠재능력시험 일본 제일인자다워. 분량이 좀 많다고 생각했었는데 그걸 다 읽어오다니……. 놀라워!"

후지타 교수의 표정이 흡족한 듯 환해졌다.

아이쿠, 실수했나! 아버지의 가르침을 떠올렸다. 원조는 『손자병법』이지만. 손자가 말하길 '선공이 필승의 비법이다. 공격이 최대 방어다!'라고 했지 않은가.

물론 도박에 실패하면 말도 안 되는 결과가 나오겠지만 어차피 언젠가는 들통 날 일이다. 그렇다면 일말의 가능성에 걸어 보자. 이판사판이다! 이것은 헤라누마와 피구 놀이를 하면서 익힌 전략이다. 게다가 승률도 꽤 높았다.

"후지타 교수님이 기대하고 있는 건 제가 레티노블라스토마 유전자 발현의 특이성을 추출하는 거죠?"

너무 놀란 나머지 후지타 교수의 표정이 무너져 내렸다. 눈동자 속에서는 기묘한 빛이 번쩍였다.

"멋있어. 환상적이야!"

그리고 뭔가 생각났는지 내게서 떨어져 건너편 소파에 앉았다.

"그 많은 양을 이렇게 단기간에 읽다니. 거기다 유추해서 가설 구축까지 하다니……. 뛰어난 통찰력이야. 일본 제일이라는 말이 결코 허튼소리는 아니군. 역시 게임이론의 일인자 소네자키 신이치로 교수의 아들이라 뭐가 달라도 달라!"

고맙다, 미타무라! 나는 머릿속으로 우리 학급의 다크호스인 의학부 지망생 미타무라의 얼굴을 떠올렸다. 대단한 녀석이야! 네 덕분에 나의 진주만 공격은 성공적으로 끝났어. 니이타카산 등반은 끝났다!

하지만 나는 항상 결정적일 때 제일 중요한 가르침을 잊는다. 아버지가 무엇보다 중요하게 여기는 핵심사항을!

"무엇이든 지나치게 승리하는 것은 좋지 않다. 적당한 게 제일 좋아."

그래, 지금도 나는 아버지가 제일 강조하는 그 가르침을 잊어버렸다. 그렇게 다짐하고 다짐했었건만!

후지타 교수는 내 뛰어난 학습능력과 예리한 통찰력, 거기다 무한한 가능성을 간지하고 눈을 반짝였다. 그리고 일어나 책상 서랍에서 얇은 소책자를 꺼냈다.

"그 정도면 충분해. 이제 착착 진행해 보자고. 이번에는 이 논문을 목요일까지 읽어 보게."

슬쩍 표지를 보았다. 제기랄! 내가 제일 싫어하는 영어잖아!

"어, 저, 그……. 전 영어가 제일 싫은데……."

황급히 양손을 저으며 이실직고했다. 말도 안 되는 소리다.

더 이상 내 능력을 과대포장 한다면 그만두려 해도 그만둘 수 없는 상황이 올 수 있다. 이대로라면 사기가 되어 버린다.

후지타 교수가 웃으며 말했다.

"음, 중학생이니 영어는 막 배우기 시작했을 테고 불안할 수 있지. 하지만 앞으로 의학연구는 세계 표준이 되지 않으면 안 되네. 영어는 세계 공통어고 의학계도 영어 실력 없이는 경쟁할 수 없는 시대가 되고 있어."

저기, 선생님 전 의학계에서 경쟁할 생각은 추호도 없는데요. 그리고 어제 학교에서 내준 산수, 아니 수학 숙제도 잔뜩 있어서…….

목구멍까지 말이 넘어오려는데 후지타 교수는 쉼 없이 떠들어댔다.

"걱정할 것 없어. 의학 논문이라도 문법은 중학교 수준이야. 대학원도 별다른 것은 없네. 단어가 어렵긴 하지만 짧은 시간에 그 많은 책들을 읽어낸 수준이라면 금방 해낼 수 있을 거야. 전문용어가 나오지만 영어와 일본어로 병기해 놓았으니까 단어만 이해할 수 있으면 사실 간단한 내용이지. 이 논문은……."

진주만 공습! 태평양 전쟁사에 의하면 일본군은 진주만을 공격하는 무모한 선제공격으로 전쟁의 서막을 장식했다. 하지만 그 공습은 미국의 신경을 건드려 결국 일본군은 태평양 전쟁에서 참패를 했다. 이러한 역사적 사실을 잊고 조금 전에 내 행동을 진주만 공격으로 비유했던 나는 얼마나 어리석은가?

나는 조용히 자기반성을 했다.

'아버지! 당신의 가르침이 맞았어요.'

후지타 교수의 말이 이어졌다.

"이 정도라면 예상했던 스케줄보다 훨씬 앞당겨도 되겠어. 쇠뿔도 단김에 빼라고 오늘부터 최전선 실험에 들어가세."

최전선 실험이라면? 잠깐만요 선생님! 무슨 일이든 지나치면 안 좋다고 아버지가 가르쳐줬는데……. 게다가 제가 이해하고 있는 것은 거대한 원리 같은 것이 아니에요. 의학부를 지망하는 친구가 정리해서 알려준 내용이라고요. 그것도 백분의 일로 대충 정리해서 알려준 내용을 윤곽만 겨우 이해한 것이 전부인데 지금 무슨 말씀을 히시는 겁니끼? 말도 인 됩니다!

하지만 어쩌겠는가. 자업자득이라고 내가 자초한 일인 것을. 나의 선제공격 때문에 벌어진 일이니 이젠 어쩔 도리가 없다. 결국 갈 때까지 가보는 수밖에!

나는 결심했다.

"와, 정말 기뻐요. 실은 최전선의 실험을 해보고 싶어서 기대하고 있었거든요.”

또 다시 아버지의 가르침이 뇌리를 스쳤다.

“부딪히는 칼 아래야말로 지옥이 되고, 깊이 들어가면 그 다음은 극락!”(에도 말기의 고위관료인 카츠 카이슈가 한 말-옮긴이)

위대한 검객의 노래인 듯하다. 지옥도 극락도 나는 관심 없지만 이왕이면 깊이 들어가 극락으로 들어가고 싶다. 여기서 어설프게 거절하거나 물러서면 모처럼 허세 부려 만든 종이호랑이가 망가져버린다.

후지타 교수는 만족스러운 미소를 띠며 고개를 끄덕였다.

“훌륭해. 그럼 빨리 모모쿠라 군의 조수로 실험에 들어가도록 하지.”

나는 소파에 앉아 식어가는 홍차 잔을 멍하니 바라보고 있었다.

후지타 교수가 영어로 한마디 했다.

“Any question?”

“네?”

후지타 교수의 표정이 순간 일그러졌다.

“소네자키 군은 그 유명한 소네자키 교수의 아들이지? 그럼 일상 영어회화 정도는 능숙하게 해야 하지 않겠어?”

나는 어깨를 떨어뜨렸다.

“서툴러서요…….”

후지타 교수가 고개를 갸웃거렸다.

"자네는 때때로 이상한 일본어를 쓰는군. 대체 누구의 영향이지?"

좋아하는 위인전기 영향입니다! 그렇게 말하고 싶었다. 하지만 그랬다간 후지타 교수에게 대들고 있다는 오해를 불러일으킬 것 같아 입을 다물었다.

"애니 퀘스쳔. 다시 말해서 '질문은 없는가'라고 물었어."

질문을 하려다가 마음 한구석에서 갑자기 뜬금없는 의문이 떠올랐다. 아무런 생각 없이 그 의문이 입 밖으로 튀어나왔다.

"저기, 이 층 반대편에 신경인가 하는 해부학 연구실이 있는데 그것 역시 해부학 연구실인가요?"

돌연, 후지타 교수의 표정이 무색투명한 얼굴이 되었다. 무색투명한 얼굴이 대체 무엇일까! 그것이 어떤 얼굴일까를 생각하며 내 자신의 표현력에 고개를 내저었다.

한참 만에 후지타 교수의 말이 허공을 갈랐다.

"그런 곳은 소네자키 군이 알 필요 없네. 전혀 관심 둘 필요가 없는 데야."

냉랭한 말투에 나도 모르게 고개를 움츠렸다.

후지타 교수와 엘리베이터에 타자 또다시 순간적으로 불

이 나갔다. 그리고 잠시 뒤 엘리베이터가 천천히 내려가기 시작했다. 1층을 지나 지하 1층에서 엘리베이터가 멈췄다. 문이 열리자 서늘한 공기가 가슴으로 밀려들었다.

어둠침침한 복도가 계속 이어졌다. 천정에는 띄엄띄엄 백열전등이 매달려 있었다. 마치 시대가 50년 정도 후퇴한 느낌이랄까?

앞서 걷는 후지타 교수의 발소리가 탁탁 꼬리를 치듯 복도에 울려 퍼졌다. 잠시 발소리의 리듬이 늘어졌다고 생각하는데 정신을 차려보면 후지타 교수의 모습이 앞으로 휙휙 나아가고 있었다. 희미한 어둠 속에서 모습이 사라질 것만 같아 나는 황급히 뒤를 따라붙었다. 조금이라도 거리가 떨어지면 어둠에 사로잡혀 움직일 수 없을 것만 같아서.

후지타 교수는 막다른 방문 앞에 도착해 뒤를 돌아보았다.

"소네자키 군! 하나만 주의하게. 지금 통과한 복도 좌우에 있는 문은 결코 열면 안 되네."

후지타 교수의 단호한 말을 이 복도에서 들으니 독특한 무게가 느껴졌다. 나는 마른 침을 꿀꺽 삼켰다. 그리고 기어들어가는 목소리로 되물었다.

"왜 안 되는데요?"

마치 일본 옛날이야기 「은혜 갚은 두루미」 같았다. 후지타 교수가 곧바로 대답했다.

“저 방들은 예전부터 해부된 사람들의 장기를 포르말린에 담아서 보관하고 있기 때문이야.”

“섬뜩하네요. 교수님 그런 농담하지 마세요.”

나도 모르게 몸서리가 쳐졌다. 후지타 교수는 의아한 표정을 지었다.

“왜 내가 자네한테 농담을 한다고 생각하지?”

막 지나온 복도를 돌아보았다. 이곳에 시체들이 쌓여 있다니! 나는 그 말 한마디에 몸이 얼어붙었다. 하지만 마음을 굳게 다잡고 후지타 교수를 따라 방안으로 들어갔다.

어두운 복도와는 대조적으로 방안은 불빛이 환해서 안심이 됐다. 한쪽 구석에 하얀 가운이 둥글게 웅크리고 있었다. 자세히 보니 모모쿠라 씨가 책상 쪽으로 등을 둥글게 웅크리고 일사불란하게 무엇인가를 하고 있었다.

“모모쿠라 군!”

후지타 교수가 부르는 것도 모르고 모모구라 씨는 책상 위의 시험관을 응시하며 열심히 유리관을 조작하고 있었다.

“모, 모, 쿠, 라, 군!”

후지타 교수의 큰소리에 모모쿠라 씨가 움찔 놀라 고개를 들었다. 순간 그는 어안이 벙벙한 표정으로 말했다.

“후, 후지타 교수님! 무슨 일이십니까?”

“여러 가지 물어보니 소네자키 군의 이해력이 생각보다 뛰어난 것을 알게 됐네. 일전에 자네와 이야기한 소네자키 군 커리큘럼을 앞당겨 해보기로 결정했지. 스텝5부터 확 당겨서 시도해 보세."

"그, 그렇게 빨리……."

"빠르지가 않아. 소네자키 군이 내가 준 책 10권을 2주 만에 완벽히 이해했네. 과연 슈퍼 중학생 의학도야. 이 정도라면 단번에 스텝5로 뛰어도 지장이 없어."

모모쿠라 씨는 걱정스러운 듯 내게 물었다.

"정말 단 2주 만에 10권 전부 독파하고 이해했어? 적어도 2개월은 걸릴 거라고 생각했는데."

그럼 처음부터 그렇게 얘기해줬어야죠. 그럼 미타무라에게 지도 받는 것을 2개월에 맞춰서 할 수 있었잖아요! 그때 아버지의 말이 폐부를 찔렀다.

"실수는 느끼는 순간 고치는 것이 가장 빠르고 가장 좋은 대응책이다."

잠시 '진실을 고백할까' 하는 생각을 해보았다. 그런데 그 순간 문이 열리고 검은 학생복 차림에 키가 큰 남자가 방으로 들어왔다. 나의 선배인 슈퍼 고등학생 의학도인 사사키였다.

아무 생각 없이 사사키 선배가 손에 들고 있는 병을 봤다.

오, 맙소사! 일순 내 몸은 망부석이 되었다. 그가 손에 들고 있는 것. 그것은 적출한 안구였다. 물속에서 흔들거리는 안구가 나를 흘기는 것 같았다. 순간 정신이 아득해졌다. 어두워져 가는 눈 앞의 광경 한구석에서 사사키 선배의 왼쪽 눈이 싸늘하게 빛났다.

선뜩한 감촉. 눈을 떠보니 천정이 하얗다.
들여다보는 하얀 얼굴, 우즈키 씨다.
"정신이 들었어?"
낮은 음성. 안심이 됐다는 듯한 한숨. 나는 쓰러지기 전 광경을 떠올리고 황망히 몸을 일으켰다. 이마에 얹어 놓은 젖은 수건이 바닥에 떨어졌다.
"그 안구는……."
"소네자키 군에게 실험현장은 아직 이른 것 같네."
뒤에서 소리가 들렸다. 후지타 교수 목소리였다. 고개를 들자 교수의 얼굴이 거꾸로 시야에 잡혔다.
"죄송합니다. 소네자기 군이 있으리라고는 생각지도 못해서……."
사사키 선배 목소리였다. 얼굴이 붉게 달아올랐다. 그 정도 광경에 정신을 잃다니! 그러나 스스로 그 정도라고 말하기는 했지만 느닷없이 적출된 안구와 마주친다면 보통 중학생 둘 중 하나는 정신을 잃을 것이다.
나는 조심스럽게 물었다.

“그 안구는 뭐였죠?”

사사키 선배와 후지타 교수의 시선이 잠시 마주쳤다. 후지타 교수가 입을 열었다.

“그것은 레티노블라스토마 치료를 위해 수술로 적출한 안구야. 반 정도는 병을 알아보기 위해 사용하지. 나머지 반은 그 병 연구를 위해 쓰네. 수술실에서 받은 거야.”

“지금은 어디 있나요?”

후지타 교수가 구석에 있는 둥근 용기를 손으로 가리켰다.

“딥프리저(급속 냉동고)에 동결보관하고 있네.”

후지타 교수가 걱정스럽게 나를 살폈다.

“안구에 발생하는 암인 레티노블라스토마는 우리 연구실의 가장 큰 연구 주제 중 하나지. 그 연구를 도와 줄 것을 소네자키 군에게 부탁하려 했는데……. 곤란해졌군!”

“곤란하다니요? 무슨 뜻이죠?”

내가 묻자 후지타 교수의 표정이 잠시 흔들렸다. 그리고 잠시 뒤 적당한 표현을 생각해낸 듯 천천히 말했다.

“소네자키 군을 레티노 프로젝트 멤버로 쓰려고 했는데 적출된 안구만 보고도 정신을 잃는다면 다시 생각해봐야만…….”

나는 재빨리 말했다.

“괜찮아요. 아까는 처음이고 게다가 갑작스럽게 보았기 때문에 놀란 것뿐이에요. 마음의 준비가 되면 아무렇지도 않을 거예요."

"무리하지 않아도 돼. 연구 재료는 그 밖에도 많으니까."

나는 강하게 고개를 가로저었다.

"아닙니다. 모처럼 기회인데 레티노블라스토마 연구를 하게 해주세요."

후지타 교수는 야릇한 표정을 지었다.

"왜 그렇게 레티노에 집착하지? 특별한 이유라도 있나?"

다시 고개를 저었다.

"왠지 모르게 레티노 연구가 재미있을 것 같아서요."

내 말에 사사키 선배의 왼쪽 눈이 번쩍 빛나는 것 같았다. 가슴이 철렁 내려앉았다.

내 말은 반은 진짜 반은 거짓이다. 레티노 연구에 흥미를 보인 사람은 내가 아니라 의학부 지망생인 공부벌레 미타무라다. 미타무라는 내게 10권의 책에 대한 설명을 초스피드로 해 준 뒤 부탁의 말을 남겼다.

"레티노는 유전자학적 해석에 있어서 상당히 흥미 있는 분야야. 운이 좋아. 나한테 몇 가지 좋은 아이디어가 있는데……. 레티노 발병의 메커니즘을 해명하고 둘이서 노벨 의학상을 노려보자."

미타무라와의 점심시간 학습은 거의 열흘이나 계속되었

다. 그렇게 해서 나는 레티노라는 병의 윤곽을 최소한도로 이해할 수 있었다. 지금에 와서 레티노라는 연구 주제가 바뀌어버린다면 미타무라와 함께 투자한 수많은 시간이 전부 물거품이 되어버린다. 그것만큼은 피하고 싶었다. 레티노를 대상에서 제외하면 내 의학적 지식 창고는 거의 바닥이 나니까!

후지타 교수는 내 눈을 보며 말했다.

"알겠네. 그렇게 서둘러 정할 필요는 없으니까 잠시 생각해보도록 하지. 단, 오늘은 돌아가게. 얼굴이 파랗게 질렸어."

나는 솔직하게 고개를 끄덕였다. 이렇게 나의 도쿄 대학 의학부에서의 연구 첫날은 참담하게 끝이 났다.

제5장

아버지께서 말씀하셨지, "쓸모없는 것에는 쓸모없는 이유가 있다"라고.

4월.

중학교 2학년이 되었다. 의무교육이니 2학년이 되는 것은 당연한 일이다. 이런 말 하는 자체가 내 성적이 2학년이 되기엔 형편없다고 폭로하는 것 같지만 기쁜 것은 어쩔 수 없는 사실이다.

2학년이 되었지만 학급 변경 없이 1학년 학급이 그대로 유지되었다. 담임도 타나카 선생님 그대로였다. 아침 조회시간에 선생님은 웃으며 말했다.

"여러분과 다시 같은 반이 되어 기쁩니다. 그런데……."

숨을 고르고 선생님은 의미심장하게 말했다.

"올해야말로 합창대회 준비를 제대로 할 때에요. 자유 곡은 작년과 마찬가지로 「날개를 주세요」로 할 거에요! 괜찮죠?"

아무도 그런 문제를 신경 쓰지 않거든요? 변함없이 오버하신다.

나는 3월부터 참가한 후지타 연구실에서의 연구자 생활과 사쿠라노미야 중학교에서의 중학생 생활이라는 이중생활에 익숙해지고 있었다. 양쪽 다 백업 체제가 잘 돌아가고 있었기 때문이다.

먼저 나는 지도교관인 모모쿠라 씨와 후지타 교수가 말한 내용을 노트에 잘 적었다. 그것을 그 상태로 미타무라에게 보여주고 어드바이스를 듣기 위한 보충 자료로 썼다. 무슨 일이든 적당히 넘기는 나였지만 웬일인지 이 일만큼은 잘 해냈고 꽤 좋아했다. 좋아하는 아버지의 말도 노트에 빠짐없이 메모할 정도였다. 실험 중에 느낀 것들은 전부 기록했다. 그리고 날짜를 붙이자 일기처럼 되었다.

가령, 4월 첫째 주 기록은 다음과 같다.

4월 7일 (화) 구름

아침부터 도쿄 대학. PCR 검체(재료라고 말하지만 이 실험의 경우 안구 속에서 마구 증식하는 암 즉, 레티노를 말

함)를 짓이겨 약과 함께 기계에 넣었다. 결과를 기다리는 동안 홈을 만들어 액체와 검체를 같이 흘려 넣었다. 그리고 전기냉동기라는 기계에 넣고 전기를 꽂으면 파란 액체가 홈 속을 서서히 이동한다. 다 흐르고 난 후 그 홈에 분석시트라는 반질반질한 종이를 붙인다. 그리고 그 위에 다시 종이를 덮고 무거운 돌을 얹은 다음 천천히 시간을 갖고 눌러 부순다.

마치 홈 속에 핀 꽃 같았다. 이렇게 하면 홈에 들어간 PCR 프로덕트가 분석시트 위로 움직이게 된다. 3시간을 기다려 완전히 짜부라진 홈에서 분석시트를 떼어내 생리식염수로 씻는다. 그리고 비닐에 액체를 넣고(이 조작은 모모쿠라 씨가 한다) 흔들거리는 기계에 넣는다. 여기까지 하자 모모쿠라 씨가 오늘은 그만해도 된다고 해서 집으로 돌아왔다.

덧붙여서 오늘 한 실험은 레티노 넘버 24의 검체에 대하여 캥거루 유전자 전이의 유무를 확인할 수 있는 과정을 사용한 PCR인 것 같다.

날짜, 검체의 번호, 사용 과정의 정보만은 정확히 기록하라는 모모쿠라 씨의 잔소리를 귀가 따갑게 들음.

4월 8일 (수) 맑음

사쿠라노미야 중학교 입학식. 점심시간에 미타무라에게 PCR에 관하여 질문했다. 애니링이라는 것이 온도에 따라 일어나기도 하고 안 일어나기도 하기 때문에 온도를 바꾸어 줌으로써 작은 프라이머라는 녀석을 붙이거나 떨어뜨려 유전자 DNA 일부분을 증폭시키는 듯하다. 뭐가 뭔지 전혀 모르겠다고 하자 미타무라가 답답해했다.

4월 9일 (목) 맑음

도쿄 대학. 해부학 연구실에 도착하자마자 흥분한 모모쿠라 씨에게 어제의 PCR 결과를 들었다. 레티노블라스토마에 특징적인 단백질 관련 RNA 이상발현이 검출된 듯하다. '캥거루 유전자 전이가 리피트 배열 삽입이라는 형태로 확인된 것은 세계에 유례가 없는' 것 같았다.

모모쿠라 씨가 반복해서 비기너스 럭(Beginner's Luck)이라고 말했다. 데이터가 올바르면 레티노 특유의 단백 AY811의 일곱 번째 아미노산이 신스이기에서 소스이기로 변환하고 여기서 잘라버리는 것 같았다. 그렇게 되면 단백질 성질이 180도 변하는 것 같다. 뭐가 뭔지 알 수 없지만 대단한 일이 벌어진 것만은 확실한 듯하다. 자세히 알고 싶었지만 슈퍼 중학생인 나로서는 그 정도를 이제 와서 물어보는 것도 그렇고

해서 모모쿠라 씨의 이야기를 조용히 듣고만 있었다. 어쩔 수 없지. 내일 미타무라에게 물어봐야지.

4월 10일 (금) 구름

사쿠라노미야 중학교. 내 이야기를 듣고 미타무라도 흥분했다. 이 소스이기 전환은 현재 레티노 관련 분야에서 주요 이슈가 되고 있는 것 같았다. '전이 부위에서 단절이 확인되면 세계적 대발견이 된다'고 했다. 어떻게 그런 전문적인 내용을 알고 있느냐고 물었더니 미타무라가 자신만만한 표정으로 말했다. 인터넷으로 조사해보면 하나의 질병에 관해서는 내일이라도 의학부 학생에게 자세히 강의할 자신이 있다고! 이 녀석은 단순한 공부벌레가 아니라 의학 편집광이라는 사실을 다시 한 번 확인했다. 미타무라 말에 의하면 어쩌면 정말로 '미타무라·소네자키 이론'으로 노벨 의학상을 탈 수 있을지도 모른다……. 설마!

일련의 메모를 다 읽고 난 뒤에 야마사키 아줌마가 아침 식사용으로 만들어 준 파인애플 크루아상을 먹었다. 그리고 아버지가 밤에 보낸 메일을 열어봤다. 다소 생소한 정식 메일이었다.

✉ 디어, 카오루!

어제의 메일은 굉장히 흥미진진했다. 너라면 의
학 역사에 빛나는 작은 족적을 남길지도 모르겠
다. 콩그레츄레이션!

- 신

어제 저녁 연구실에서 있었던 일을 다시 정리했다. 문득 생
각나는 내용이 있어 그것 역시 아버지에게 메일로 보냈다. 이
렇게 칭찬받기는 오랜만이다. 게다가 아버지가 아침메뉴 쓰
는 것도 잊어버리고 축하까지 해주다니! 그렇더라도 나도 이
미 중학교 2학년인데 콩그레츄레이션 정도는 영어로 쓰지.
'디어'도…….

그래도 기쁜 나머지 아버지에게 즉시 답 메일을 보냈다.

✉ 아버지께!

이대로 의학 연구가가 될까요? 학교에서 배우는
수학 같은 불필요한 것은 그만두고…….

놀랍게도 즉시 답장이 왔다. 태평양 저 건너편에서 아버지
는 컴퓨터 앞에 앉아 일하고 계시는 중인 것 같다.

✉ 디어, 카오루!

너라면 지금이라도 의학자가 될 수 있겠지만 서
두를 필요 없다. 불필요하다고 생각하는 것과 마주
대하는 일도 중요하다. 불필요한 일도 그 나름의 필
요성이 있으니까!

아버지의 메일에는 여전히 알아들을 수 없는 내용들도 있
다. 하지만 조금 자랑스러운 기분이 들어 기록 노트를 다시
한 번 읽어봤다. 그리고 도쿄 대학 의학부로 가기 위해 집을
나섰다.

등 뒤에서 야마사키 아줌마의 '비가 오니 우산을 가져가
라'는 소리가 들려왔지만 무시해버렸다. 버스 정류장은 우리
집 바로 앞에 있고 지붕도 있다. 달려가면 30초라서 비가 억
수같이 와도 여유만만이다. 게다가 오늘 아침은 다행히 가랑
비다.

이내 도착한 빨간 버스에 올라탔다. 비 냄새가 물씬 풍겼다.

버스가 완만한 언덕을 올라감에 따라 비에 젖은 도쿄 대학 의학부의 하얀 고층빌딩 병동이 점차 크게 보였다. 종점에 내리자 빗줄기가 꽤 굵어졌다. 멀리 보이는 빨간 기와 건물을 향해 뛰었다.

빗물을 털어내며 엘리베이터에 올라 버튼을 눌렀다. 조명이 잠시 꺼지더니 천천히 올라갔다. 불빛을 쳐다보며 문득 전기가 나가는 엘리베이터에 이미 익숙해졌다는 느낌이 들었다. 이곳에 오기 시작한지 아직 한 달 정도밖에 지나지 않았다는 점을 상기하고 스스로도 놀랐다. 이렇게 빨리 적응하다니!

의학부에 조금씩 익숙해져 가고 있다. 핵심만 알면 간단해서 매일 매일 단순한 일이었다. 도쿄 대학에서 한 실험내용을 다음 날 사쿠라노미야 중학교 특명 스태프인 미타무라에게 해독해 받으면 된다. 병행해서 또 한 가지 기발한 방법을 개발했다. 그것은 사쿠라노미야 중학교 숙제를 도쿄 대학에서 끝내는 방법이다. 이렇게 말하면 내가 마치 짬을 이용해 일을 처리하는 유능한 비즈니스맨같이 24시간을 알차게 보내는 것처럼 보이겠지만 현실은 훨씬 간단하다. 실은 학교 숙제를 모모쿠라 씨에게 부탁하고 있다. 실험을 함께 하면서 모모쿠라 씨는 내가 말도 안 되는 열등생이라는 사실을 서서히 알게 되었다.

"잔소리는 별로 하고 싶지 않지만 소네자키 군은 이런 곳에서 의학연구를 하는 것보다 더 어울리는 일이 있을 것 같은데? 예를 들어 산수 같은 거 말이야!"

정확한 지적이다. 나는 입을 다물었다. 모모쿠라 씨는 천천히 말을 이었다.

"음, 후지타 교수님이 자네를 무리하게 데리고 온 모양인데 부하인 내게도 어느 정도 책임이 있지. 게다가 너는 무엇보다 행운아이기 때문에 귀중한 발견을 해 준 답례로 내가 특별히 중학교 수학을 가르쳐 주는 거야."

이렇게 해서 힘들이지 않고 도쿄 대학 의학부 현역 의사를 개인교사로 고용하게 되었다. 이런 얘길 하면 마치 내가 제멋대로인 망나니처럼 군다고 생각할지 모르겠다. 하지만 사실 그렇게 심하게 횡포를 부리는 것은 아니다. 그리고 모모쿠라 씨에게 그리 부담 되는 일도 아니다. 분자 생물학 실험은 대체로 실험 결과가 나올 때까지 기다리는 일이 많은 여유 있는 작업이니까!

실험 광경은 이렇다.

검체(머티어리얼, 또는 PCR 프로덕트)라고 불리는 귀이개 끄트머리보다도 작은 고기 덩어리(대개는 암 자체)와, 컨트롤이라고 불리는 비교 고기 덩어리(이것 역시 작다)를 각각 동시에 짓이긴다. 작은 병의 조미료를 몇 종류 흔들어 섞는다. 그리고 뜨거운 물에 끓인다. 그 동안 디저트 젤리를 전자레인지에서 녹여 틀에 붓는다. 단단해지면 냉장고에서 식힌다. 젤리가 만들어지면 조금 전의 짓이긴 검체 액에 파란 장식을 흔들어 섞어 극히 적은 양을 젤리 홈에 붓는다. 이런 식으로 말하면 마치 일사분란하게 움직이는 능숙한 조리장처럼 생각될 수도 있겠지만 실제 실험에서는 이런 작업을 3시간 정도에 걸쳐 천천히 행한다. 이렇게 시간이 많이 걸리는 까닭은 나와 모모쿠라 씨의 기술이 나쁘기 때문이 아니다. 하나의 과정이 끝나야 다음 과정으로 넘어갈 수 있고, 어쩔 수 없이 중간에 기다려야 하는 시간이 많기 때문이다. 모든 사전 준비가 완료되면 마지막으로 전기 스위치를 올리면 끝이 난다. 그리고 두 시간 가만히 기다리면 그만이다. 그때는 아무 것도 하지 않는다.

실험 결과를 기다리는 시간은 언제나 지루하다. 때문에 처음에는 서로의 취미, 예를 들어 〈동도코〉의 인기연재 만화인 「하이퍼맨 박카스-리턴즈 2」에 관하여 열변을 토하기도 했다. 하지만 그것도 금세 질려버리고 말았다. 원래 나와 모모쿠라 씨는 너무 취향이 달랐다. 나는 술주정뱅이지만 정의의 사도인 박카스 팬이다. 하지만 모모쿠라 씨는 지구 침략을 꾸미는 악인이면서 정의를 말하는 시트론 별 사람 지지자이다. 때문에 이야기가 일치할 리 없다. 논의를 하다 보면 결국 어느 쪽인가 심기가 불편해지기 일쑤다.

둘만의 시간 보내기가 따분해지자 모모쿠라 씨는 내게 공부를 가르쳐주었다. 마치 열등생을 구제해야하는 미션을 부여받은 사람처럼 굉장히 열심히. 무엇보다도 수학 공부 분야에서는 상하의 역학관계가 확실했기 때문에 우리의 대화 흐름도 부드러웠다. 가령, '박카스와 스트론 별 사람들 중 어느 쪽이 세계평화를 위하는 것인가'에 관한 논의 때처럼 뒤죽박죽이 될 여지는 없었다. 모모쿠라 씨는 천하의 도쿄 대학 의학부 현역 의사이고 나는 이름 없는 사쿠라노미야 중학교의 열등생이기 때문이다. 그러나 현실은 박카스 팬인 내게 훨씬 이익이 많았다. 따지고 보면 나의 행동은 모모쿠라 씨에게 내 숙제를 떠안기는 악랄한 코반자메의 상거래에 지나지 않기 때문이다. 타인의 호의를 악용하다니……. 일본 제일의 슈퍼 중학생 이름에 먹칠하는 행위라는 사실을 잘 알지만 어쩔 수 없는 일이다. 나는 보통의 중학생보다 떨어지는 성적으로 원치도 않았던 일본 제일이라는 간판을 달고 최첨난 교육을 받아야만 하는 상황이니까! 이런 쓸데없는 의무와 짐을 안고 살아가고 있기 때문에 분명 신도 숙제 정도를 떠넘기는 일은 관대하게 봐주실 것이다.

어쩌면 반대로 '그것은 자업자득'이라고 하며 신 역시 나의 하소연을 매몰차게 뿌리칠지도 모른다. 만일 그렇다면 내 마음속 신의 모습은 무심한 아버지와 닮아갈 것이다.

이야기가 벗어났다. 실험과 숙제의 맞바꿈 이야기였다.

모모쿠라 씨가 가르치는 방법은 뛰어나다고 생각한다. 하지만 작고 통통한 몸에 사람 좋아 보이는 얼굴과는 안 어울리게 모모쿠라 씨는 의외로 성질이 급했다.

"따라서 학의 다리는 두 개, 거북이는 네 개잖아. 두 수가 정해져 있으면 연립방정식이 성립하기 때문에……."

"……연립방정식이 뭐에요?"

모모쿠라 씨는 어이없다는 듯 나를 빤히 쳐다본다.

"몰라? 중학교 2학년이? 당연히 배웠을 텐데!"

나는 애매하게 고개를 끄덕인다. 어쩌면 배웠을지도 모르지만 적어도 지금 나는 모른다. 방정식이라는 말을 들은 적이 있는 거 보면 수업 중에 몰래 〈동도코〉를 읽는 사이 연립방정식까지 진도가 나갔을 수도 있다. 이제와 다그친다고 해도 어쩔 수 없는 일이다. 지금에서야 그런 사실을 알았다고 해서 수학 실력에 무슨 도움이 되겠는가.

모모쿠라 씨는 머리를 감싸 쥐었다.

"연립방정식을 세우면 간단한데, 그걸 모른다면 가르치기가 좀 까다로운데……."

모모쿠라 씨는 중얼거렸다.

"점감법으로 가르치면 좋을까? 우선 학이 한 마리 줄고 거북이가 한 마리 늘어나면 다리 수는 두 개 늘어나니까 처음부터 전부 학이라고 생각하면 다리 수가 확정되어……."

나는 어이없는 표정을 지었다.

"그런 방식이라면 나도 할 줄 알아요. 왜 내가 일부러 모모쿠라 씨에게 질문했는지 알아요? 이 문제는……. 8925마리의 학과 거북의 다리를 합한 수가 27846개에요! 모모쿠라 씨 방법으로 답을 내려면 도대체 언제쯤이나 돼야 한단 말인가요?"

모모쿠라 씨는 기가 막힌 표정이었다. 8925마리의 학과 거북이가 모모쿠라 씨 머릿속에서 부풀어 올라 한꺼번에 터져버린 느낌이었다.

내가 하고 싶었던 얘기는 학과 거북의 다리를 합한 수가 27846개라는 말이 아니다. 모모쿠라 씨가 그다지 융통성이 없는 사람이라는 말을 하고 싶었을 뿐!

8925마리의 학과 거북이 이야기를 하고 있는데 문이 열리고 우즈키 씨가 들어왔다.

"저기, 모모쿠라 씨와 소네자키 군. 후지타 교수님이 지금부터 긴급회의가 있으니까 곧바로 위로 오라고 하시는데요."

"지금 바로요?"

모모쿠라 씨가 의아한 듯 물었다.

"안되겠는데요. 지금은 일전에 소네자키 군이 발견한 놀라운 이론을 확인 중하고 있어서. 중요한 시점이라 지금부터 한 시간 정도 자리를 비울 수 없습니다."

우와! 지금 하는 일이 그렇게 중요한 일이란 말인가! 나는 깜짝 놀라 물으려다 황급히 입을 다물었다. 순간 망상이 스치고 지나갔다. 미타무라가 수여하는 '미타무라·소네자키 이론' 성립이 의외로 머지않았을 수도 있다. 그렇게 되면 공헌도를 볼 때 역시 '소네자키·미타무라 이론'으로 돌아가는 것이 맞지 않을까? 미타무라가 안경다리를 치켜 올리는 모습이 떠올라 그런 생각들이 머릿속을 떠나지 않았다.

'소네자키는 무슨 연구를 하는지도 몰랐잖아. 그러니까 미타무라·소네자키 이론이라고 해야 맞지!'

"농담하면 안 되지."

멍하니 자문자답하고 있는 나를 보며 우즈키 씨와 모모쿠라 씨는 어안이 벙벙한 표정이 됐다. 나는 서둘러 다음 말들을 마음속으로 접어놓고 미타무라에게 속으로 한마디 했다.

'난 슈퍼 중학생 의학도라고! 그런 내가 우리 이론의 중요성을 몰랐다는 게 말이 돼?'

그리고 우즈키 씨에게 열심히 항변하는 모모쿠라 씨를 보면서 마음속으로 크게 웃었다. 하하하! 슈퍼 중학생 의학도 카오루가 달성한 실험결과를 열심히 밝혀내 보라고! 시트론 모모쿠라 군!

속으로 그렇게 말하다 문득 내가 후지타 교수와 닮아간다
는 생각이 들었다.

모모쿠라 씨의 '지금 자리를 비울 수 없다'는 반복된 대답
에 우즈키 씨는 곤란하다며 잘라 말했다.

"어려운 사정은 알겠는데 후지타 교수님이 목에 줄을 걸어
서라도 끌고 오라고 했어요."

이건 무슨 황당한 시추에이션! 우즈키 씨는 주머니에서
줄을 꺼냈다. 정말 '목에 줄을 걸어서라도 끌고 오라'는 말 때
문에 일부러 줄을 준비해온 것일까? 그렇게 안 봤는데 참 이
상한 사람인걸!

모모쿠라 씨는 줄을 보고 포기한 듯 한숨을 내쉬었다.

"알겠습니다. 곧 가겠습니다."

모모쿠라 씨는 우즈키 씨의 뒷모습을 향해 다시 한 번 한
숨을 내쉬며 기계 스위치를 껐다. 빨간 램프가 꺼지고 시커멓
게 바뀌었다.

후지타 교수는 밝은 음성으로 우리를 맞이했다.

"소네자키 군은 천재야. 이것은 〈네이처〉지에 실릴만한 대
발견이라고."

한눈에 봐도 후지타 교수가 흥분해 있다는 사실을 알 수
있었다. 방 한 쪽에는 슈퍼 고등학생 의학도인 사사키 선배가

앉아 있었다. 그 눈은 여전히 냉철해 보였다. 들뜬 마음이 순식간에 냉각되는 기분이었다. 하지만 후지타 교수의 신명 난 모습은 달라지지 않았다.

"이것으로 교수회의에서 자랑스럽게 보고할 수 있게 됐어. 몇몇 교수들이 뒤에서 문부과학성의 전략적 자금을 사기 쳤다고 떠들고 다닌다는 건 알고 있어. 하지만 곧 후회할 거야! 어쩌면 소네자키 군은 도쿄 대학, 아니 일본의 여러 대학들이 우수한 중학생을 연구자로 도입하는 제도를 이끄는 선구자 역할을 할지도 몰라. 어쨌든 대단해. 1호라는 것은 엄청난 일이야!"

나는 후지타 교수 말을 듣고 아버지 이야기를 떠올렸다.

"선두에 나서는 것은 어렵지만 제일 멋진 일이다. 카오루!"

후지타 교수의 흥분은 가라앉지 않았다.

"한시라도 빨리 결과 보고를 해야지. 무엇이 좋을까? 〈사이언스〉의 래피도 리포트가 제일 빠를까? 역시 〈네이처〉지에 전자 투고하는 것이 좋지 않을까? 그래, 그 전에 미디어부터 부를까?"

모모쿠라 씨는 조심스럽게 말을 꺼냈다.

"저기, 확실히 소네자키 군의 시퀀스는 획기적이지만 조금 걱정되는 일이……."

말이 떨어지기가 무섭게 후지타 교수는 툰드라지대 같은

차디찬 눈길로 모모쿠라 씨를 노려보았다.

"자네는 언제나 그런 식으로 찬물을 끼얹는군. 신경제어 해부학 연구실의 아카기 군을 조금이라도 닮아 보게!"

이런, 후지타 교수! 일전에 자신의 입으로 '신경인가 뭔가라는 해부학 연구실'이라고 하면서 별 것 아니라는 듯 말했으면서.

보통 때 같으면 침묵을 지켰을 모모쿠라 씨도 이번에는 반론을 제기했다.

"아카기 군은 뛰어난 연구자이기 때문에 배워야 한다고 생각합니다. 그러나 그것과 이것과는 이야기가 다릅니다. 소네자키 군이 낸 결과는 아직 추가시험이 안 된 상태입니다. 미디어에 이야기하는 것은 추가시험이 끝난 다음에 하는 쪽이 좋지 않을까요?"

추, 추가 시험? 시험도 보지 않은 내가 왜 추가시험을 받아야 한단 말인가? 설마, 미타무라에게 몰래 배운 그 10권의 책 내용에 대해 시험을 치러야 한다는 말인가?

내 마음 속의 동요는 아랑곳 하지 않고 후지타 교수는 점차 표정이 굳어졌다. 그 표정은 내가 만화로 의학 공부가 가능한지 물을 때 언뜻 보였던 표정과 아주 닮아 있었다.

"모모쿠라 군! 자네는 지금 글로벌 연구 분야에서 어느 정도 격렬한 전투가 벌어지는지 잘 모르는 것 같네. 이 세계에서는 '아차' 하는 순간에 낙오자가 되어 버리네. 극히 미세한 차이지만 그게 바로 천국과 지옥의 차이야! 현재 여기서 소네자키 군이 발견한 밴드 시퀀스 즉, 소네자키 밴드가 확정되면 장차 우리 연구실에서 노벨 의학상을 배출할지도 모르는데……. 좀 더 스케일이 큰 글로벌 시야를 가질 수 없나!"

뭐라고요 교수님! 내가 노벨 의학상을……. 나는 후지타 교수의 말에 놀랐다. 그리고 온몸이 후끈후끈 달아올랐다.

들었냐? 미타무라! 우리가 정확했어. 어쩌면 노벨 의학상을 향한 첫발을 내디딘 것일 수도 있어!

'소네자키 밴드'라는 단어가 귓전을 맴돌았다.

"말씀은 잘 알겠습니다. 하지만 죄송한 말씀이지만 추가시험 결과가 나올 때까지 잠시 기다려주시지 않으시겠습니까?"

모모쿠라 씨 이야기를 곱씹으며 '추가시험'이 시험을 다시 본다는 뜻이 아니라 실험결과의 재확인이란 사실을 알고 안심이 됐다. 어쩌면 '추가시험'은 내 일이 아닐 수도 있다. 그런데 왜 모모쿠라 씨가 내 '추가시험'을 해준단 말이지?

후지타 교수가 물었다.

"결과가 언제 나오지? 초특급으로 진행하고 있지? 내일 아침까지면 충분하겠나?"

"아마 2~3일은……."

모모쿠라 씨 말이 채 끝나기도 전에 후지타 교수는 테이블 위에 있는 종이 다발을 집어 던졌다. 모모쿠라 씨가 그 서류에 눈길을 주자 후지타 교수는 기관총을 쏘듯 말을 퍼부었다.

"어제 저녁 나는 밤을 새서 래피드 리포트를 썼어. 소네자키 군의 결과는 지금까지 레티노에서 최대 수수께끼라고 생각되었던 발생 초기단계에서의 알파 단백질 발현기구의 의문점을 설명할 수 있게 했어. 코페르니쿠스적 발상의 대전환이야. 새로운 천재의 출현이라고! 의학계 전체가 그 재능을 주목하고 경탄할 것일세."

후지타 교수는 모모쿠라 씨를 내려다보며 말을 이었다.

"이것이 세계 최고 레벨의 스피드라네. 모모쿠라 군!"

나는 묘하게 이해됐다. 후지타 교수의 연구 속도와 머신 건 같은 말 빠르기는 아버지와 흡사하다. 그리고 아버지는 게임이론 분야에서 세계 제일로 인정받고 있다.

내 눈에는 후지타 교수의 모습이 휘황찬란하게 빛나 보였다. 그 옆에 어깨를 떨어뜨리고 있는 모모쿠라 씨는 초라하게 기가 죽어 있었다. 후지타 교수는 결정타를 날리듯 한마디 덧붙였다.

"그래서 모모쿠라 군! 내일 아침까지 추가시험 결과를 낼 수 있겠나?"

모모쿠라 씨는 몸을 움츠리고 대답했다.

"무리입니다. 아까 들어갔는데 선생님께서 회의가 있다고 하셔서 중단했습니다. 시약 조정을 다시 해야 하기 때문에 결과가 나오려면 아무리 빨라도 이틀은 걸립니다."

후지타 교수의 얼굴이 벌겋게 달아오르고 있었다. 하지만 안색과는 정반대로 침착하고 조용하게 말했다.

"모모쿠라 군은 내가 밤을 새워 쓴 걸작 논문을 이틀이나 기다리라고 하는 말이군. 만약 그 이틀 안에 내 최대의 라이벌인 매사추세츠 의과대학의 오아프 교수가 래피드 리포트를 투고한다면 우리 연구실 업적은 어떻게 되지?"

모모쿠라 씨는 입을 다물었다.

"추가시험 결과는 오늘 밤 안으로 끝내!"

후지타 교수의 말에 모모쿠라 씨는 어깨를 움츠리고 떠밀리듯 방을 나갔다. 그 뒤를 슈퍼 고등학생 의학도인 사사키 선배가 따라 나갔다. 나는 두 사람의 모습을 힐끗 쳐다보았다. 후지타 교수가 방에 남아 있으라고 했기 때문에 나는 혼자 남았다.

모모쿠라 씨가 안쓰러웠다. 후지타 교수로부터 돌연한 호출만 없었더라도 내일 아침에 추가시험 결과가 나왔을 텐데. 그렇게 안 된 이유가 후지타 교수 탓인데 한마디 대꾸도 하지 못하고 방을 빠져나가는 모모쿠라 씨의 뒷모습을 보고 있자니 마음이 짠했다.

그렇지만 나는 후지타 교수의 흥분에 금세 감염되었다. 명쾌한 후지타 교수의 말에 들어 있는 칭찬들로 인해 가슴이 두근두근했다.

'노벨 의학상', '소네자키 밴드', '〈사이언스〉의 래피드 리포트', '새로운 천재의 출현', '코페르니쿠스적 발상의 대전환', '걸작 논문의 투고', '의학계가 뒤흔들림' 등등…….

미사여구들이 회오리처럼 온 몸을 휘감아 스페이스마운틴에 탔을 때와 같은 감탄사가 절로 나올 지경이었다.

후지타 교수는 내 어깨를 토닥이며 말했다.

"수고했어! 겨우 1개월 남짓에 이렇게 멋진 결과를 내다니 과연 슈퍼 중학생 의학도야. 아니 오늘부터는 울트라 슈퍼 중학생 의학대연구자라고 불러야겠는 걸. 실로 경이적인 업적이야. 아주 아주 눈부시고 멋지네!"

후지타 교수는 테이블 위에 놓인 논문을 슬쩍 보았다.

"〈네이처〉가 좋을까? 오늘 밤 안으로 정리해서 내일 아침 제일 먼저 국제우편을 보내자고. 그렇게 하면 3일이면 본부에 도착할 수 있을 거야."

후지타 교수는 종이를 내밀었다.

"그러면 소네자키 대 선생님! 여기에 서명을 좀……."

소네자키 대 선생님이라니! 금세 흥분이 됐다. 나는 후지타 교수님의 요구대로 우즈키 씨로부터 건네받은 만년필로 빈칸에 서명을 했다. 졸필인 나로서는 그나마 잘 쓴 것으로 자랑스럽게 보였다. 후지타 교수는 종이를 집으며 말했다.

"이것으로 끝이야. 이 논문의 제 1저자는 소네자키 군, 바로 자넬세! 이 논문은 자네가 썼어."

"네? 하지만 저는 영어를 전혀……"

얼떨떨해서 정신이 없었다. 영어도 모르고 논문의 내용도 모르는데 후지타 교수는 내 대답 같은 것은 안중에도 없이 흥분 상태에서 말을 이었다.

"이제부터 복사본을 줄 테니 내일 아침까지 전문을 외워 오도록 하게. 겁낼 것 없어. 논문 문장은 중학교 영어 정도고 단어만 특수하니까. 여기서 1개월 정도 공부하면 익숙한 것들뿐이니까 금방 이해할 수 있을 거야. 내일 미디어를 불러 기자회견을 해야지. 어쩌면 영어로 질문을 받을 수도 있겠군!"

전문 암기라니? 잠깐만요, 선생님! 그런 말도 안 되는 일을…….

"저기, 내일은 중학교에 가는 날인데……"

후지타 교수는 한심한 표정이 되었다.

"무슨 말을 하고 있는 거야. 〈네이처〉지야! 노벨 의학상이라고. 보잘것없는 의무교육 같은 것은 아무래도 좋아!"

"네……"

후지타 교수의 일사천리식 말투에 이끌려 나도 모르게 대답을 해버리고 말았다.

"자, 바빠질 거야. 내일부터는 세상이 발칵 뒤집힐 거라고."

후지타 교수는 나를 아래위로 훑어보며 말을 이었다.

"내일은 옷차림을 단정하게 하고 와야겠는데!"

폭풍우처럼 밀려오는 말 세례에 떠밀리듯 고개를 끄덕이며 간신히 말했다.

"저기, 조금 피곤한데 일찍 돌아가도 되겠습니까?"

후지타 교수는 기꺼이 승낙했다.

"천천히 쉬게. 내일부터는 쉬고 싶어도 쉴 수 없는 날들이 계속될 테니."

의외의 말로 후지타 교수는 나를 협박했다.

'설마'라고 생각했지만 머지않아 후지타 교수의 말이 맞았다는 사실을 실감하게 된다. 정확하게 말하면 후지타 교수가 상상한 그 이상의 결과가 초래되지만 그 당시 내게 그런 것을 예측할만한 능력은 없었다.

방에서 나오자마자 누군가에게 가슴을 붙잡혀 옆에 있는 작은 방으로 끌려들어갔다. 슈퍼 고등학생 의학도인 사사키 선배였다. 교복 차림의 사사키 선배가 차가운 눈길로 말했다.

"저기, 아까 이야기 정말이야?"

"네?"

"그 밴드 시퀀스 네가 했을 때 진짜 나왔냐고?"

나는 고개를 끄덕였다.

"그럼 모모쿠라 씨가 말한 내용이 사실이야?"

"뭐가요?"

사사키 선배는 조급한 듯 빠르게 다그쳤다.

"추가시험 하지 않았냐고?"

나는 다시 한 번 고개를 끄덕였다. 그리고 쉰 목소리로 대답했다.

"실은 아까 거의 끝날 뻔했는데 후지타 교수님이 꼭 오라고 해서 전부 못쓰게 만들어버렸어요."

사사키 선배는 혀를 끌끌 찼다.

"호들갑이라니까 후지타 교수는! 국제회의에서는 꿔다 놓은 보리 자루처럼 얌전하게 있는 주제에."

그리고 혼잣말처럼 중얼거렸다.

"모구라 씨도 모구라 씨야! 그럴 틈이 없다고 말하면 될 텐데……. 너나 할 것 없이 한심하다니까."

사사키 선배의 질문이 이어졌다.

"그래서 교수는 어떻게 한대?"

"〈네이처〉의 래퍼드인가 뭐에 내일 아침 논문을 보낼 생각이래요. 오후에는 매스컴을 부르고……."

사사키 선배는 팔짱을 낀 채 생각에 잠겼다.

“이젠 어찌해볼 수도 없겠군…….”

후지타 교수처럼 흥분해 있던 나는 사사키 선배의 말을 듣고 가슴 속에서 검은 구름이 피어오르는 느낌을 받았다. 하지만 거짓말을 해서라도 그 검은 구름을 한방에 날려버리고 싶었다.

“대단한 발견인가요? 내가 발견한 소네자키 밴드가 정말로…….”

사사키 선배는 나를 보며 고개를 끄덕였다.

“노벨 의학상은 지나치게 앞서 간 거지만 누가 뭐라 해도 훌륭한 발견임에는 틀림없지. 단…….”

냉랭하게 덧붙였다.

“……만약 결과가 진짜라면 말이지.”

나는 그 말에 과민한 반응을 보였다.

“정말 그랬어요. 내가 사기라도 쳤단 말인가요?”

사사키 선배는 내가 화를 내자 놀란 눈치였다. 하지만 이내 침착하게 말했다.

“그렇다고 생각하지 않아. 너는 분자생물학에 대해 전혀 모르잖아. 사기란 그 일에 대해 어느 정도 알고 있는 사람만이 가능하니까.”

내 약점을 알고 있는 것 같아 나도 모르게 얼굴이 홍당무가 됐다. 그래서 급히 되받아 쳤다.

"저는 사사키 선배에 비하면 백분의 일도 몰라요. 하지만 짧은 시간에 사사키 선배보다 멋진 결과물을 만들어냈잖아요!"

사사키 선배는 한숨을 쉬며 작은 소리로 대답했다.

"네 말 그대로다. 만약 네가 낸 결과가 진짜라면 말이야. 그런데 한 가지 묻고 싶은 게 있는데 너는 대체 무엇 때문에 의학 공부를 하려고 하지?"

무엇을 위해? 대답할 수 없었다. 내가 여기 있는 것은 내가 결정한 일이 아니기 때문에.

"아무 목적도 없이, 의학 연구를 하는 이유를 설명할 수도 없으면서, 단순히 하면 된다고 생각한다면 그 놈은 그저 얼간이 일 뿐이야!"

나에게 화를 내고 있는 것일까? 그렇지만 그 분노는 내게 전달되지 않았다. 나는 그저 이렇게만 생각했다.

'그래, 나는 얼간이다. 그래서 나보고 대체 뭘 어떻게 하란 말이야?'

방을 나가려는 내게 사사키 선배가 한마디 덧붙였다.

"매스컴 인터뷰에 나가면 가능한 말수를 줄여! 그 정도는 약속할 수 있겠지?"

문고리를 잡고 있던 나는 뒤돌아보며 고개를 주억거렸다. 슈퍼 고등학생 의학도인 사사키 선배는 고개를 까딱하며 가 보라는 시늉을 했다. 나는 입을 다물고 방을 나왔다.

제6장

아버지께서 말씀하셨지, "닫힌 세계는 반드시 썩는다"라고.

사사키 선배는 내게 무슨 말을 하고 싶었던 것일까?

사사키 선배의 싸늘한 시선을 뒤로 하고 나는 곧바로 사쿠라노미야 중학교로 향했다. 곧장 가면 하교시간에 겨우 댈 수 있을 것 같다. 이렇게 해시든 오늘 중으로 미타무라를 붙잡아야 한다.

교실로 뛰어 들어갔지만 남아 있는 아이들은 몇 되지 않았다. 대부분 방구 후 서클 활동에 나간 상태였고, 창가 자리의 미타무라 역시 집에 갈 준비를 하고 있었다. 미타무라도 나를 보았다.

"앗, 소네자키! 오늘은 도쿄 대학 가는 날 아냐?"

할 이야기가 있으니 앉으라고 하자 미타무라는 불만스러운 표정을 지었다.

"오늘은 안 돼. 학원가는 날이야."

"정말 안 돼? 잘 들어 미타무라. 우리가 드디어 노벨 의학상을 받게 될지도 모른다고! 이런 멋진 얘기도 안 듣고 재미없는 학원이나 갈 생각이란 말이야, 미타무라 교수?"

미타무라는 어리둥절해서 내 얼굴을 빤히 쳐다보았다.

나는 후지타 교수에게서 받은 논문 복사본을 보여주었다.

"이게 바로 세기의 '미타무라·소네자키 이론'을 기념할만한 첫 번째 논문이야! 제일 먼저 너한테 보여주고 싶었어."

"서, 설마……."

미타무라는 떨리는 손으로 논문을 받아 들고 물끄러미 바라보았다.

"노벨 의학상은 좀 과장일 수도 있지만 내일 〈네이처〉지에 응모할 건가 봐."

"네, 네, 〈네이처〉지라고?"

미타무라의 목소리가 떨렸다. 다시 한 번 논문을 보고 침을 꿀떡 삼키며 흥분된 목소리로 물었다.

"정말이야?"

나는 자신만만하게 대답했다.

"어때, 교수의 필적이야."

미타무라는 내가 준 논문을 손으로 쓰다듬었다.

"저기, 그러니까 빨리 이 내용을 나한테 가르쳐 줘. 어쩌면 내일 매스컴 앞에서 발표해야 할지도 몰라. 초스피드로 가르쳐 줘!"

정신을 차려보니 내 말투는 후지타 교수와 흡사하게 닮아 있었다. 미타무라는 내 얼굴을 보며 쑥스러운 듯 고개를 숙였다.

"소네자키, 실은 사회뿐 아니라 영어도 잘 못해."

뭐라고! 너까지 이러면 어떡하란 말이야! 나는 멍하니 미타무라를 보았다. 내 문제는 까맣게 잊고 미타무라에게 큰소리로 다그쳤다.

"영어를 못한다고? 그러면 앞으로의 국제경쟁시대에서 살아남을 수가 없어. 하물며 천하의 도쿄 대학 의학부에서는……."

미타무라는 의기소침해졌다.

미타무라, 너한테 실망했다. 그렇다면 나는 대체 어디서 이 논문 내용을 물어봐야 한단 말인가?

그러다 문득 야릇한 생각이 스쳤다. 이런 태도는 후지타 교수가 모모쿠라 씨한테 말하는 그대로가 아닌가? 나는 쓴웃음을 지었다.

"멋진 타이틀이네. '망막부종에 있어서 새로운 획기적 항원발현 검출'이라고……."

익숙한 목소리다. 돌아보니 미치코가 논문을 손에 들고 있었다.

"너 이 영어 읽을 수 있어?"

미치코가 고개를 끄덕였다.

"단어는 어려운데 문법은 중학교 1학년 수준 정도네. 고교 입시 영어보다 쉽네 뭐."

도대체 얘는 뭐야? 후지타 교수와 똑같은 말을 하고 있잖아. 그러고 보니 점심시간 내가 미타무라에게 특훈을 받을 때 미치코가 와서 책을 넘겨본 적이 있었어. 설마 그 짧은 시간에 논문 표지를 읽을 수 있을 정도로 의학영어를 외웠단 말인가?

'미치코가 진짜 괴물이다'

나는 재빨리 물었다.

"그럼 번역해 봐, 이거!"

"쉽긴 한데……. 군데군데 모르는 단어도 있어서……."

그때 갑자기 기운을 차린 미타무라가 자신 있게 말했다.

"의학전문 용어라면 나한테 맡겨. 소네자키를 지도하는 사이에 완전히 내 것으로 만들어놨으니까."

오호! 미타무라. 갑자기 웬 잘난 척! 빈정거리려다 미타무라의 말이 틀리지 않다는 생각이 들었다. 그리고 미타무라가 미치코에게 묘한 경쟁의식을 느끼고 있는 것 같다는 기분이 들었다. 미치코가 피식 웃으며 말했다.

"그래 좋아. 의학용어를 잘 아는 미타무라하고 영어를 잘하는 내가 실력을 합치면 일당백이지. 같은 반 친구로서 함께 소네자키를 도와주도록 하자."

미치코의 말에 미타무라의 볼이 희미하게 붉어지는 것 같았다. 그러나 문제는 그게 아니었다.

"소네자키 팀 결성이다."

미치코 말에 미타무라가 기분 나쁜 듯 투덜거렸다.

"'미타무라・소네자키 이론' 팀인데?"

"어머, 벌써 두 사람은 팀을 만들었어?"

시치미 떼는 미치코의 물음에 미타무라는 횡설수설 했다.

잠시 마음을 가라앉힌 미타무라는 다시 논문 표지를 훑어보다 앗, 하는 신음을 흘렸다.

"내 이름이 없어."

설마 그럴 리가……. 나도 다시 표지를 봤다. 영어라 제대로 쳐다보기도 싫었다. 그런데 확인해 보니 후지타 교수의 이름과 함께 K.Sonezaki라는 글자가 로마 글씨체로 반짝반짝 빛나고 있었다. 이어서 Fujita, Momokura라는 낯익은 이름도 나란히 적혀 있었다. 생소한 이름도 있었다. 그것이 누구인가는 일단 뒤로 하고 미타무라와 함께 녀석의 이름을 찾아

보았다.

분명히 미타무라의 이름은 없었다. 게다가 사사키 선배의 이름도 없다는 사실을 발견했다.

나는 약간 조급하게 이유를 설명했다.

"후지타 교수가 실수로 빠트린 걸 거야! 어젯밤에 밤 새워 작성한 거라고 그랬거든. 내일 부탁해서 꼭 넣어 줄게."

미타무라는 안심하는 기색이었다.

"부탁해. 아버지도 좋아하실 거야."

미타무라는 미치코를 보며 재촉했다.

"신도 미치코! 그럼 어서 빨리 번역해 봐."

"나야 괜찮은데 미타무라는 학원 갈 시간 아니니?"

미타무라는 안경을 고쳐 쓰며 한심하다는 듯 바라보았다.

"무슨 말을 하는 거야? 노벨 의학상을 향한 첫걸음이 될 기념비적인 논문이라고. 학원 같은 것은 아무래도 좋아."

다음 날, 4월 15일 수요일.

빨간색 버스를 타고 도쿄 대학 의학부로 갔다. 하늘은 높고 푸르고 열어 놓은 창문으로 신선한 바람이 찾아 들었다.

후지타 교수가 내준 영어논문 암기 숙제는 거의 포기 상태였다. 싫어하는 영어라 하기도 싫었고, 영어논문을 암기하는 것은 불가능한 일이라는 것도 진작 알고 있었다. 그리고 힘들게 암기를 한다고 해도 '설마 정말로 공부해 올 거라고는 생각하지 못 했어' 라고 할 수도 있기 때문이다. 예전에 10권의 책을 다 읽었다고 했을 때도 그 비슷한 말을 했으니까!

버스 안 승객은 밖의 경치와는 상관없이 늘 그렇듯 멍한 표정들이었지만 기분 좋은 나는 콧노래가 절로 나왔다. 최근에 만화로 만들어진 「하이퍼맨 박카스-엑스트라」의 주제곡을 흥얼거렸다.

그때 누군가 내 어깨를 쳤다. 돌아보니 작은 어린아이가 서 있었다. 야구모자에 반바지 차림의 유치원에 다니는 소년 같았다. 아이는 오른쪽 눈에 안대를 하고 있었다. 내 셔츠 소매를 붙잡고 이야기했다.

"저기, 질문 있는데요. 박카스하고 시트론 별 사람들 중에서 카이 군이 좋아하는 건 어디 쪽이게요?"

카이 군이라면 자신을 말하는 것인가? 나는 어림짐작으로 대답했다.

"시트론 별 사람."

남자 아이는 두 손을 모으고 '토라라라'라고 중얼거렸다. 그리고 양손을 쫙 펼치고 박수를 쳤다.

"맞았어. 카이 군이 좋아하는 건 시트론 별 사람들이야."

뭐야 이 녀석! 아이를 찬찬히 살펴보았다. 아이는 신이 나서 말했다.

"그럼 두 번째 문제야. 이 폼은 뭘까요?"

카이는 주먹을 쥐고 양팔을 가슴 쪽에 크로스 시켰다. 기가 찼다.

"「하이퍼맨 박카스」의 변신 폼이잖아!"

"딩동댕! 맞았어. 그럼 세 번째 문제는……."

또 있나, 라고 생각하는데 뒷좌석에서 가늘고 긴 팔이 나오더니 카이의 머리를 쥐어박았다.

"안 돼요. 모르는 사람에게 하이퍼맨 퀴즈 그랑프리를 하면……."

돌아보니 가냘파 보이는 여자가 내게 인사를 했다.

"미안합니다. 얘가 박카스맨을 아는 것 같은 형들을 보면 곧바로 퀴즈를 내요."

카이는 목덜미를 붙잡혀 뒷좌석에 강제로 앉혀졌다.

아이는 머리를 매만지며 희색이 만연했다. 안대가 눈에 들어왔다. 나는 고개를 살래살래 저으며 귀찮지 않다고 대답했다.

버스가 종점인 도쿄 대학 부속병원에 도착했다. 버스에서 내리자 카이는 어머니 손에 이끌려 병원 건물 옆에 있는 건물로 향했다. 아이는 돌아보며 내게 손을 흔들었다. 그 건너편에 오렌지색 플라네타리움 같은 건물이 보였다.

모모쿠라 씨가 산 이번 달 〈동도쿄〉에는 분명히 시트론 성인의 실이 붙어 있을 것이다. 또 다시 만나면 카이에게 그 실을 줘야지.

　빨간 기와 건물에 도착한 나는 곧장 교수실로 향했다. 어제 돌아갈 때 후지타 교수의 지시가 있었기 때문이다. 오늘은 청바지가 아니라 캐주얼 셔츠에 스트레이트 바지 그리고 재킷을 걸쳤다. 야마사키 아줌마나 후지타 교수가 말하는 '제대로 된 차림'을 했기 때문에 어딘지 어색했다.

　"실례합니다."

　교수실 문을 두드리자 맥없는 소리가 들려왔다.

　안으로 들어가자 후지타 교수는 인쇄된 종이가 여기저기 흩어져 있는 책상을 앞에 두고 멍하니 앉아 있었다. 그러다 내 얼굴을 보며 무언가 중얼거렸다. 이상한 느낌에 후지타 교수에게 물었다.

　"무슨 일 있습니까?"

　후지타 교수는 애써 미소를 지었다. 좀처럼 보기 드문 표정이었다.

　"아니, 아무 것도 아니네."

　그리고 내 복장을 보더니 살짝 웃었다.

　"처음으로 참한 모습을 보는군."

　보통의 청바지는 '제대로 된 복장'이라고 생각하지 않는다는 사실을 재확인했다.

내가 물었다.

"기자회견은 몇 시부터인가요?"

후지타 교수는 얼굴을 들고 나를 물끄러미 보았다. 그리고 황급히 표정을 바꾸었다.

"안됐지만 이번 회견은 취소됐네. 방송국에도 연락을 취했는데 의외로 냉담한 방응을 보이더군. 논문이 게재되면 그때 취재하겠다고 하네."

보기 좋게 한 방 먹었다는 생각이 들었다. 그러나 동시에 안심이 됐다. 이것으로 영어논문 암기 숙제를 게을리 한 이유를 댈 필요도 없어졌다. 게다가 일전의 취재처럼 무엇이 어떻게 돌아가는지도 모르고 남의 장단에 춤추는 꼴이 되지 않을까 하고 걱정했는데 한시름 놓이는 기분이었다. 사사키 선배로부터 '가능한 말을 아끼라'는 엄명도 받은 상태였으나 이제는 그럴 필요도 없다.

하지만 조금은 실망스러운 기분이 들었던 것도 사실이다. 나라는 놈은 왜 이렇게 기분파일까?

그런 내 모습을 보며 대단히 실망하고 있는 것으로 착각한 후지타 교수는 웃는 얼굴로 말했다.

"실망할 필요 없어. 취재하지 않는다는 것이 아니라 논문이 실리면 임팩트가 더 있으니까 그때 하겠다는 거야."

나는 고개를 끄덕였다. 그리고 중요한 약속을 떠올리고 후지타 교수에게 물었다.

"논문은 응모했나요?"

후지타 교수는 손에 들고 있던 종이를 내밀었다.

"아직 여기 있네. 하룻밤 생각해보니 역시 〈네이처〉지는 어려울 것 같아. 〈네이처-메디슨〉에 전자투고 하기로 했네. 인터넷으로 하는 것이기 때문에 한 번만 클릭하면 끝나."

후지타 교수의 얼굴에 미소가 스쳤다.

"소네자키 군과 함께 보내려고 기다리고 있었어."

정말일까? 어색한 말투가 마음에 걸렸다. 그러나 다른 사람의 호의를 의심하는 것은 좋지 않은 습관이다. 게다가 지금 이 상황은 부탁의 말을 전하기에 안성맞춤이다.

"그 응모 건에 대해 부탁이 하나 있습니다."

후지타 교수는 어리둥절해 했다.

"무슨 부탁이지?"

"저기, 그 논문에 많은 사람들의 이름이 실려 있던데요. 제가 모르는 사람까지도……."

후지타 교수가 조급증이 나는 표정을 지었다.

"그게 뭐가 어쨌다는 거지?"

"실은 우리 반 친구 중에 미타무라라는 아이가 있는데 그 친구 이름을 실어주었으면 해서요."

후지타 교수는 이상한 표정으로 나를 쳐다보았다.

"왜 자네 친구 이름을 넣어주어야만 하지?"

간단한 물음에 나는 말문이 막혔다. 당연한 의문이다. 미타무라가 이 일에 관여하고 있는 사실을 말하지 않았으므로 너무도 뻔한 물음이었다. 나는 횡설수설 지껄였다.

"사실은 그 친구한테 여러 가지로 도움을 받았거든요. 그리고 미타무라는 의학에 관해서는 모르는 게 없을 정도예요."

후지타 교수는 내 말을 자르고 나왔다.

"실험에 관계가 없는 사람의 이름을 실어줄 수는 없지. 아무리 실력이 뛰어난 사람이라고 해도."

이야기가 너무 고압적이잖아. 나도 모르게 되받아 쳤다.

"그렇다면 제가 모르는 사람들 이름은 왜 들어갔는데요? 게다가 사사키 선배 이름도 없고……."

후지타 교수는 떨떠름한 표정을 지었다.

"소네자키 군! 자네는 가끔 알 수 없는 말을 하는데……. 그래 좋아. 여기에 실려 있는 사람들은 일찍이 내가 많은 신세를 진 사람들이야. 〈네이처-메디슨〉에 함께 이름이 실린다면 그 사람들에게 조금은 은혜를 갚을 수 있게 되거든."

후지타 교수는 시큰둥한 얼굴이 되었다.

"왜 자네가 입은 도움을 내 논문으로 갚아야 하지?"

"저번에 그러셨잖아요. 이건 제 논문이라고!"

후지타 교수가 어이없다는 듯이 말했다.

"이 논문이 소네자키 군 논문이라고?"

후지타 교수는 내 얼굴을 구멍이 날 정도로 빤히 쳐다보았다. 냉랭한 시선. 후지타 교수가 무슨 말을 하려는지 불을 보듯 뻔하다. 나는 이 논문을 전혀 쓰지 않았다. 이 논문은 내 이름으로 응모하지만 내 논문이 아니다!

그렇다면 왜 후지타 교수는 내 이름으로 응모하려는 걸까? 뭔가 개운치 않은 느낌이다. 그리고 동시에 미타무라의 이름을 논문에 첨가하는 일이 불가능하다는 사실도 깨달았다. 아마 아무리 역설해도 내 요청이 후지타 교수에게는 도달되지 않을 것이다. 한숨이 절로 났다.

"그보다 일단 여기로 와 보게. 같이 래피드 리포트를 보내지."

후지타 교수의 손짓에 따라 나는 건너편으로 다가갔다.

교수의 컴퓨터 화면에는 영어로 된 박스가 나타나 있었다. 후지타 교수의 손에 이끌려 나는 컴퓨터 엔터 키에 손을 얹어 놓았다.

"자, 시작하지."

교수의 기합소리와 함께 순간적으로 엔터 키를 눌렀다. 그러자 일시적으로 컴퓨터가 작동을 멈췄다.

다음 순간 "텅" 하는 커다란 소리와 함께 박스가 사라졌다. 새까만 화면이 암흑처럼 잔영으로 남았다.

실험실로 가려다 지난번과 마찬가지로 빈 방으로 끌려들어갔다. 역시나 슈퍼 고등학생 의학도인 사사키 선배였다. 여느 때와 마찬가지로 왼쪽 눈이 냉철하게 빛나고 있었다.

"어찌된 거야? 얼굴이 파랗게 질려 있잖아."

긴장감이 풀렸다. 입 밖으로 말들이 쏟아져 나왔다.

"왜 미타무라 군 이름을 실어주지 않는 거죠? 걘 내 실험을 도와주었고 여러 가지 가르쳐주었는데⋯⋯. 거기다 후지타 선생님이 아는 사람 이름은 관계없는 사람까지도 실어주고 나를 도와준 미타무라 이름은 어째서 넣어주지 않는 것인지⋯⋯. 정말 나빠!"

"무슨 일인데?"

나는 논문에 이름 넣는 이야기를 짤막하게 설명했다. 사사키 선배는 나를 물끄러미 쳐다보았다. 교복 깃에 있는 금색 단추가 반짝 빛났다.

"엉망진창이군. 너는 말이야⋯⋯. 몰상식에도 정도가 있는 거야."

내가 되물었다.

"그런데 전혀 모르는 사람 이름을 넣는 까닭은 뭐죠?"

미타무라의 씁쓸해하는 표정이 눈앞에 아른거렸다. 사사키 선배가 말했다.

"어른 세계가 그래. 후지타 교수는 자신이 논문을 썼을 때 그렇게 아는 사람 이름을 실어줘. 그 대신에 다른 사람들이 자신의 논문에 후지타 교수의 이름을 넣기도 해. 다시 말해서 물물교환 같은 거야."

"그렇게 하면 뭐가 좋은데요?"

순진한 내 질문에 사사키 선배는 어깨를 으쓱했다.

"학회나 대학에서 지위가 올라가는 거지."

"지위가 오르면 어떻게 되는데요?"

"발언권이 강해져서 자금도 많이 받을 수 있고 그렇게 되면 하고 싶은 연구를 할 수 있게 되지."

"음!"

나는 알다가도 모르겠다는 표정으로 사사키 선배를 보았다. 그러다 갑자기 떠오른 듯 물었다.

"그럼 내 논문에 사사키 선배 이름도 없었는데 그건 왜 그렇죠?"

사사키 선배가 웃었다.

"그래……. 내 이름이 없었나? 어쩔 수 없지."

"여기서 모모쿠라 씨 다음으로 실험을 열심히 하고 있는 사람이잖아요?"

사사키 선배는 진지하게 대답했다.

"내가 후지타 교수 말을 잘 안 듣기 때문일 거야. 납득할 수 없으면 곧바로 논쟁을 일으키는 태도가 마음에 안 들었던 거지.”

“그런 이유로⋯⋯.”

“아마도 그렇겠지만⋯⋯.”

화가 났다. 사사키 선배는 이름을 올려주는 사람보다도 훨씬 중요시해야 할 사람이다. 좋아하고 싫어하는 것이나 득이 되는가 아닌가로 결정하다니 말도 안 된다.

“닫힌 세계는 창문을 열어라! 그렇지 않으면 반드시 썩는다.”

갑자기 아버지가 한 말이 떠올랐다.

내가 물었다.

“사사키 선배는 억울하지도 않아요?”

내 물음에 그는 웃었다.

“그런 건 아무래도 좋아. 내게는 레티노 치료법 개발이 가장 중요하고 그 나머지는 어찌되어도 상관없어.”

사사키 선배는 내 어깨를 탁탁 두 번 두드렸다.

“잘됐어. 오늘 기자회견이 취소된 게 오히려 잘됐다고 생각하는 날이 꼭 올 거야.”

이해할 수 없는 내용뿐이다. 사사키 선배는 미소 지었다.

“아마 떨어질지도 모르지만 논문을 투고할 수 있게 된 것은 멋진 일이야. 어쨌든 축하해. 모모쿠라 씨한테 보고하고 와. 조금 전까지 지하 실험실에 있었어.”

나는 고개를 끄덕이며 방을 나왔다.

지하 실험실에서 모모쿠라 씨는 PCR '추가시험'에 열중하고 있었다. 나를 보더니 하던 일손을 멈추고 물었다.

"래피드-리포트 투고는 끝났어? 후지타 교수님이 소네자키 군을 기다리고 있던데."

나는 고개를 끄덕였다.

"방금 보냈어요."

모모쿠라 씨의 안색이 어두워졌다.

"가능하면 이틀 정도 기다렸으면 좋았을 텐데."

이런 저런 일들이 한꺼번에 일어나 나는 정신이 없었다. 괜히 모모쿠라 씨에게 화풀이를 했다.

"모모쿠라 씨까지 내 실험에 제동을 거는 거예요? 〈네이처〉에 투고할만한 뛰어난 발견이라고요. 왜 모두 순수하게 기뻐해주지 않는 거죠?"

모모쿠라 씨의 눈이 동그래졌다.

"소네자키 군 축하해, 진심으로. 채택되면 너는 이 연구실에서 가장 위대한 업적을 이룬 연구자가 되는 거야. 나보다 더……. 나는 아직 논문 한편 쓰지 못했으니까……."

모모쿠라 씨는 실험하던 일에 눈길을 돌렸다. 나는 입을 다물었다. 이 연구실에서 제일 큰 업적? 모모쿠라 씨보다 뛰어난 연구자? 정말로 내가 그런 사람이 되고 싶었나?

모모쿠라 씨는 신중하게 말했다.

"그 전에 한 가지 명확하게 해두어야 할 단계가 있어. 그것이 내가 지금 하고 있는 '추가시험'이야. 후지타 교수나 소네자키 군 모두 그것을 제쳐두고 논문부터 먼저 투고했다고……."

모모쿠라 씨는 공허한 투로 말을 이었다.

"나는 소네자키 군의 발견이 진실이기를 마음속으로 빌고 있어."

그 말에는 지금까지의 모모쿠라 씨 말투와 같은 따사로움이 묻어났다. 하지만 그 바닥을 휘감아 도는 싸늘한 음성을 느끼고 나도 모르게 그의 눈길을 피해버렸다.

모모쿠라 씨는 실험 중간에 들어와서 도와주는 게 오히려 더 번거롭다며 나를 돌려세웠다. 나는 터덜터덜 버스 정류장을 향해 걸어갔다.

아침에는 그렇게 맑던 날씨가 지금은 찌뿌듯하게 구름이 잔뜩 끼여 비가 올 것만 같았다.

버스 정류장에는 나 말고 두 사람이 더 버스를 기다리고 있었다. 한 사람은 젊은 여자였다. 그 여자는 나를 보더니 미소 지으며 고개를 까딱했다. 누굴까? 같이 인사를 하긴 했지만 누군지 잘 기억이 나지 않았다. 날씬한 몸매가 어디선가 본 듯한 느낌이 드는 것도 같았다.

파란색 버스가 오고 나와 두 사람은 순서대로 버스에 올랐다. 나는 제일 뒤에 앉아 버스 창밖으로 시선을 주었다. 버스의 단조로운 흔들림에 어느 틈엔가 졸음이 밀려왔다. 그런데 어디선가 「하이퍼맨 박카스」의 주제곡이 들려왔다.

어디선가 들어본 적이 있는데? 눈이 번쩍 뜨였다. 버스는 멈춰서 있고 여자가 막 버스에서 내리려는 찰나였다. 눈을 뜬 나와 시선이 마주친 그녀는 다시 내게 미소를 지으며 인사를 했다.

나 역시 이번에는 정식으로 인사를 했다. 생각이 났다! 오늘 아침 버스에서 말을 걸었던 아이의 어머니였다.

내가 아이의 어머니를 생각해내지 못한 이유가 있었다. 어머니는 카이를 데리고 있지 않았다. 그래서 몰랐었다.

하얀 안대를 한 남자 아이, 카이는 지금 어디 있을까?

버스가 흔들리며 다시 졸음에 빠진 나는 어느 틈엔가 그런 생각들을 잊어버렸다.

"다음은 사쿠라노미야 중학교입니다."

운전기사의 안내방송에 눈을 다시 떴다. 중학교에 돌아가지 않고 곧바로 집으로 향하려고 했는데 자는 바람에 지나쳐버린 것 같다. 잠시 망설였지만 원래 오늘이 중학교에 가는 날이기 때문에 얼굴 도장이라도 찍으려고 차에서 내렸다.

무거운 마음으로 교실로 향하자니 걸음은 점점 더 무거워지기만 했다. 가고 싶지 않아. 미타무라를 볼 면목도 없고……. 그렇지만 보통 때의 미타무라라면 지금쯤 학원에 가 있지 않을까?

머피의 법칙! 그 말은 정말로 맞았다. 오늘 같은 날엔 마주치고 싶지 않았는데 현관에서 미타무라와 딱 마주치고 말았다.

미타무라는 나를 보자 반갑게 달려왔다. 운동회에서는 고문관인 미타무라로서는 놀랄만한 스피드였다. 맥이 풀렸다.

"소네자키! 내 이름 실었어?"

미타무라가 숨을 몰아쉬며 물었다. 미타무라 넌 날 용서하지 않겠지? 즉시 대답할 수 없었다.

미타무라는 눈을 반짝이며 내 얼굴을 살폈다.

결국 어쩌지 못하고 입을 열고 말았다.

"글쎄 그 논문은 그렇게 대단한 것이 아니라서 〈네이처〉지가 아니라 〈네이처-메디슨〉에 실릴 것 같아."

미타무라는 잠시 생각에 잠기더니 이내 미소를 머금었다.

"〈네이처〉보다는 조금 격이 떨어지지만 그렇더라도 엄청난 거야."

"하지만 노벨상 급이라고 말했는데 하루아침에 평가가 절하된 느낌이라고. 역시 그다지 좋은 논문이 아닌가 봐."

"그렇지 않아. 처음부터 〈네이처〉지에 실리는 건 힘들어. 의학에 대해 문외한인 소네자키로서는 그렇게 생각할 수도 있지만."

서글퍼서 눈물이 쏟아질 것만 같았다. 아무리 미타무라라고 해도 내 말투와 표정이 어두운 것을 느낀 모양이다. 이상하다는 듯이 물었다.

"무슨 일 있었어?"

나는 고개를 떨어뜨렸다. 그리고 중얼거렸다.

"……실은 미타무라 이름을 넣지 못했어."

"뭐라고?"

미타무라는 시무룩해졌다. 봄바람이 나와 미타무라 사이를 스쳐 지나갔다. 이윽고 미타무라가 풀 죽은 목소리로 말했다.

"그래. 그렇게 됐이? 역시 인 되는 거었이!"

나는 고개를 풀썩 떨어뜨렸다.

"미안, 미타무라!"

미타무라는 땅을 쳐다보며 말했다.

"할 수 없지. 넌 슈퍼 중학생 의학도고 나는 아무런 관계도 없으니까."

"그렇게 말하지 마. 미타무라가 도와주지 않았으면 여기까지 올 수 없었을 거야. 정말이야!"

"정말 그렇게 생각한다면 이름 정도는 실어 줄 수 있는 거 아니야? 그렇게 열심히 했는데 이름조차 실을 수 없다니 너무해."

위로하기 위해 꺼낸 말이 미타무라의 상처에 소금을 뿌린 격이 됐다. 왜 나는 항상 이 모양일까?

"모두 자기만 생각해. 뭐 그렇지. 인간이란 게 원래 그래."

기분이 상한 나도 지지 않았다.

"나도 열심히 부탁했어. 잘 되지 않았다고 그렇게 말하면 곤란하잖아."

"너는 몰라. 내가 얼마나, 얼마나……."

미타무라는 내 눈을 뚫어지게 쳐다봤다. 그리고 어깨를 떨어뜨리더니 등을 돌렸다.

"……이제 됐어!"

미타무라가 멀어져갔다. 나는 멀어져가는 미타무라의 뒷모습을 바라보며 그 자리에 장승처럼 서 있을 수밖에 없었다.

빗방울이 볼을 때렸다. 쥐색 하늘에서 물방울이 떨어지기 시작했다.

제7장

　후지타 교수가 말했지, "이름이 훌륭한 것일수록 내
용은 비었다"라고.

　〈네이처〉 열기(정확하게 말하면 〈네이처-메디슨〉열기이지
만)가 일단락 된 것은 그로부터 열흘쯤 지나서였다.
　4월 24일 목요일. 나는 지하 실험실에서 모모쿠라 씨와 함
께 실험을 하고 있었다. 논문 투고 이후 나와 모모쿠라 씨 사
이에는 틈이 벌어져 있었다. 왠지 모르게 마음이 무거워 실
험실에서의 가정교사 일을 부탁할 수 없게 되었다. 모모쿠라
씨도 내게 가벼운 농담조차 하지 않았다.
　묵직한 분위기를 깨며 실험실에 얼굴을 내민 사람은 후지
타 교수의 비서인 우즈키 씨였다. 우즈키 씨는 허리를 숙여
실험 책상에 앉아 있는 모모쿠라 씨의 뒷모습을 슬쩍 보고

는 내게 말했다.

"소네자키 군! 후지타 교수님이 찾아요."

우즈키 씨와 엘리베이터에 탔다. 순간적으로 어두워지는 엘리베이터 안의 작은 공간이 가슴을 철렁하게 만들었다. 그리고 보니 우즈키 씨와 단 둘이 이 엘리베이터를 탄 것이 처음이다.

긴장하고 있는 나를 전혀 신경 쓰지 않는 듯 우즈키 씨는 엘리베이터 층수 표시 램프가 천천히 상승하는 것을 바라봤다. 너무도 침착한 모습에 역시 여자 어른이라는 생각이 들었다. 그리고 여자 어른이라는 단어를 떠올린 생각에 괜스레 얼굴이 발개졌다. 다른 때와 달리 엘리베이터는 믿을 수 없을 정도로 서서히 3층을 향해 올라갔다.

우즈키 씨가 교수실 문을 두드리자 낮은 목소리로 '예'라는 대답이 들려왔다. 방에 들어가니 후지타 교수의 검은 의자 뒷면이 보였다. 우즈키 씨가 말했다.

"소네자키 군 불러 왔습니다."

후지타 교수가 뒤돌아봤다. 표정이 어딘지 멍해 보였다. 우리 반 장난꾸러기 헤라누마가 게임 하이스코어를 목전에 두고 짓는 표정과 닮아있었다. 뭐야! 교수 같이 머리가 좋은 사람도 우리와 같은 인간이란 말이야?

게임에서 하이스코어를 달성하려고 할 때 짓는 표정이라

는 내 비유는 결과적으로 딱 들어맞았다. 후지타 교수는 침통하게 말했다.

"안 됐지만 〈네이처-메디슨〉은 채택이 안됐어."

"네? 그래요?"

약간 실망스러웠다. 하지만 마음을 고쳐먹었다. 〈네이처-메디슨〉은 안 된 일이지만 이로써 미타무라에게 미안하게 생각됐던 마음은 어느 정도 가벼워진 게 진심이었다. 미타무라의 기분이 풀릴까?

후지타 교수에게 물었다.

"세기적인 대발견인데 왜 안 됐을까요?"

후지타 교수는 팔짱을 끼고 괴로운 표정을 지었다. 그리고 토해내 듯 한마디 했다.

"가설이 지나치게 비약됐다는 지적이 있었어. 그리고 추가시험 불비도 문제가 됐지."

후지타 교수의 말은 같은 일본인이 말하고 있는 느낌이 들지 않았다. 상세하게 설명해주기를 바라면서도 마지막 '추가시험 불비'라는 대목은 충분히 알아들을 수 있었다.

'모모쿠라 씨가 말했던 내용이야!'

그런데 교수 입에서는 정반대의 말이 나왔다.

"모구라가 내 지시대로 추가시험을 했었더라면 이런 일은 없었을 텐데……."

네? 잠깐만요, 얘기가 틀리잖아요, 선생님!

후지타 교수의 얼굴을 뚫어지게 응시했다. 후지타 교수는 내 시선에도 아랑곳 하지 않고 중얼댔다.

"도대체 그 녀석은 어디까지 가르쳐줘야 제대로 알아들을까. 아, 나는 왜 이렇게 불행할까. 특별히 일본 의학평의회 위원이 될 만큼 뛰어난 인재인데……."

왠지 미타무라가 떠올랐다. 녀석이 의학부를 졸업하고 훌륭해지면 반드시 이렇게 되지 않을까?

"아카기 군을 조교로 두고 있는 쿠사카 교수가 부럽군."

내가 재치기를 하자 후지타 교수는 그제야 나를 의식하고 입을 다물었다. 그리고 생각이 났다는 듯 내게 말했다.

"〈네이처-메디슨〉은 안됐으니까 다음 것으로 하지."

"다음이라면 언제를……."

"다른 잡지에 투고한다는 뜻이야."

"네? 그래도 되는 거예요?"

"당연하지 않아?"

뭐라고? 그렇다면 빨리 가르쳐 주셔야죠 선생님! 〈동도코〉잡지처럼 한 번 응모 엽서가 떨어지면 다시 응모할 수 없는 줄 알았잖아요.

나는 웃으며 물었다.

"이번에는 어디에 응모하나요? 혹시 〈사이언스〉입니까?"

후지타 교수는 고개 들어 나를 보더니 기특하다는 듯 미소 지었다.

"소네자키 군도 학문 세계의 일을 조금씩 알아가고 있군. 기특하구먼. 〈네이처〉지에서 채택이 안됐다면 그 격으로 보아서 〈사이언스〉는 당연히 어렵지. 그것이 이 분야의 과정이야. 그리고 이번에는 속도가 중요해. 이번 투고는 과감하게 레벨을 줄여 보세."

"네? 잡지에도 뛰어난 것과 그렇지 못한 것이 있나요?"

"으흠, 의학 잡지에는 순위가 있어. 말하자면 씨름에서의 품위와 같은 거지. 〈네이처〉는 〈사이언스〉와 나란히 세계에서 가장 권위 있는 잡지의 하나야. 백두장사급이지. 그렇지만 이 정도 발견으로 〈네이처〉 급은 무리라는 판단이 섰어. 그러니까 이번에는 더 격을 낮춰서 확실한 게재를 노리자고."

"잡지의 품위는 누가 어떻게 정하는데요?"

나는 소박한 질문을 했다. 의학에 그다지 흥미가 없는 나로서는 그와 같은 순위 결정이 재미있었다. 어쩌면 무시킹 같은 카드 게임기가 있어서 논문끼리 전투를 시켜 결정하는 것이 아닐까? 그러면 나도 참가해볼 수 있을 텐데.

내 기분과는 상관없이 후지타 교수는 산뜻하게 말했다.

"그거야 모두 같이 결정하지."

"토너먼트 전인가요?"

“그럴 리가……. 임팩트 요인, 즉 숫자가 큰지 아닌지로 결정하네.”

임팩트 요인이라니. 영어가 전혀 안 되는 나도 알 수 있는 ‘임팩트’라는 단어, 왠지 내 안에 있는 투쟁 본능을 자극하는 메아리가 울려 퍼졌다.

“그러면 그 임팩트 요인이라는 녀석을 모두 전투로 결정하는 것이 학회라는 것이네요!”

구석에서 우즈키 씨가 키득거렸다. 언제나 그림자처럼 몸을 웅크리고 있는 우즈키 씨에게서 좀처럼 보기 드문 일이었다.

후지타 교수도 호탕하게 웃었다.

“전투가 가능하면 얼마나 좋을까? 그래, 심사위원하고 직접 대결할 수 있다면 내 연구의 뛰어난 업적을 이해할 수 없는 우둔함과 그들의 멍청함을 마음껏 비웃어줄 텐데…….”

전투라는 말에 자극을 받았는지 모르겠으나 후지타 교수의 말은 내가 좋아하는 「하이퍼맨 박카스」의 악역인 시트론 성인의 독백과 닮아 있었다.

후지타 교수는 설명을 시작했다.

“논문 작성이란 앞에 낸 사람의 결과를 이용해서 새로운 과학의 결과물을 쌓아 가는 작업이야. 그리고 다른 사람의 논문에 인용된 횟수가 임팩트 요인이지. 그 숫자가 높다는 것은 그 논문이 다른 많은 사람에게 사용될 수 있을 만큼 중요한 발견을 했다는 증거가 되는 거야."

"괴물 인기투표 같은 것이군요."

후지타 교수는 꿈에서 깨어난 듯 내 얼굴을 찬찬히 들여다보았다.

"소네자키 군은 아무래도 유치한 만화 세계에서 벗어나질 못하는 것처럼 보이는군. 자네는 울트라 슈퍼 중학생 의학연구자니까 좀 더 지각을 갖고 행동해주지 않으면 곤란해."

후지타 교수가 「하이퍼맨 박카스」와 만화 잡지인 〈동도코〉를 싫어한다는 사실을 재확인한 나는 재빨리 화제를 돌렸다.

"그럼 이번에는 어떤 잡지에 응모하나요?"

"응모가 아니야. '투고'야. 이제는 자네도 어느 정도는 학술 용어를 기억해 둘 필요가 있지 않아?"

지금까지는 그냥 듣고만 있던 '응모'라는 단어 사용도 이러한 흐름 속에서는 엽서 응모를 연상시켜 좋지 않은 인상을 주 듯했다. 나는 어깨를 움츠렸다.

"죄송합니다."

후지타 교수는 한숨을 내쉬었다.

"그래, 좋아. 이번에 응모할 곳은 〈매그니피슨트-메디컬-아이〉라는 잡지네."

네? 후지타 교수의 '응모'라는 말을 듣고 당황했다.

"그 잡지에 '응모'하나요?"

후지타 교수는 자신의 실수를 알아차리고 쓴웃음을 지었다.

"아무래도 상관없다고 생각하다가 소네자키 군에게 당했는걸."

"훌륭한 잡지가 아닌가요? 〈매그니튜더슨슨-매지컬-아이〉라는 잡지는?"

"다른 사람의 말을 잘 듣게. 잡지 이름이 완전히 다르잖아."

후지타 교수는 어이없다는 듯 팔짱을 꼈다.

"〈매그니피슨트-메디컬-아이〉야. '매그니피슨트'란 '장엄한' 또는 '장대한'이라는 형용사지. 내가 예전에 영어로 읽었던 『어린 왕자』라는 소설에서 처음으로 알게 된 추억 어린 단어일세. 게다가 '매지컬-아이'도 아니야. 『매지컬-아이』는 인기 베스트셀러인 '눈을 좋게 하는 퍼즐 책'이지."

"결국 대단히 훌륭한 잡지라는 뜻이네요?"

나는 안심하고 물었다. 후지타 교수가 처음 보는 야릇한 미소를 지으며 말했다.

"음, 이름이야 훌륭하지. 울트라 슈퍼 중학생 의학연구자인 소네자키 군에게 지금부터 중요한 사실을 알려 주지. 잡지에서도 사회에서도 이름이 훌륭한 것치고 내용이 별 볼 일 없는 것들이 많아."

"그래요? 역시 〈네이처〉보다 훨씬 전투 포인트가 떨어지는 잡지군요."

실망스러워 하며 묻자 후지타 교수가 차갑게 한마디 덧붙였다.

"부탁이니 〈네이처〉와 〈매그니피슨트〉를 똑같이 취급하지 말아주게. 〈네이처〉의 임팩트 요인은 30이상이고 〈매그니피슨트〉는 놀라지 말게, 겨우 0.5니까."

"하지만 〈네이처〉도 30 정도라면 그다지 뛰어난 것은 아니잖아요."

후지타 교수의 말투로 봐서 〈네이처〉가 백만 정도, 〈매그니튜더슨슨〉은 3 정도 되지 않을까 생각했다. 하지만 〈네이처〉도 겨우 30 정도라니. 나도 모르게 튀어나온 말에 후지다 교수의 입가가 일그러졌다.

"모처럼 이야기가 나왔으니까 현실을 알려 주지. 〈네이처〉에 논문이 실리면 학회에서는 화제의 중심이 되고 대학에서도 모두 존경의 눈초리로 쳐다보네. 그러나 〈매그니피슨트〉에 실리면 이떻게 될 거라고 생각하나? 오히려 바보 취급을 받아."

"바보가 될 정도면 응모하지 않으면 되잖아요?"

후지타 교수는 어깨를 움츠렸다.

"자네는 정말 바보 같은 질문만 하는군. 나 역시 응모하고 싶지 않아. 그렇지만 별 볼 일 없어도 〈매그니피슨트〉는 임팩트 요인이 붙는 영어잡지야. 멍청한 문부과학성 관리를 속이

려면 그 정도는 해야 한다고. 내게도 괴로운 선택이네."

후지타 교수는 나를 보며 다시 한 번 바꾸어 말했다.

"이름이 훌륭한 만큼 내용은 텅 비었어! 자네는 중요한 말들은 노트하는 습관이 있지? 이 말도 적어 두는 게 좋을 것 같군."

나는 본능적으로 기분이 상했다. 이유는 알 수 없었으나 이런 말은 절대 써놓고 싶지 않았다. 아버지 말씀과는 전혀 다른 느낌이 들었기 때문이다.

내 예감은 적중했다. 후지타 교수는 요술 기법을 설명해주듯 차가운 미소를 지으며 말을 이었다.

"자네라면 잘 알겠군. 울트라 슈퍼 중학생 의학연구자인 소네자키 군이라면 말이야."

몹시 불쾌했다. 그럴 틈도 주지 않고 후지타 교수는 혼잣말처럼 중얼거렸다.

"우선, 미디어도 결과를 기다리지 않고 있어. 예전 같으면 그런 후진 잡지에 응모하는 것 자체가 치욕이지만 지금은 그렇게 여유를 부릴 때가 아니야. 사안이 시간을 다투네. 게다가 〈매그니피슨트〉 레벨이라면 추가시험 응모 같은 것은 언급하지 않을 거야."

나는 기가 꺾여 터덜터덜 지하실로 향했다. 엘리베이터의 순간적인 어둠이 직소퍼즐의 마지막 조각처럼 내 마음에 딱 끼여서 떨어질 줄 몰랐다.

툰드라의 눈보라 같은 후지타 교수 말에 내 마음은 얼어붙었다. 나는 모모쿠라 씨가 그리웠다. 나를 진심으로 아껴주는 모모쿠라 씨의 난로 같이 따뜻한 말이.

지하 실험실에 도착해보니 그곳에는 아무도 없었다. 불빛이 훤하게 켜져 있었지만 안은 텅 비어 있고 PCR 기계만이 붕붕 울고 있었다.

모모쿠라 씨가 없어서 실망스러웠다. 그때 드르륵 문이 열렸다.

돌아보니 슈퍼 고등학생 의학도인 사사키 선배가 교복을 입고 서 있었다. 그는 나를 힐끗 보더니 PCR 모니터를 확인했다. 그리고 기둥처럼 서 있는 나를 쳐다보았다.

"무슨 일이야? 매스컴 취재가 연기돼서 실망했어?"

나는 입을 다문 채 고개를 서었다. 그리고 한마디 툭 내뱉었다.

"내 논문, 매그니튜더슨슨에 응모할 것 같아요."

"매그니튜더슨슨?"

사사키 선배가 모르겠다는 듯한 표정을 지었다. 그러더니 갑자기 놀란 표정이 되었다.

"설마, 〈매그니피슨트〉는 아니지?"

나는 가늘게 고개를 끄덕였다.

"맞아요. 맞아 그런 놈이에요. '매지컬 아이'라는 놈인가……."

사사키 선배는 어이없다는 표정이 되었다.

"〈네이처〉가 아무리 벅차다고 해도 느닷없이 〈매그니피슨트〉로 하는 것은 아니지. 매스컴에 잘 보이려고 너무 서두르는 거 아냐?"

그리고 사사키 선배는 내 얼굴을 쳐다보며 말했다.

"지금 이야기 당연히 모구라 씨는 모르지?"

나는 고개를 끄덕였다.

"좋아. 그럼 먼저 모구라 씨한테 보고하는 것이 순서야. 잘 들어 소네자키. 이 일은 굉장히 중요한 일이야. 어찌됐든 모구라 씨는 네 지도교관인 동시에 공동 저자니까. 그런 사람한테 예의와 도리를 다 해야 하는 거야."

나는 다시 한 번 고개를 주억거렸다. 그리고 불쑥 물었다.

"모모쿠라 씨는 지금 어디 있는데요?"

사사키 선배는 내 얼굴을 보며 생각에 잠겼다. 그리고 대답했다.

"네가 괜찮은지 어떤지 모르겠지만 지금 바로 그곳에 가야만 할 것 같다."

그렇게 말하며 사사키 선배는 한마디 했다.

"쓰러지면 그것은 그때 가서 해결할 일이고……. 내가 어떻게든 할께."

왠지 말도 안 되는 일에 휘말릴 것 같은 예감에 몸이 부르르 떨렸다. 하지만 후지타 교수 앞에서 느꼈던 불안감 보다는 덜했다.

슈퍼 고등학생 의학도인 사사키 선배는 지하 1층 복도 정반대편으로 가더니 어떤 문 앞에 섰다. 나는 머릿속으로 지도를 그려보았다. 조금 전에 있었던 '종합 해부학 연구실'은 3층이었다. 그리고 사사키 선배가 지금 서 있는 방은 정사각형 건물의 대각선상으로 일전에 헤맸던 '신경인가 뭔가 하는 해부학 연구실' 바로 아래라는 느낌이 들었다.

문 앞에 선 사사키 선배는 나를 돌아보며 다시 한 번 다짐을 받았다.

"기분이 나쁘면 곧바로 말해. 절대 무리는 하지 마."

나는 침을 삼키며 고개를 끄덕였다. 사사키 선배가 문을 열었다.

방은 넓고 밝았다. 이런 방이 지하에 있으리라고 생각지 못했다. 그러나 제일 먼저 느낀 점은 코를 찌르는 냄새였다. 눈물이 날 정도의 자극적인 냄새에도 불구하고 어딘지 달콤했다.

잠시 후 냄새에 익숙해지면서 방안을 둘러볼 수 있게 되었다.

방에는 하얀 가운을 입은 형과 누나들이 여럿 있었다. 자세히 보니 몇 명씩 은색 책상 주변에 모여 고개를 숙이고 속닥이고 있었다. 그런 책상이 전부 30개는 될까? 그 주변을 팔짱을 낀 선생들이 뚜벅뚜벅 돌아다니고 있었다. 나는 그 안에서 모모쿠라 씨와 아카기 씨 그리고 백발의 쿠사카 교수를 발견했다.

안심도 잠깐이었다. 문득 은색 책상 위에 놓인 것을 보는 순간 나는 그 자리에 얼어붙고 말았다.

맙소사! 은색 책상 위에서 발견한 것. 그것은 갈색으로 굳은 사체, 사체, 그리고 또 사체였다.

나도 모르게 의식이 가물가물해졌다.

그러나 일전에 눈알을 보았을 때처럼 정신을 잃지는 않았다. 희미해져 가는 의식을 붙잡아 준 것은 나를 발견한 모모쿠라 씨의 시선이었다.

모모쿠라 씨는 천천히 내 곁으로 다가왔다. 정신이 아득해지는 것을 혼신의 힘으로 버티며 모모쿠라 씨를 기다렸다.

모모쿠라 씨는 나를 쳐다보며 말했다.

"소네자키 군! 이런 데까지 오고 무슨 일이야?"

나는 애써 미소 지으며 주위를 둘러보았다.

"여기서 뭘 하는 거죠?"

모모쿠라 씨는 목소리를 찍어 누르며 대답했다.

"해부실습. 의학도라면 누구나 반드시 해야 하는 아주 중요한 공부지."

나는 새삼 넓고 환한 방안을 둘러보았다. 자세히 보니 사체 일부는 해체되어 있었다. 배가 갈라지고 바싹 말린 듯한 내장이 흩어져 있었다. 모모쿠라 씨는 걱정스러운 표정으로 말했다.

"괜찮아? 안색이 무척 안 좋아 보이는데."

모모쿠라 씨는 나를 방에서 데리고 나갔다. 나는 모모쿠라 씨와 사사키 선배와 함께 밖으로 나와서야 겨우 숨을 제대로 쉴 수 있었다.

"사사키까지 대체 무슨 일이야?"

나는 사사키 선배의 얼굴을 힐끔 보았다. 교복 차림의 그가 고개를 끄덕였다. 나는 설명을 시작했다.

"저기, 그 논문 〈네이처〉는 채택이 안 되는 것 같아요."

"〈네이처-메디슨〉"

모모쿠라 씨가 재빨리 정정했다. 나는 고개를 끄덕이며 계속했다.

"그래서 아까 후지타 교수님 방에 갔더니 이번에는 매그니튜더슨슨에 응모한다고 하던데요."

모모쿠라 씨는 눈을 깜빡거리며 설명을 요하는 것처럼 사사키 선배를 봤다. 사사키 선배가 보충 설명을 했다.

"〈매그니피슨트-메디컬-아이〉요."

모모쿠라 씨 안색이 파랗게 질렸다.

"뭐라고……. 말도 안 되는……."

그때 등 뒤에서 웃음소리가 들렸다. 돌아보니 '신경인가 뭔가 하는 해부학 연구실'의 기린아인 아카기 씨가 폭소를 터뜨렸다. 아카기 씨는 모모쿠라 씨 어깨를 툭툭 두들기며 말했다.

"아니, 몰래 들을 생각은 없었는데 문득 들려서……. 자네와 덜렁대는 교수가 〈네이처-메디슨〉에 투고했다고 여기 저기 떠들고 다닌다는 소리를 듣고 채택되기 전까지 기다리는 게 좋을 거라고 충고하려 했는데 찬스를 놓쳤군. 그렇더라도 후지타 교수의 결단은 천하일품이야. 〈네이처-메디슨〉에 떨어지니까 느닷없이 〈매그니피슨트〉으로 낮춰버리다니……. 보통 사람들의 생각을 뛰어넘는 대담한 발상이야. 후지타 교수의 머릿속은 대체 어떤 구조로 되어 있을까? 신경제어 해부학 연구실의 일원으로서 꼭 한 번 보고 싶은데."

아카기 씨의 기관총 세례 같은 말에 모모쿠라 씨는 괴로운 표정을 지었다. 아카기 씨가 덧붙였다.

"그런데 그 논문, 추가시험도 하지 않고 투고했다는 소문을 들었는데 진짜야?"

모모쿠라 씨는 결국 고개를 떨어뜨리고 말았다.

"진짜야, 모모쿠라! 와, 이거 빼도 박도 못하게 생겼네. 너희들도 정신 똑바로 차리지 않으면 큰일 난다."

기가 센 사사키 선배까지 고개를 숙이는 모습을 보며 나는 아카기 씨의 말이 정곡을 찔렀음을 깨달았다. 내 안에서 불안감이 이루 말할 수 없을 정도로 눈덩이처럼 커지기 시작했다.

모모쿠라 씨와 사사키 선배, 그리고 나는 실험실로 돌아왔다. PCR 기계는 변함없이 붕붕 소리를 내며 울고 있었다. 우리 세 사람은 각자 의자에 앉았다. 모모쿠라 씨는 주머니에 있던 시험관을 손가락으로 문질렀다. 한참 만에 사사키 선배가 입을 열었다.

"〈매그니피슨트〉로 바꿀 줄은 몰랐지만 어쩌면 거기서는 논문이 통과할지도 모르겠네요."

모모쿠라 씨가 고개를 끄덕였다.

"아, 곤란한데. 처음부터 〈네이처〉지는 안 될 거라 생각하고 오히려 안심했었는데."

주저주저하다 내가 끼어들었다.

"저기, 그렇게 좋은 잡지는 아니라고 후지타 교수님한테 들었지만 그래도 임팩트 요인이 붙으니까 괜찮다고 하셨는데요.”

모모쿠라 씨가 어깨를 으쓱했다.

“그 말이 맞아. 그래서 곤란해.”

“왜죠? 논문이 잡지에 실리는 것은 대단한 일이잖아요?”

모모쿠라 씨는 고개를 흔들었다.

“소네자키 군! 자네가 낸 결과는 추가시험에서 아직 확인이 안됐어. 그 이후로 추가시험을 세 번이나 했어. 그러나 그 시퀀스는 아무리 해도 재검출 되지 않았다고.”

바닥이 가라앉는 느낌이 이런 것일까?

사사키 선배는 내 마음을 읽었다는 듯 설명을 덧붙였다.

“모모쿠라 씨는 네가 낸 결과가 기술적 에러는 아닌가하고 생각하고 있어.”

에러? 머릿속이 하얘졌다.

얼마 후 나는 간신히 입을 열었다.

“모모쿠라 씨한테 들은 대로 똑바로 실험했어요. 그 실험은 우리 둘이 같이 했잖아요?”

모모쿠라 씨는 표정을 누그러뜨렸다.

“음, 나도 같이 했지. 그래서 공범이야.”

“공범이라뇨? 나는 특별히 나쁜 짓 한 거 없는데……”

“아, 소네자키 군은 잘못이 없어. 나쁜 쪽은 추가시험 결과도 없이 투고한 후지타 교수야.”

모모쿠라 씨가 그답지 않게 단언했다. 그때 문 바깥에서 굵직한 목소리가 들렸다.

“오호, 지도에 따르지 않고 자신의 기술이 미숙해서 결과를 못 낸 것을 교수 탓으로 돌리다니. 그래서 자네는 안 되는 거야.”

모모쿠라 씨 얼굴이 깜짝 놀랄 정도로 창백해졌다. 인간의 안색이 이렇게까지 하얗게 질릴 줄은 몰랐다.

문이 열렸다. 얼굴을 내민 것은 당연히 후지타 교수였다.

“모모쿠라 군! 자네 생각은 잘 알았네. 한 가지 묻겠는데 한 번 검출된 시퀀스가 확인 안 될 경우 어떤 가능성이 상정될 수 있나?”

모모쿠라 씨는 고개를 숙이고 자신 없게 말했다.

“폴스 포지티브 가능성을 제외할 필요가 있습니다.”

“그래. 그럼 묻겠는데 그것이 폴스 포지티브라면 그 결과를 낸 실험 책임자는 누구지?”

모모쿠라 씨는 던지듯 말했다.

“접니다.”

“오호, 모모쿠라 군은 자신이 지도한 실험결과가 ‘에러’라고 말하는 거네. 에러라면 왜 그런 일이 일어났지?”

“모르겠습니다. 그러나 추가시험에서 확인할 수 없는 이상 그 시퀀스는 컨태미(혼합)는 아닐까하는 생각을 해봐야 할 것 같습니다."

"음, 그래. 그래서 추가시험은 몇 회나 했는가?"

"세 번입니다."

"겨우 세 번이라고!"

후지타 교수는 모모쿠라 씨를 끈적끈적한 시선으로 포박하듯 쳐다보았다. 나는 그 장면을 어딘가에서 본 듯한 생각을 하며 지켜보았다.

그러다 후지타 교수가 큰소리로 호통을 치기 시작했다.

"단 세 번이라고. 세 번으로 결과가 안 나오면 네 번 다섯 번 해야지. 어쨌든 추가시험을 계속하게. 소네자키 밴드라는 획기적 시퀀스가 다시 나올 때까지 몇 번이라도 말이야!"

"그 검체로 PCR 할 수 있게 사용할 수 있는 것은 앞으로 두 번 정도가 최선입니다."

후지타 교수는 인상을 찡그렸다.

"그렇다면 그 두 번에 어떻게 해서든 결과를 내 봐. 그래. 모모쿠라 군이 결과를 내놓지 못한다면 훌륭한 결과를 낸 울트라 슈퍼 중학생 의학연구자에게 직접 부탁하면 되겠군!"

후지타 교수는 나를 돌아보았다.

"소네자키 군! 원래 이것은 자네 논문이니까 자네가 추가시험을 하게."

코브라! 그 말을 듣고 옛날에 아버지와 함께 동물원에서 본 광경을 떠올렸다. 후지타 교수의 말은 코브라가 적을 응시하며 상대를 위협할 때 모습과 흡사했다.

모모쿠라 씨가 나를 변론하듯 앞으로 나섰다.

"후지타 교수님! 제가 하겠습니다. 그리고 결과를 내보겠습니다. 앞으로 두 번 안에 반드시 그렇게 하겠습니다."

후지타 교수는 만족스러운 미소를 지었다.

"부탁하네. 단, 추가시험을 서두를 필요는 없네. 투고한 데가 〈매그니피슨트〉니까. 만일 결과의 추가시험이 확인 안 되더라도 공격 받을 일은 없을 거네. 그 잡지 임팩트 요인이 겨우 0.5에 불과하니 말이야."

방을 나가며 기분 좋게 한마디 더했다.

"이제 겨우 두 번 남았다고 했지, 모모쿠라 군. 자네에게 그 검체를 잘 활용할 수 있는 기술이 있을까? 앞으로 두 번 실패하면 이떻게 될지 알고 있겠지. 나라면 어떻게 할까?"

닫힌 문 저쪽에서 탁한 후지타 교수의 목소리가 들렸다.

"아마, 추가시험을 했다고 하고 상사에게 '똑같은 결과가 나왔다'고 보고하지 않을까? 이미 한 번은 결과가 나온 시퀀스잖아. 두 번 나올 수 있다고 생각하는 것이 상식 아냐?"

후지타 교수의 말을 듣고 그때까지 얌전히 침묵을 지키던 사사키 선배의 왼쪽 눈이 차갑게 빛났다.

　방에 남겨진 모모쿠라 씨와 사사키 선배 그리고 나는 아무
말도 하지 않았다. 세 사람의 침묵 속으로 후지타 교수의 커
다란 웃음소리만 멀어져 가며 점차 잦아들었다.

제8장

아버지께서 말씀하셨지, "악의와 무능은 구별이 잘
안 되고 구별할 필요도 없다"라고.

6월.

황금연휴가 끝이 났다. 해수욕장이 개장하는 여름방학
직전까지 즐거운 일이라곤 없는 사막과 같은 삭막한 날들이
이어졌다. 나는 오아시스를 찾아 어슬렁거리는 이구아나가
된 느낌이었다.

실험을 그만 둔 모모쿠라 씨는 바빠 보였다. 그는 해부 실
습을 해야 하기 때문이라고 좋은 쪽으로 생각했다.

분명히 해부실습은 성가시고 큰일이다. 실험이 정체되어
있었기 때문에 할 일이 없어진 나는 이따금씩 해부실습 장면
을 들여다보았다. 내 입장을 알고 있는 조교 선생님들은 해

부 실습실에 들락거리는 일을 눈감아 주었다.

그러는 사이 시체에도 점차 익숙해졌다. 냉정하게 관찰해 보면 여기서 이루어지는 일은 사체 분해였다. 견학할 때마다 선반 위에 오른 사체는 서서히 해체되어 갔다. 의학이란 인간의 병을 다루는 학문이므로 사체 분해 또는 인체 설계도를 볼 필요성이 있을 것이다. 하지만 사체 분해를 하는 사람들의 모습은 각양각색이었다. 조심스럽게 해체를 하는 팀들도 보이고 중학생인 내가 보아도 한심한 팀들도 보였다. 의대생 중에도 미치코와 같은 뛰어난 학생뿐 아니라 나나 헤라누마 같은 녀석들도 있다는 사실을 알고 안심하면서도 한편으로는 불안하기도 했다. 그리고 언젠가 이 일을 미타무라에게 가르쳐주어야겠다는 다짐을 했다. 안타깝게도 미타무라와 약간의 불화가 생겨 그 날이 언제가 될지는 예상할 수 없지만.

모모쿠라 씨는 학생들에게 자세히 지도해 주었다. 아카기 씨가 학생들의 질문을 무시하며 대충대충 넘어가는 것과는 대조적이었다.

아카기 씨는 나를 보면 쓸데없이 장난을 치곤했다. 조롱 섞인 미소를 지으며 내게 말했다.

"소네짱은 울트라 슈퍼 미디어맥스 중학생 의학연구 대 선생이라고 불린다며?"

'소네짱'이란 '네이처'와 '소네자키짱'을 합친 합성어로 아카기 씨가 지어낸 별명이다.

그런 아카기 씨가 싫었다. 그래서 날 놀릴 때면 아무런 대꾸도 하지 않고 외면했다. 그러나 그럴 때는 언제나 모모쿠라 씨가 도와주었다.

"아카기! 중학생을 놀리면 안 되지."

아카기 씨는 모모쿠라 씨가 한마디 하면 신기하게도 어른답게 장난을 그만두었다.

매미 소리가 기승을 부리는 7월이 되었다. 조금만 있으면 여름방학이 시작된다고 생각하자 들뜬 기분이 점점 고조되어 갔다. 그날도 아카기 씨가 나를 놀리고 있는데 모모쿠라 씨가 때마침 나타났다. 하지만 그날은 이전과는 다른 일이 전개되었다.

문이 열리고 손수건으로 입을 틀어막은 우즈키 씨가 해부 실습실에 들어왔다.

"소네자키 군! 후지타 교수님 호출이에요."

나는 모모쿠라 씨와 아카기 씨를 번갈아 쳐다보았다. 그리고 주저주저 물었다.

"무슨 일이죠?"

우즈키 씨는 입가에 미소를 지으며 대답했다.

"소네자키 군 논문의 잡지 게재가 결정된 것 같아요."

우즈키 씨를 주시하던 아카기 씨가 파안대소했다.

"콩그레츄레이션! 진흙탕 세계에 아주 잘 오셨습니다. 이것으로 소네짱도 내 라이벌로 승격이 되었네."

아카기 씨의 말을 듣고 웬일인지 우즈키 씨는 얼굴을 붉히며 서둘러 방을 나가버렸다. 나는 황급히 그 뒤를 따라갔다.

무거운 마음으로 순간의 어둠이 찾아 드는 엘리베이터에 몸을 실었다. 우즈키 씨로부터 풍기는 달콤한 향수냄새가 코끝을 자극해 숨이 막힐 지경이었다. 어둠 속에서 우즈키 씨가 희미하게 웃고 있는 듯한 느낌이 들었다.

엘리베이터 문이 열리자 그곳에 희색이 만면한 후지타 교수가 두 팔을 벌리고 서 있었다.

"축하하네, 소네자키 군! 자네가 드디어 명실상부한 울트라 중학생 의학도가 되었어."

그 말이 채 끝나기도 전에 갑자기 플래시가 터졌다. 눈이 부시고 눈앞이 순간적으로 하얗게 변했다. 잠시 후 정신을 차려 주변을 보니 교수실 앞 좁은 복도에 TV카메라와 완장을 찬 카메라맨 그리고 스태프들이 왁자지껄 붐볐다.

쏟아지는 빛 속에서 언젠가 들은 적이 있는 상냥한 목소리가 내 주의를 끌었다.

"오랜만이네요, 소네자키 군! 일전에는 신세가 많았어요."

낭랑한 여자대학생 같은 목소리를 듣고 누군지 떠올랐다.

사쿠라 TV의 누나다. 옆에 선글라스를 쓰고 있는 아저씨를 발견한 나는 이내 흥분되었다. 후지타 교수에게 이끌려 안으로 들어갔다. 그곳에는 더 많은 기자들이 득실거렸다.

나는 교수 의자에 앉혀졌다. 플래시가 다시 번쩍번쩍 터졌다. 나는 상냥한 누나가 이끄는 대로 팔짱을 끼기도 하고 일어나기도 했다. 그리고 보통 때라면 절대 하지 않을 특별한 제스처도 지어야 했다. V 사인에 팔짱을 끼는 등 멋진 포즈를 취할 것을 요구받았다.

상황이 어느 정도 진정되자 후지타 교수가 내게 한 장의 종이를 내밀었다. 그것을 받아 들자 다시 한 번 카메라 플래시가 터졌다.

"소네자키 군! 논문을 이쪽으로 보이게 해야지."

그 말을 듣고 비로소 내가 들고 있는 것이 논문임을 알 수 있었다. 표지를 봤다. 영어 제목과 저자명이 적혀있었다.

예전에 투고한 논문에는 수많은 이름들이 줄지어 적혀 있었지만 이번 논문에는 내 이름과 모모쿠라 씨 그리고 후지타 교수 세 명밖에 실려 있지 않았다.

기습을 당했지만 이런 대접을 받은 것은 이번이 처음이 아니다. 나는 금세 냉정을 되찾았다. 이번에는 질문도 잘 알아

들었고 스스로 생각해도 술술 대답을 잘하고 있었다.

"소네자키 군은 일본에서 처음으로 슈퍼 중학생 의학도로서 연구를 해왔는데 반년도 지나지 않아 영어논문을 발표하다니 놀랍네요. 어떻게 연구하고 있는지 그 핵심을 꼭 알려주기 바랍니다."

나는 마른 침을 삼키며 대답했다.

"저 혼자 이런 결과를 낸 것이 아닙니다. 저는 모모쿠라 씨와 후지타 교수님의 지도를 받아 그대로 실천한 것뿐입니다."

"모모쿠라 씨는 누구죠?"

아나운서 누나가 순수하게 물었다. 후지타 교수가 재빨리 가로채고 나왔다.

"제 부하입니다. 소네자키 군의 지도교관이죠."

"와, 천재 중학생 의학도가 지도교관을 두다니 대단히 겸손하네요. 소네자키 군은 천재라고 후지타 교수님이 말씀하셨죠?"

후지타 교수는 희색이 만면해서 고개를 끄덕였다.

"네, 그렇습니다. 그는 천재입니다. 그의 지도교관은 3년을 실험해도 아직까지 논문 하나 쓰지 못하고 있습니다. 그런데 소네자키 군은 불과 6개월 만에 10년 경력의 의사도 하지 못할 일을 해냈습니다. 이것을 천재라고 하지 않는다면 대체 무엇을 천재라 불러야 합니까?"

사쿠라 TV 아나운서 누나가 고개를 끄덕였다. 나는 후지타 교수의 말을 듣고 몸이 얼어붙었다. 내가 모모쿠라 씨를 능가했다고? 해도 해도 너무 하는 것 아니야!

입을 열려는 내게 질문이 쏟아졌다.

"천재 중학생 의학도는 보통 무슨 놀이를 합니까?", "친구들은 뭐라고 하나요?", "천재의학자에게는 중학교 공부가 지겹지 않나요?", "이대로 의사가 될 작정입니까?", "어떤 의사가 되고 싶습니까?", "좋아하는 음식은?", "누구의 팬인가요?", "여자 친구는 있습니까?", "어디 살고 있죠?", "아침에는 몇 시에 일어나나요?", "어째서 카오루라는 이름이 되었죠?"

질문 홍수에 나는 어안이 벙벙해졌다. 그때 괴이한 느낌을 주는 낮은 목소리가 들려왔다.

"이번 연구 결과를 치료에 어떻게 적용하고 싶습니까?"

나는 무심코 소리 나는 쪽을 보았다. 하늘하늘한 여자들 틈에 하얀 외이셔츠를 입은 한 남자가 있었다. 오른쪽 팔뚝에 초록색 완장을 차고 있었다.

말하고 싶었지만 후지타 교수가 내 팔을 잡으며 대신 대답했다.

"이 결과가 레티노블라스토마 치료에 훌륭한 진보를 이루리라는 사실은 말하지 않아도 다들 잘 아실 겁니다."

남자는 손에 든 연필로 머리카락을 쓸어 넘기며 말했다.

"교수님이 아니라 본인에게 듣고 싶습니다만."

후지타 교수는 하얀 와이셔츠 남자의 말을 무시했다. 듣지 못했는지도 모른다. 어느 쪽인지 모르겠으나 후지타 교수는 그 질문을 계기로 합동기자회견을 마칠 생각 같았다.

"소네자키 군이 최첨단 연구를 서두르지 않으면 일본 의학계는 엄청난 손실을 볼 것입니다. 여러 가지 의문 사항들이 있으시겠지만 회견은 이 정도로 마치고 싶습니다."

TV카메라와 취재진들이 하나 둘씩 방을 빠져나가는 모습을 지켜보며 한심스럽게도 나는 안도의 한숨을 내쉬었다. 내가 하고 싶었던 말은 가장 신경 쓰이는 일 즉, 추가시험 결과가 나오지 않았다는 사실이었다. 돌이켜보니 그때가 하늘이 준 기회였다. 그러나 나는 그 기회를 허무하게 놓쳐버렸다.

후지타 교수의 참견이 내 입을 틀어막았다는 생각이 들었다. 하지만 그 당시 나는 후지타 교수에게 제지당하지 않았다. 생각해보면 쉽게 알 수 있는 사실이다. 나는 스스로 '말하지 말자'라는 선택을 하고 있었던 것이다.

내 논문의 약점을 감히 말할 수 없었다. 그것은 아무리 생각해봐도 내 자신의 선택 문제였다.

나는 후지타 교수와 선글라스 아저씨가 소곤대는 소리에

신경을 집중했다.

"그러니까 이번에는 저녁에……."

"에, 은혜를 갚지 않으면 실망할 수도 있으니까."

마지막 말은 확실하게 들었다. 선글라스 아저씨는 나를 힐끔 보더니 손을 내밀었다.

"소네자키 군! 취재에 협조해줘서 고맙네. 오늘 밤 6시 반부터 하는 슈퍼 선셋 사쿠라노미야 판에서 방영하니까 보도록."

나는 선글라스 아저씨의 손을 강하게 잡았다. 별안간 가슴속에서 뭔가 고동치는 느낌이었다. 방송에 나오는 것을 알면 우리 반에 어떤 소동이 일어날까?

오늘은 사쿠라노미야 중학교에 안 가는 날이다. 그러니 모두에게 보라는 소리를 할 수 없다. 그 사실이 약간 시원섭섭했다. 미치코에게 전화해 둘까? 바로 그때 미타무라의 얼굴이 떠올랐지만 마음 한구석으로 파묻어버렸다.

집에 돌아와 야마사키 아줌마에게 사건의 전말을 보고했다. 아줌마는 서둘러 DVD 장치를 설치하기 시작했다.

"카오루짱! 멋진 모습을 기록해 두는 게 좋겠지?"

"그만 둬요."

야마사키 아줌마는 고개를 흔들었다.

"아무리 그래도 이번만은 들어 줄 수가 없어."

나는 포기하고 현관 쪽으로 갔다. 복도에 있는 전화 수화기를 들고 다이얼을 돌렸다.

"여보세요!"

미치코다. 한 번에 연결된 것은 행운일지도 모른다. 오늘 있었던 일을 두런두런 이야기했다.

"저기, 실은 응모한 논문이 잡지에 실려서 오늘 낮에 TV에서 취재 나왔었어. 그래서 오늘 저녁 슈퍼 선셋에서 방송할 예정이야."

수화기 저편에서 긴장의 숨소리가 들렸다. 다음 순간 용수철처럼 튕기듯 미치코 목소리가 귓전을 울렸다.

"뭐? 논문이 채택되었다고? 대단한데……. 게다가 TV에도 나온다고? 그것도 슈퍼 선셋에? 멋지다 멋져!"

미치코의 칭찬 소리가 낯간지러웠다. 그러나 그것은 잠시였다. 미치코의 다음 말이 나를 끝없는 나락으로 곤두박질치게 만들었다.

"미타무라에게는 알렸지?"

수화기를 고쳐 쥐고 한참 동안 대답을 하지 못했다. 수화기 저편에서 걱정스러운 듯 물었다.

"카오루! 무슨 일 있니? 듣고 있어?"

나는 정신을 차리고 대답했다.

"어, 듣고 있어. 아직 얘기 못했어."

"뭘 하고 있는 거야. 나보다는 미타무라한테 먼저 전화해야지. 빨리 전화해. 무척 기뻐할 거야. 그렇지, 녹화를 해야겠다. 미안, 끊을게. 엄마 지금부터 내가 DVD 쓸 거예요."

전화가 툭 끊겼다. 뚜뚜, 하는 통화음이 귓전을 맴돌며 별안간 마음속에 먹구름이 뭉게뭉게 피어나기 시작했다.

결국 미타무라에게 전화를 걸지 못했다. 아니, 정확하게 말하면 마지막 번호를 누르지 않았다. 나는 미타무라가 자랑했던, 구급의사와 발음이 비슷한 전화번호인 990-1438, 그중 마지막 번호 8을 차마 누르지 못했다.

나는 자기 합리화를 하듯 중얼거렸다.

"미타무라 아버지는 이비인후과여서 구급 환자 같은 따윈 없어. 그러니까 이런 번호는 기억하기 쉽지 않아."

숫자 말맞추기로 번호를 암기하고 있으면서도 내 자신에게 핑계를 대며 수화기를 내려놓았다.

야마사키 아줌마가 부르는 소리가 들렸다. 방송시간인 모양이었다.

거실에 나오자 TV가 켜져 있고 소리도 다른 때보다 두 배는 더 컸다. 야마사키 아줌마는 소파에 앉아 몸을 음악에 맞춰 흔들흔들하며 화면에 몰입했다. 경쾌한 오프닝 주제가가 흐르면서 스튜디오의 아나운서가 밝은 표정으로 등장했다.

"자, 오래 기다리셨습니다. 인기 절정의 코너, 사쿠라노미야의 슈퍼스타 열전 시간입니다."

나는 의자에서 떨어질 뻔했다. 슈퍼스타라고?

다시 마음을 가다듬고 TV를 봤다. 어디선가 들은 익숙한 멜로디라고 생각했는데 「하이퍼맨 박카스-엑스트라」 테마송이 아닌가! 순간 일전에 버스 안에서 만났던 안대를 한 남자아이인 카이가 떠올랐다.

"오늘의 리포터는 리리짱입니다. 자, 리리짱! 오늘의 히로인은 누구죠?"

화면을 보자 낮에 본 그 누나가 웃고 있었다.

"네, 리리입니다. 오늘은 일본 최초의 울트라 슈퍼 중학생 의학도인 소네자키 군이 달성한 쾌거를 소개하려고 합니다."

화면을 보고 있을 수 없었다. 머릿속에 엷은 미소를 짓고 있는 후지타 교수의 얼굴이 떠올랐다.

"일전에 멋지게 인터뷰에 응해주신 소네자키 군입니다."

잠깐! 이전에는 낮 뉴스에 잠깐 나갔을 뿐이잖아? 불안감이 엄습했다. 하지만 내 생각과는 별개로 화면에는 멋대로 방송이 나가고 있었다.

"그 소네자키 군이 어떤 활약을 했습니까?"

"그것이 대단합니다. 소네자키 군이 노벨 의학상 첫걸음이 될 만한 논문을 완성한 듯합니다."

그 순간 베토벤의 교향곡 제 5번인 「운명」이 흘러나왔다.

음향과 함께 나의 영어논문이 클로즈업 되며 내레이션이 시작됐다.

"소네자키 카오루! 열네 살. 그는 전국 통일 잠재능력 테스트에서 일등을 했습니다. 그 후 문부과학성 특대생으로서 도쿄 대학 부속병원 종합 해부학 연구실과 사쿠라노미야 중학교를 오가며 공부하고 있습니다. 다시 말해서 울트라 슈퍼 중학생 의학연구자입니다."

잠시 내 옆얼굴이 나왔다. 손가락으로 턱을 괴고 있는 모습은 마치 철학자 같았다. 언제 이런 사진을 준비했을까?

"그는 일류 의학전문 잡지인 〈매그니피슨트-메디컬-아이〉에 논문을 투고해 한 달이라는 이례적인 스피드로 게재되는 위업을 달성했습니다."

일류 잡지? 이례적인 스피드? 나는 어깨를 움츠렸다. 이것은 사실과 완전히 다르잖아. '매그니튜더슨슨'은 인기가 없기 때문에 응모 수가 적어 응모만 하면 쉽게 게재된다고 했다고.

미소 짓는 후지타 교수의 얼굴이 화면에 등장했다.

"소네자키 군의 잠재능력에는 놀랄 따름입니다. 그는 보통 의사들도 읽으려면 반년이나 걸리는 두꺼운 전문서적을 불과 하루 만에 독파했습니다. 그 두뇌 능력에 무서움이 느껴질 정도입니다."

'잠시만요, 선생님! 최소 열 배는 과장된 말이잖아요!'

초조해진 내 옆에서 야마사키 아줌마는 흥분된 얼굴로 TV를 지켜보고 있었다.

후지타 교수는 책 한 권을 들어 보였다.

"천재적인 소네자키 군이자만 중학생다운 면도 있습니다. 전문 의학서적과 더불어 이런 잡지도 빼놓지 않고 읽고 있답니다."

후지타 교수가 손에 들고 있는 책은 자신이 직접 쓰레기통에 버린 월간 만화 잡지인 〈동도쿄〉였다. 말도 안 돼……. 후지타 교수는 당연히 모르겠지만 그 잡지는 초등학교 저학년 대상 만화다. 그것을 애독서라고 폭로하다니. 거기다 전국 네트워크로 내보내기까지 하는 것은 지나친 일이잖아!

나는 정신이 번쩍 들었다. 잠깐, 잠깐! 이것은 사쿠라노미야 시 한정 방송이지. 어느 정도 안심이 됐지만 상황이 달라진 것은 아니다. 중학생인 내게 사쿠라노미야 지방 네트워크는 전 세계, 전국 네트워크와 같으니까. 아아, 이렇게 해서 지금까지 몰래 간직하고 있던 비밀이 만천하에 드러났다. 그러나 그것은 서막에 불과했다. 곧이어 나온 인터뷰 내용을 보고 전신에 맥이 풀렸다.

화면에서는 상냥한 목소리의 누나와 일문일답이 진행되었다.

"소네자키 군! 논문게재 축하해요. 이렇게 빨리 잡지에 채

택될 것을 알고 있었습니까?”

“네!”

“앞으로도 계속 많은 논문을 낼 생각입니까?”

“물론이죠.”

스튜디오의 아나운서 누나는 인터뷰 내용이 재밌는 모양이었다. 귀여운 리포터 누나에게 웃으며 말했다.

“대단한 자신감이네요. 역시 하이퍼 울트라 중학생 의학도답네요.”

“울트라 슈퍼 중학생 의학연구자입니다.”

리포터 누나가 아나운서 누나의 말에 정중히 정정했다. 옆에서 TV를 보고 있던 야마사키 아줌마가 존경 반 의심 반의 눈초리로 나를 쳐다보았다.

도대체 무슨 일이 벌어지고 있는 거지? 신에게 맹세하지만 나는 이런 질문을 받은 적이 없다. 백 보 양보해서 질문을 받았다고 해도 이렇게 자신 있는 대답을 했을 리 없다. 말도 안 되는 일이었다.

나는 망연히 TV를 바라보았다.

화려한 「하이퍼맨 박카스」 테마송과 함께 사쿠라노미야 슈퍼스타 열전은 끝났다. 멍하니 앉아 있던 나는 정신을 차리고 아줌마한테 물었다.

"그러고 보니 예전에 내가 출연한 방송 녹화했다고 했죠?"

야마사키 아줌마가 미소 지었다.

"이거 보고 기억이 났구나. 물론 녹화 했지. 이제야 내가 녹화하길 잘했다는 생각이 들지? 그러니까 그 때 양복을 말쑥하게 입어야 한다고 했잖아."

야마사키 아줌마의 말을 흘려들으며 나는 서둘러 이전 DVD를 넣었다. 영상이 나왔다. 점심뉴스였다.

방송에는 리포터 누나와의 인터뷰 장면이 뉴스 뒤 화제 코너에 삽입되어 있었다.

"그럼, 소네자키 군은 슈퍼 중학생 의학도로서 앞으로 연구를 계속 할 텐데, 자신 있죠?"

"네, 물론입니다."

"의학연구계에 하고 싶은 말은 없습니까?"

"제가 최고입니다!"

나는 마지막 말을 듣고 그 당시 질문을 확실히 기억해냈다. 그때 상냥한 누나는 이렇게 물었다.

"소네자키 군은 역사를 잘 한다고 들었는데 반에서 누가 제일 역사 성적이 좋습니까?"

당연히 나는 역사에 자신감이 있었기 때문에 자신 있게 나라고 대답했다. 줄곧 별 의미 없는 질문이라고 생각했었다.

설마. 이렇게 사용되리라고는 꿈에도 생각지 못했다.

인터뷰 다음 날 헤라누마가 비아냥대던 모습과 사사키 선배가 '너 위험했던 것 같아!'라고 말한 것이 떠올라 몸 둘 바를 몰랐다.

심하다. 내가 하지도 않은 말을 한 것처럼 해 놓다니…….

게다가 이번 인터뷰를 보고 걱정되는 일이 하나 있었다. 대수롭지도 않은 잡지인 매그니튜더슨슨을 지나치게 과장한 사실이다. 사람들이 오해할까 두려웠다. 의학 편집광인 미타무라가 이 특집을 본다면 그렇게 훌륭한 잡지에서 자신의 이름을 뺐다고 아마 오해할 수도 있을 텐데.

그렇지만 괜찮다. 나는 스스로 위안했다. 미타무라는 이 시간에 학원에 가 있을 테니까.

다음날 아침 나는 오랜만에 사쿠라노미야 중학교로 향했다.

갑자기 교실 안에 정적이 감돌았다. 분위기 메이커인 헤라누마가 내게 달려왔다.

"이봐, 카오루짱! 천재인 네가 이런 후진 학교에 다닐 필요가 있냐?"

"바보 같은 소리 하지 마!"

헤라누마의 평소와 다름없는 농담에 안도하면서 힐끔 미타무라를 봤다. 미타무라는 교실한구석에 얌전히 앉아 교과서를 보고 있었다.

나는 미타무라에게 갔다.

"저기, 미타무라! 사실은……."

고개를 들고 나를 보는 미타무라의 눈에 냉기가 돌았다.

"사쿠라노미야의 슈퍼스타인 소네자키 선생님이 저 같은 미천한 놈한테 무슨 볼 일이라도 있습니까?"

왜 그래 미타무라. 오해야 오해! 내 몸은 얼음처럼 굳어버렸다. 고개를 들자 미치코가 양손을 모으고 미안하다는 시늉을 했다.

미치코에게 이끌려 교실 밖으로 나갔다.

"뭐야!"

"카오루 미안! 실은 어제 미타무라와 전화 통화했어."

아아아! 미치코, 너까지 이러면 나는 어떡하란 말이야. 미타무라의 반응이 차디찼던 건 당연하다. 미치코가 괜한 참견을 했다. 내가 전화를 하지 않았는데 네가 하다니 최악이다. 덕분에 엉망진창이잖아.

고개를 숙이고 있는 미치코에게 한바탕 퍼붓고 싶은 심정이었다.

나는 길게 한숨을 내쉬었다.

"어쩔 수 없지. 내가 잘못했는데 뭐."

미치코는 분명히 불필요한 일을 했다. 하지만 내가 제대로 일처리를 했다면 이런 일은 일어나지 않았을 것이다.

별안간 주위가 어두워졌다. 복도 창문으로 밖을 보니 하늘은 어느새 구름이 잔뜩 무겁게 내려앉아 있었다. 뇌성벽력이 치며 순식간에 천지가 진동했다.

그리고 1주일이 지나 학교는 여름방학에 들어갔다. 유령 부원으로 가입했던 장기부도 그만두고 도쿄 대학 의학부에 몰입했다.

한 가지 이유는 2학년 B반에 있기가 괴로웠기 때문이다. 물론 모모쿠라 씨와 사사키 선배가 있는 도쿄 대학 쪽도 관계가 그다지 좋은 것은 아니다. 그래도 두 사람 모두 미타무라보다는 어른이어서 노골적으로 안 좋게 대하지는 않았다.

모모쿠라 씨는 추가시험 일을 모른 척 했다. 후지타 교수 역시 마찬가지였다. 이대로 가면 내 논문은 잡지 가운데 파묻혀 어떤 일도 일어나지 않을 것이다.

그렇게 평온하게 흐르딘 어느 날, 여름의 폭풍우가 드디어 휘몰아쳤다.

제9장

아버지께서 말씀하셨지, "한 번 생긴 흐름은 간단하게 변하지 않는다"라고.

여름방학도 절정으로 치닫는 8월의 어느 날, 종합 해부학 연구실에 들어서자 우즈키 씨가 은밀하게 불렀다.

"소네자키 군 후지타 교수가 불러요."

우즈키 씨의 얼굴이 파랗게 질려 보이는 것은 기분 탓일까? 나는 고개를 끄덕이며 교수실로 향했다.

문을 열자 팔짱을 낀 후지타 교수가 보였다. 옆에는 송구스러운 듯 몸 둘 바를 몰라 하는 모모쿠라 씨가 소파에 앉아 있었다. 내 얼굴을 보더니 두 사람의 표정이 대조적으로 바뀌었다. 후지타 교수는 나를 보자 분하다는 듯 얼굴을 찡그렸고 모모쿠라 씨는 미안해하는 표정을 지었다. 무슨 일이 일

어난 게 틀림없다. 창밖에서 비둘기 한 마리가 울며 날아갔
다.

그렇지만 지금까지 하라는 대로 실험을 잘해왔고 실험 중
에는 〈동도쿄〉도 안 읽었다. 모모쿠라 씨와 「하이퍼맨 박카
스-리턴즈 2」 이야기도 하지 않았는데…….

후지타 교수의 불편한 심기가 이해되지 않았다.

이윽고 후지타 교수가 얇은 오렌지색 잡지를 내 앞에 내밀
었다. 표지에는 밝게 웃고 있는 외국인 사진과 로마자가 쓰여
있었다.

'Nature……. 나, 츄, 레? 뭐야, 이게?'

답답한 분위기에 눌려 나도 모르게 입을 열었다.

"이게 뭐죠? 이 '나, 츄, 레'가?"

나를 바라보는 후지타 교수의 얼굴에서 한겨울의 툰드라
기후처럼 찬바람이 돌았다. 후지타 교수는 아무 말도 하지
않고 보보쿠라 씨를 놀아보았다.

"자, 어떻게 할까? 〈네이처〉조차 읽지 못하는 영어 열등생
이 이렇게 유창한 영어논문을 썼다고 속일 수 있겠어?"

아뿔싸! 이 책이 말로만 듣던 〈네이처〉였단 말인가? 로마
자를 읽는 바람에 내가 영어 열등생이라는 사실이 탄로 나
고 말았다. 그런데 책이 너무 얇잖아. 가끔 역에서 나눠주는
무료잡지인 〈슈거-솔트〉와 비슷하잖아? 이렇게 얇은 잡지가

엄청나게 유명한 잡지였다면 내가 모른다고 해도 그리 이상할 것이 없었다.

미타무라가 그렇게 흥분하고, 언제나 다른 사람을 깔보는 후지타 교수가 그렇게 동경하는 것이 이렇게 얇은 잡지였단 말인가……. 어이가 없었다.

모모쿠라 씨가 고개를 숙였다.

"역시, 후지타 교수님이 제1저자가 되었어야……."

후지타 교수는 책상 위에 놓인 〈네이처〉 표지를 손바닥으로 내리쳤다. 그리고 목소리를 찍어 누르며 말했다.

"이제 와서 그런 말하면 무슨 소용이 있어. 그리고 어쩔 수 없었잖아. 내가 이런 논문을 썼다고 해봐야 임팩트가 전혀 없어. 그리고 원래 이것은 '문부과학성 특별과학연구비B-전략적 장래구상 프로젝트'의 성과로 낸 논문이 되지 않으면 일말의 가치도 없네. 소네자키 군이 제1저자가 되는 것이 가장 효과적이었어."

"설마 매사추세츠 의과대학 오아프교수가 동일한 분석을 해서 정반대의 결과를 도출하리라고는……."

모모쿠라 씨 말이 끝나자 후지타 교수가 고개를 흔들었다.

"그래서 말했잖아. 꾸물거리다가 오아프한테 선수를 빼앗길지 모르니까 서두르라고."

모모쿠라 씨는 잔뜩 풀이 죽어 고개를 떨어뜨렸다.

"하지만 오아프 교수가 정반대의 결과를 냈다고 하는 것은 애초부터 우리 결과가 틀렸다는 것은 아닙니까?"

"모, 구, 라, 군!"

후지타 교수는 악센트를 넣어 불렀다.

"무슨 말을 남의 말 하듯 하는 거야. 자네는 중대한 사실을 잊고 있어. 이 논문의 공동 대표저자는 자네야. 다시 말해서 이 논문의 책임자가 모모쿠라 군이라는 말이야."

모모쿠라 씨의 눈이 휘둥그레졌다.

"아니 어떻게 그런 바보 같은 일이!"

"뭐가 바보야? 누가 바보냐고? 내가 바보란 말이야?"

모모쿠라 씨의 벌어진 입이 다시 다물어졌다. 입술을 깨물며 바닥을 응시했다.

"저기, 무슨 문제라도?"

나는 조심스럽게 물었다. 모모쿠라 씨를 도와주고 싶었다.

"Please tell me how you found your special band sequence, Dr. Sonezaki?"

후지타 교수가 갑자기 유창한 영어로 내게 물었다. 처음의 프리즈와 마지막 부분인 닥터 소네자키라는 말은 알아들었지만 나머지는 뭐가 뭔지 몰라 어리둥절했다.

내 표정을 지켜보며 후지타 교수의 안면에 비릿한 미소가 스쳤다.

"어때 모모쿠라 군! 이렇게 해서는 달변의 오아프와 영어로 토론이 불가능하지 않겠나?"

모모쿠라 씨가 짤막하게 대답했다.

"당연합니다. 소네자키 군은 이제 겨우 중학생입니다."

후지타 교수의 눈이 빛났다.

"그럼 어떻게 할 작정인가?"

모모쿠라 씨는 고개를 숙였다. 그러다 고개를 들어 후지타 교수를 똑바로 쳐다보았다.

"제가 동석해서 대응하겠습니다."

후지타 교수는 모모쿠라 씨의 눈을 응시했다. 잠시 후 입가에 미소를 지으며 말했다.

"그래, 그것밖에는 방법이 없겠지. 이 건은 모모쿠라 군에게 일임하지. 아무튼 자네도 책임자니까 말이야. 단……."

끈적끈적한 말이 마지막 부분에 달라붙었다.

"추가시험 결과를 확인했다는 점 강조할 것. 거기에 또 한 가지. 나는 내일 모레 출장이 잡혀서 회견에는 나갈 수 없으니 뒤를 부탁하네."

모모쿠라 씨가 놀라 물었다.

"네? 출장을 가신다구요? 어디로?"

후지타 교수는 웃으며 말했다.

"일개 의국 일원이 교수의 스케줄을 전부 파악할 필요 있나, 모모쿠라 군!"

쫓기듯 교수실을 나온 모모쿠라 씨와 나는 지하실로 갔다. 엘리베이터의 순간 어둠이 밝아졌을 때 내가 물었다.

"아까 얘긴 대체 무슨 말이에요?"

모모쿠라 씨는 오렌지색 〈네이처〉지를 들고 있었다. 그 표지 사진을 손가락으로 가리키며 말했다.

"이 사람이 후지타 교수의 라이벌인 매사추세츠대학의 오아프 교수야."

"〈네이처〉 표지에 올라갔으면 굉장히 뛰어난 교수겠네요?"

"레티노블라스토마 연구 분야에서는 세계 일인자야."

사진을 찬찬히 들여다보았다. 늙었다기보다는 열심히 연구한 흔적이 하나하나의 주름이 되어 품격이 있어 보였다. 후지타 교수의 떨떠름한 얼굴과는 정반대의 얼굴이다.

엘리베이터 문이 열렸다. 정신을 차리고 다시 물었다.

"그래서 그 매사추세츠 의과대학의 오아프 교수가 대체 어떻게 됐다는 거죠?"

해부용 통이 쌓인 방이 좌우에 위치한 가늘고 어두운 복도를 걸어가며 모모쿠라 씨는 이야기를 던졌다.

"내일 도쿄제국대학이 주체하는 국제 심포지엄에 오아프 교수가 특별 강연자로 초대되었어. 지난 주 〈네이처〉지에 우

리들이 한 연구와 똑같은 연구논문 발표를 했는데 그 내용
이 매우 획기적이야. 간발의 차이로 우리 쪽 발표가 빠르긴
했지만. 그런데 오아프 그룹 결과가 우리와는 정반대야. 그래
서 그 이야기를 제국대학 누군가로부터 들은 오아프 교수가
우리 논문에 깊은 흥미를 느낀 모양이야."

다리가 후들후들 떨렸다. 우리와 정반대의 결과란 즉, 우
리들 실험결과가 이상하다는 뜻인가? 하지만 논문 세계에서
는 빠른 쪽이 이긴다고 했으니까 우리가 천하의 오아프 교수
를 이겼다는 말이 아닐까?

모모쿠라 씨는 내 심정과는 아랑곳없이 담담하게 말을 이
었다.

"그래서 일본에 온 김에 천재 중학생과 꼭 토론을 해보고
싶어서 내일 모래 여기로 오기로 했어."

네에~에! 잠깐만요 선생님! 내게 영어로 말하라는 뜻인
가요? 게다가 세계적 연구자인 오아프 교수와? 말도 안 되는
일을 내게……

"물론 네가 영어를 못한다는 건 잘 알고 있어. 그런데 사쿠라
TV가 냄새를 맡고 대담을 방송하고 싶다는 요청을 해왔어."

잠깐만요! 그래서 받아 들였어요? 기절초풍할 노릇이 아
닐 수 없다.

이렇게 된다면 삼십육계 줄행랑을 치는 수밖에. 나는 반사

적으로 대답했다.

"내일 모레는 미안하지만 중학교에 가는 날인데요."

모모쿠라 씨는 한숨을 쉬었다.

"내일이 등교 일이지. 후지타 교수가 아까 중학교에 전화로 확인해서 일정을 조정했으니까 소네자키 군은 도망 칠 곳이 없어."

오, 이럴 수가! 갑자기 생각한 이유치고는 그럴 듯하다고 생각했는데…….

"어쩔 수 없어. 나와 사사키 군이 통역과 지원을 위해 함께 참석한다고 이미 허가를 받았으니까. 소네자키 군은 영어로 쓸 수는 있지만 회화는 잘 못하는 것으로 해놨어. 그러니까 영어를 번역하는 시늉을 하면서 나와 사사키 군이 대응할 거야."

한심스럽지만 안심이 됐다. 문득 신경 쓰였던 후지타 교수의 말이 떠올랐다.

"후지타 교수는 같이 안 가나요?"

모모쿠라 씨는 어깨를 으쓱하며 대답했다.

"들었잖아? 후지타 교수님은 출장가실 것 같아."

배신자 미츠히데! 꼭 이겨주지. 가슴 속에 말할 수 없는 불길이 활활 타올랐다. 그러나 허공의 메아리에 지나지 않는 외침이었다.

모레는 모레의 바람이 분다. 이렇게 된 이상 모모쿠라 씨와 사사키 선배에게 모든 것을 맡기고 그날은 자리에 멍하니 앉아있기만 하면 된다는 생각을 했다. 영어와 관련된 난제라고 생각하니 포기가 빨랐다.

다음 날, 8월 12일 수요일.

여름방학이 한창인 가운데 임시 소집일이다. 미치코와 같이 버스를 탔다.

어제 일을 간단하게 설명했더니 미치코는 어이없다는 듯 말했다.

"카오루짱! 떨고 있구나!"

"그런 말 하지 마. 이래 보여도 아무렇지 않아. TV 때문에 반에서 아이들에게 조롱거리가 되고 있기는 하지만."

미치코는 고개를 흔들었다.

"그렇게 생각하고 있는 사람은 너뿐이야. 그때는 조금 야단들이었지만 지금은 모두 잊어버렸다고."

"하지만 미타무라 녀석이……."

미치코는 어깨를 으쓱했다.

"미타무라 군은 특별해. 할 수 없는 일이잖아. 아무튼 일이 그렇게 됐잖아."

나는 기가 죽어 어깨가 축 늘어졌다. TV 사건으로 미타무라의 기분을 상하게 했기 때문에 미타무라와는 아무 말도 하지 못했다. 더구나 그날로부터 2~3일 후에 여름방학이 시작된 것이 더 큰 이유였다.

이번 일에 대해 언젠가는 미타무라에게 분명하게 해명을 할 생각이었다. 어쩌면 오늘이 절호의 찬스인지도 모른다.

여름방학이 한창일 때 등교하는 일은 쓸데없다고 생각한다. 숙제도 아직 끝내지 않은 상태고 수업도 없다. 방치된 학교를 청소하러 가는 것이라는 느낌밖에 들지 않는다. 게다가 나는 무엇보다도 청소가 싫다.

학교 교정 구석을 대걸레로 닦으면서 이 구석 저 구석에 미타무라가 있는지 찾아보았다. 미타무라는 잡초 정리를 하고 있었다. 미치코의 눈짓을 보고 미타무라에게 다가갈 결심을 했다.

조용히 미타무라의 등 뒤로 접근하여 말을 걸었다.

"야, 미타무라! 잘 있었어?"

겸연쩍어 어쩔 수 없이 나온 말이다. 그러나 적당한 말이 떠오르지 않으니 할 수 없다.

미타무라는 나를 힐끗 보더니 하던 일에 열중했다. 질경이를 뿌리 채 뽑으려고 잎사귀를 부여잡고 있는 모습을 보고 한마디 덧붙였다.

"그 줄기로 줄기 씨름 해볼까?"

미타무라는 일어나 바지 단을 털면서 말했다.

"〈매그니피슨트-메디컬-아이〉를 한 부 근정해주지 않으시겠습니까?"

"근정이 무슨 말인데?"

미타무라는 내 얼굴을 쳐다보았다. 나는 어깨를 으쓱했다.

"삼가 증정합니다, 라는 의미로 신세 진 사람한테 논문의 별도 복사본을 주는 일입니다."

"별도 복사? 아아, 그 얇은 책 말이지."

후지타 교수에게 받은 작은 책자 다발을 떠올렸다. 내 논문만을 따로 호치키스로 찍어 표지를 붙인 것이었다.

"그것이라면 많이 받았으니까 한 부 줄게."

그 정도로 기분이 풀린다면 나도 한시름 던다.

미타무라는 작게 말했다.

"계속 멍청한 짓 해봐야 나만 손해고…… 지난 일은 잊어야지."

"와, 미타무라, 역시 남자다."

어느 틈엔가 옆에 와 있던 미치코가 말했다. 미타무라는 겸연쩍은 듯 미소 지었다.

안심이다. 미타무라와 다시 사이가 좋아진 느낌이었다. 내가 말했다.

"실은 내일 매사추세츠 의과대학의 오아프 교수와 토론하기로 되어 있어. 미타무라, 너도 함께 갈래?"

"뭐? 오아프 교수라고?"

미타무라의 괴성에 주위에서 잡초를 뽑고 있던 아이들 시선이 우리에게 쏠렸다. 미타무라는 황급히 고개를 숙이며 작게 말했다.

"정말이야? 그 말이……."

"뭐, 뭐! 무슨 일인데?"

미치코였다.

"너하고는 관계없어."

미치코는 샐쭉 토라졌다.

"어머, '소네자키 팀' 일원인데 너무 하는 거 아니야!"

미타무라는 안경을 고쳐 썼다.

"미타무라·소네자키 이론이지."

미치코는 피식 웃었다.

"아아 그랬지. 실례했습니다."

그때 우리 반 말썽쟁이 헤라누마가 가세했다.

"뭐야, 뭐야! 나도 끼워줘."

왜 헤라누마까지? 그렇더라도 이 녀석 냄새 맡는 솜씨는 알아줘야 한다니까. 할 수 없이 내가 처해 있는 상황을 간략하게 설명해주었다.

"또 사쿠라 TV 취재야? 대단한데. 역시 사쿠라노미야 시 슈퍼스타는 다르네."

헤라누마가 분위기를 띄었다. 나는 순간적으로 기분이 상했지만 헤라누마를 비난할 수 없었다. 자세한 설명을 덧붙이지 않으면 이야기 전개가 완전히 성공 스토리 한 가운데 있는 신데렐라 소년처럼 보이니까.

"다행히 내일은 나도 시간이 있으니까 같이 가 줄게."

헤라누마는 부탁도 하지 않았는데 따라오겠다고 했다. 도대체 무엇이 다행이란 말이지? 미치코가 손뼉을 쳤다.

"좋아. 모두 소네자키 군의 멋진 모습을 보러 가자."

누가 그런 부탁을 했다고 이러는 거야! 하지만 일단 흐름을 탄 이야기는 간단히 바뀌지 않았다. 옛날에 아버지가 한 말 그대로다. 미치코는 내게 동의도 구하지 않고 미타무라에게 물었다.

"미타무라 군도 같이 가는 거지?"

미타무라가 잠시 주저했다.

"그런데 내일은 학원에서 여름방학 집중 강의가……."

미치코가 추임새를 더했다.

"울트라 슈퍼중학생 의학도인 소네자키 군과 세계적인 두뇌인 오아프 교수의 대결이라고, 미타무라."

미치코의 눈이 반짝거리기 시작했다.

"헤라누마 군은 모르겠지만 울트라 슈퍼중학생 의학도는 소네자키와 미타무라 콤비야. 그러니까 미타무라 군은 무슨 일이 있어도 참석해야 한다고. 미타무라 군이 없으면 소네자키 군은 한낱 쭉정이에 불과해. 눈알 아저씨 없는 기타로요, 아무로가 없는 건담이라고."

"그게 무슨 의미인데?"

"무슨 뜻이야?"

동시에 말이 나왔다. 그렇지만 미타무라는 미치코의 말이 무슨 의미인지 전혀 몰랐다. 애니메이션 오타쿠인 나는 단번에 반격을 해야 한다고 생각했고, 만화를 생판 모르는 미타무라는 정말 의미를 몰라 물었던 것이다.

미치코는 미소를 지으며 나를 힐끗 보았다. 그리고 미타무라에게 말했다.

"눈알 아저씨 없는 기타로는 코흘리개 유치원생이고, 아무로가 타지 않은 건담은 그저 쇳덩어리지."

미치코 말에 미타무라는 마음이 흔들리는 것 같다. 미타무라는 돌연 자신만만한 표정이 되었다. 안경을 고쳐 쓰는 모습마저도 근엄해 보였다.

"듣고 보니 그렇네. 소네자키 혼자서는 세계적 학자인 오아프 교수의 적수가 되지 못해. 할 수 없지. 이 대목에서 내가 빠지면 안 될 말이지."

미치코의 말이 거슬리긴 했지만 그런 것을 따지고 있을 때가 아니었다. 나는 반가운 나머지 미타무라의 어깨를 두드리며 말했다.

"그래. 네가 없으면 안 되지. 미타무라 내일 부탁할게."

헤라누마가 물었다.

"그런데 그 배틀은 어디서 하는데?"

"도쿄 대학 부속병원 스카이레스토랑 '만텐'을 빌려서 내일 점심시간에 하기로 했어."

"음 알았어. 그럼 소네자키, 점심은 네가 사는 거야!"

혼란을 틈 타 헤라누마는 참가하는 자격은 물론이고 약간의 대가까지 확보했다. 하여튼 잠시의 틈도 허락하지를 않는다니까!

다음 날, 8월 13일 목요일 오전 열한 시. 우리 네 명은 도쿄 대학에 도착했다.

한여름 땡볕에 그을린 도쿄 대학 부속병원 건물은 여전히 하얀 거탑이었다. 맨 꼭대기의 유리문들이 보였다. 저곳이 오늘의 결전장인 스카이레스토랑 만텐인가!

헤라누마가 입을 열었다.

"우와 되게 크다! 할머니 병문안 하러 왔을 때는 이렇게 큰 줄 몰랐는데."

우리 네 사람은 잠시 동안 하얀 거탑을 올려다보았다. 이 윽고 미치코가 한마디 했다.

"자, 올라가볼까!"

우리는 고개를 끄덕이며 현관에 발을 들여놓았다.

맨 꼭대기 층까지 엘리베이터를 타고 단숨에 올라갔다. 언 제나 불이 잠시 나가고 스피드는 거북이걸음보다 늦은 빨간 기와건물 엘리베이터에 익숙해져 있는 내게, 유리로 되어 있 는 엘리베이터 안에서 본 바깥 풍경들은 마치 미래도시 같은 느낌을 주었다.

눈 깜짝할 사이에 엘리베이터는 스카이레스토랑 만텐에 도 착했다. 문이 열렸다. 우리 네 사람은 엘리베이터에서 내렸다.

한 발자국 내딛는 순간 현란한 불빛에 놀라 우리 모두는 눈을 감았다.

"미안해요. 지금 테스트 중이라서!"

상냥한 말투! 사쿠라 TV의 리포터 누나다. 헤라누마가 촉 새처럼 끼어들었다.

"와, 오오쿠보 리리다!"

헤라누마가 알고 있으리라고는 생각지도 못했다. 어쩌면 내가 이상한 것일지 모른다. 그러나 나는 이미 리포터 누나 한테 보통 사람들과는 다른 선입관을 갖고 있었다. 이 사람들은 태연히 거짓말 한다는 사실을 알아버렸기 때문이다.

만텐 안을 둘러보았다. 기자들의 플래시를 받고 있는 곳에 키가 큰 외국인과 모모쿠라 씨가 이야기하고 있었다.

본 기억이 있는 얼굴이었다. 〈네이처〉지 표지에 실린 사진과 똑같았다.

누군가 등을 툭 쳤다. 돌아보니 교복을 입은 슈퍼 고등학생 의학도인 사사키 선배였다. 라이트에 반사된 단추가 다른 때보다 빛났다.

"오늘은 모모쿠라 씨가 잘 해줄 테니 걱정 마. 만일 무슨 일이 있으면 나도 합세할 테니까."

"잘 부탁합니다."

나는 진심으로 머리를 조아렸다. 그때 미치코가 팔소매를 붙잡아 끌었다.

"저기, 누구야?"

"오늘은 친구랑 같이 왔네!"

사사키 선배는 우리 일행을 보면서 물었다.

"미타무라 군이 누구지?"

"전데요……."

미타무라가 엉거주춤 손을 들었다.

"네가 미타무라 군이야? 소네자키 군에게 얘기 많이 들었어. 이번 실험에 여러 가지 조언을 해줬다면서? 소네자키 군이 마지막까지 네 이름을 논문에 실어주려고 노력했지만 교수님이 완강히 거절했어. 그렇지만 자네가 도와준 사실은 우리 연구실 모두 알고 있으니까 이해해 줄 수 있지?"

미타무라가 고개를 끄덕였다. 그리고 기분 좋은 표정으로 나를 봤다.

'사사키 선배, 고맙습니다.'

기쁜 나머지 나도 모르게 크게 소리 지를 뻔했다.

사사키 선배는 무표정하게 돌아보더니 오아프 교수와 모모쿠라 씨 쪽으로 터벅터벅 걸어갔다.

미치코가 멍한 표정으로 말했다.

"멋있다!"

나는 자랑스러우면서도 조금은 질투 섞인 대답을 했다.

"저 사람이 내 선배인 슈퍼 고등학생 의학도인 사사키 아츠시아!"

오아프 교수와 담소를 나누던 모모쿠라 씨가 나를 보고 오라는 손짓을 했다. 모모쿠라 씨가 있는 쪽으로 갔다.

평온한 분위기에서 인터뷰가 시작되었다. 오아프 교수, 모모쿠라 씨, 나, 사사키 선배 순으로 진행되는 방식으로 오아프 교수가 무슨 말을 하면 모모쿠라 씨가 큰소리로 일본어

통역을 했다. 그것을 듣고 내가 모모쿠라 씨에게 작게 말하는 식이었다. 여기에 작은 속임수가 있는데 원래 일본 방송이기 때문에 내가 작게 이야기할 필요는 없었다. 그러나 그런 형태로 진행을 해야 나의 약점이 들통 날 위험을 줄일 수 있었다. 즉, 모모쿠라 씨가 모든 질의응답을 해주었다. 사사키 선배의 존재가 무의미하게 생각될 수 있지만 모모쿠라 씨와 사사키 선배가 옆에서 지켜주고 있은 것만으로도 내 마음은 크게 안심이 되었다.

오아프 교수는 왜 의학을 연구하려고 했는지와 같은 내가 직접 대답할 수 있는 질문들을 던졌다. 이런 방식의 인터뷰가 5분 정도 진행되었을까 돌연 오아프 교수의 표정이 냉철하게 변했다.

"Okey, now we start the discussion about the antigen you found out so called Sonezaki sequence(자, 그럼 소네자키 밴드에 관하여 토론을 해볼까요?)"

모모쿠라 씨는 그렇게 통역하며 작게 헛기침을 했다. 드디어 본론으로 들어갔다. 긴장감이 돌았다. 그래봐야 내가 대답할 수 있는 것은 하나도 없겠지만……

"소네자키 밴드를 발견했을 때 애니링의 온도 설정은 몇 도였습니까?"

"왜 그런 질문을 하시는지요?"

모모쿠라 씨가 물었다. 오아프 교수의 눈이 날카롭게 빛났다.

"그것은 소네자키 밴드가 갖는 특성이 우리가 발견한 항원과는 정반대이기 때문에 그렇습니다. 어쩌면 애니링 온도를 낮게 설정해서 폴스 포지티브를 얻은 것은 아닙니까?"

"애니링은 유니버셜 스탠다드 온도 설정입니다."

모모쿠라 씨는 즉시 대답했다.

"검체는 다섯 살 남자아이였죠. 상당히 특이한 케이스네요. 병리학적 확정 진단은 나와 있습니까?"

모모쿠라 씨는 내게 작은 소리로 통역을 해주며 즉시 대답했다.

"당연합니다."

그리고 생각이 났다는 듯 사사키 선배에게 물었다.

"그렇지?"

사사키 선배는 가늘게 고개를 흔들었다.

"병리진단보고서 확인은 후지타 교수가 논문을 쓰기 전에 하지 않았나요?"

모모쿠라 씨 얼굴이 파랗게 질렸다. 다행히 오아프 교수는 일본어를 모르기 때문에 자연스럽게 다음 질문으로 넘어갈 수 있었다.

"그런데 검체에 따라서 그러한 폴스 포지티브가 발현할 가능성이 있다는 점은 알고 계시죠!"

"Of course.(물론)"

모모쿠라 씨가 유창하게 영어로 대답하는 모습을 존경의 눈초리로 바라봤다. 내게 「하이퍼맨 박카스」의 옹호론을 펼치던 그 모모쿠라 씨와 동일 인물이라는 생각이 안들 정도였다.

오아프 교수의 눈빛이 반짝 빛났다.

"이 실험 결과는 n(병렬 수)이 한 열인데 추가시험은 몇 번 했습니까?"

모모쿠라 씨가 마른 침을 삼키는 소리가 들리는 것 같았다.

"3회, 입니다."

"실험결과의 재현성은 어떻습니까?"

모모쿠라 씨는 나를 힐끗 보았다.

"3회 추가실험을 하고 세 번째에서 재현성 확인을 했습니다."

거짓말이다! 나는 속으로 외쳤다. 모모쿠라 씨는 내 눈길을 피했다.

오아프 교수는 깊게 숨을 들여 마셨다. 공격적인 눈빛은 많이 둔화되어 있었다.

오아프 교수는 가방에서 한 권의 잡지를 꺼냈다. 그것은 익숙한 〈매그니피슨트-메디컬-아이〉였다. 오아프 교수는 잡지를 높이 들어 올리며 내 얼굴을 빤히 보았다.

"만약 당신의 실험결과가 사실이라면 이 논문은 이런 잡지가 아니라 내가 표지에 실린 〈네이처〉지 최신호에 동시 게재

되어야 합니다. 그러나 나는 그렇게 됐다는 사실을 믿을 수가 없습니다. 당신의 실험에는 어딘가에 실수가 있을 겁니다."

모모쿠라 씨는 오아프 교수의 말을 내게 빨리 통역한 뒤 되받아쳤다.

"왜, 그렇게 단언하시죠?"

오아프 교수는 담담하게 대답했다.

"소네자키 밴드의 시퀀스는 사실 우리가 일전에 공표한 암 발현유전자와의 동질성이 굉장히 높고, 97퍼센트 일치 했습니다. 그 발현유전자는 매리그넌트-멜라노마(악성 흑색종)에 특정된 것으로 레티노에서는 절대 발현하지 않습니다. 그런 내용을 종합해 보면 닥터 소네자키의 실험결과 가능성은 두 가지입니다."

모모쿠라 씨는 연신 마른 침을 삼켰다.

"그 두 가지는 무엇입니까?"

침묵을 지키고 있는 모모쿠라 씨를 대신해서 내가 큰소리로 물었다. 모모쿠라 씨는 순간 나를 보더니 입을 다물었다.

"번역해 주세요. 소네자키 군 말을……."

날카로운 목소리. 미치코 목소리였다.

"Professor Oafu, he just asked you what is the problem about his paper."

미치코 옆에 앉아 있던 남자가 영어로 말했다. 내 말을 통

역해준 것이다. 물론 추측이지만. 하얀 와이셔츠 입은 남자
는 어디선가 본 듯한 얼굴이었다.

오아프 교수가 영어로 무엇인가 말했다. 그 말을 들은 모모
쿠라 씨 얼굴이 새파랗게 질렸다. 내가 물었다.

"오아프 교수가 뭐라고 해요?"

모모쿠라 씨는 대답하지 않았다. 대신 반대편에 앉아 있던
사사키 선배가 던지듯 말했다.

"오아프 교수는 이렇게 말했어. 이 실험결과는 매리그넌트-
멜라노마증으로 잘못될 가능성이 80%, 컨태미일 가능성이
10%. 그 배척이 우선 첫째다, 라고."

"커태미, 가 뭐에요?"

내가 소곤소곤 묻자 사사키 선배는 냉철한 왼쪽 눈에 힘을
주며 조용히 말했다.

"다른 검체가 섞였다, 는 뜻이야."

머릿속이 하얘졌다. 그 말이 무엇을 뜻하는지는 중학생인
나도 잘 알고 있었다. 오아프 교수는 확실하게 지적했다. 이
실험결과는 에러 가능성이 90%라는 것을.

숨이 막혔다.

세계적인 연구자의 눈은 속일 수가 없구나. 입술이 무의식
적으로 움직이려 했다. 진실을 말하자! 지금밖에는 기회가
없다.

그때 스카이레스토랑 만텐의 문이 열렸다.

문소리에 홀 안에 있던 사람들이 입구 쪽을 돌아보았다.

거기에는 검은 양복을 입은 후지타 교수가 서 있었다. 오아프 교수가 책임 교수냐고 물었다. 후지타 교수는 총총걸음으로 단상으로 다가와 양 팔을 벌리고 오아프 교수와 마주섰다.

"Hi, Philip. You look so good."

나도 알아들을 수 있었다. 간단한 영어였다. 옆을 보니 오아프 교수도 배시시 웃고 있었다. 그리고 유창한 영어로 대응했다.

당연히 영어를 하겠지.

후지타 교수는 야, 야, 감탄사를 연발하며 힐끔 모모쿠라 씨에게 눈길을 주었다. 오아프 교수와 두세 마디 이야기를 나눈 후 내 어깨에 손을 얹었다.

"일어나서 인사를 드리게."

후지타 교수가 작게 말했다. 나는 엉덩이를 걷어차인 것처럼 엉거주춤 일어났다. 그리고 뜬금없이 인사를 했다.

오아프 교수는 역시 후지타 교수처럼 양팔을 벌리고 내 어깨를 보듬었다. 산 같은 몸에 눌리는 것 같아 몸에 힘을 주고 압력을 견뎠다.

후지타 교수는 TV 스태프들을 보며 말했다.

"오늘 수고 많으십니다. 오아프 교수도 몸은 피곤했지만 상당히 만족스러운 만남이라고 말했습니다. 그리고 잠시 뒤 나리타를 경유하는 비행기 편으로 보스턴까지 돌아가야 하기 때문에 이쯤에서 해방시켜 줘야 할 것 같네요."

후지타 교수는 리포터인 누나(헤라누마에 의하면 오오쿠보 리리씨)에게 윙크를 했다.

"늦어서 대단히 죄송합니다. 그 대신 뉴스 자막 스퍼 작성에는 전적으로 협력하죠."

낭랑한 목소리의 리포터 누나와 선글라스 아저씨 콤비도 인사했다. 선글라스 아저씨가 말했다.

"부탁합니다. 그럼 아래 대기실에서 기다리겠습니다."

TV 스태프들이 나가자 후지타 교수는 오아프 교수에게 두세 마디 더 말을 붙였다. 과장된 고개 짓을 하는 오아프 교수. 그 근처에서 사사키 선배가 싸늘한 눈길로 그 모습을 지켜보고 있었다.

오아프 교수는 총총 걸음으로 내게 다가와 오른손을 내밀었다. 망설이며 그 손을 붙잡자 오아프 교수가 내 손을 꽉 쥐었다. 그리고 후지타 교수와 담소를 나누다 자리를 떠났다.

모모쿠라 씨와 나, 사사키 선배, 그리고 소네자키 팀원인 세 명이 남았다. 그리고 또 한 사람. 미치코의 질문을 영어로 번역해준 하얀 와이셔츠의 남자가 있었다. 팔뚝에는 초록색 완장을 차고 있었다. 남자가 내게 명함을 내밀었다.

'도키가제신포우 과학부, 무라야마 히로시'

남자가 웃으며 말했다.

"일전에는 고마웠어. 근시일 내에 취재할 예정이니 그때 또 부탁할게."

생각이 났다. 일전의 인터뷰 때 혼자서 의학적 질문을 한 기자였다. 무라야마 기자는 자신이 하고 싶은 말만 하고 서둘러 자리를 떴다.

교복을 입은 사사키 선배가 미치코에게 말했다.

"자네, 중학교 2학년이지? 좋을 때야. 그 자리에서 그런 질문하기가 쉽지 않은데."

미치코는 발그스름해진 얼굴을 숙였다. 이렇게 얌전한 모습은 태어나서 처음 본다. 의외로 귀엽다.

"저기, 나도 모르게 그만……."

평소와는 다른 모기만한 목소리였다.

옆에 있던 헤라누마와 미타무라도 평소와 다른 미치코의 모습을 입 벌리고 멍하니 쳐다보았다. 그때 모모쿠라 씨가 왔다. 다른 때와 다르게 아주 피곤한 모습이었다.

"소네자키 군! 수고했어."

안된 일이지만 묻지 않고는 견딜 수 없었다.

"오아프 교수는 전부 알고 있죠? 후지타 교수는 마지막에 뭐라고 했나요?”

“글쎄, 저기…….”

모모쿠라 씨가 우물쭈물 하자 사사키 선배가 헛기침을 했다.

“모구라 씨! 소네자키 군도 논문 공동 필자이니 진실을 알 권리가 있습니다.”

모모쿠라 씨는 괴로운 표정을 지었다. 그리고 천천히 말했다.

“후지타 교수 역시 오아프 교수와 마찬가지로 그 실험이 컨태미일 가능성이 있다고 지적하셨어.”

뭐라고? 내 귀를 의심했다.

“게다가 추가시험에서 소네자키 군이 괜찮다고 해서 투고했다고 하셨어.”

잠, 잠깐 기다려요 모모쿠라 씨! 나는 그런 말을 한 적이 없고, 모모쿠라 씨도 그걸 알고 반대했잖아요. 교수님이 한 말은 우리가 아는 거랑 정 반대잖아요!

엉망진창이다.

옆에서 듣고 있던 소네자키 팀 멤버들은 안됐다는 듯 나를 쳐다봤다.

사사키 선배가 말했다.

“이번 TV 방송은 후지타 교수가 조작할 예정이니까 속일 수 있을 거야. 하지만 세계적 대 학자인 오아프 교수가 네 명의의 논문에 주목을 해버렸어. 이제 각오하고 있는 수밖에.”

각오 한다? 대체 무엇을? 어째서? 그리고 어떻게?

모모쿠라 씨는 혼란스러워 하는 내 모습을 보고 말했다.

"소네자키 군! 피곤하지. 오늘은 이만 돌아가지."

토론장으로 올 때의 시끌벅적한 모습과는 반대로 소네자키 팀원들은 의기소침해졌다. 속사정을 제대로 모르고 참여한 헤라누마만 직접 오오쿠보 리리씨와 악수를 할 수 있어서 만족스러운 표정이었다.

"저기, 조나즈에 들렸다 가지 않을래?"

언덕을 터덜터덜 내려갈 때 미치코가 제안했다. 오후 예정이 없었던 우리는 동의했다.

우리 네 사람은 드링크바를 주문했다. 각자 컵을 앞에 놓고 떠들기 시작했다.

미타무라가 입을 열었다.

"오늘은 즐거웠어. 설마 세계적인 오아프 교수를 바로 눈앞에서 보리라고는 생각지도 못했어."

"그 아저씨가 그렇게 유명한 사람이야?"

나의 무지몽매한 의학적 지식에 익숙한 미타무라가 대답했다.

"노벨 의학상 유력 후보자야."

"음, 미타무라가 동경하는 인물이네."

내가 탄복했다. 미타무라는 중얼거렸다.

"나는 소네자키 군이 혼자만 잘나 보이려고 하는 줄 알았어. 그런데 어른들 사정 때문에 그렇게 된 사실을 알게 됐어. 앞으로 소네자키에게 전격적인 협력을 약속할게."

미타무라의 말에 가슴이 뜨거워졌다.

"고맙다, 미타무라!"

"이쪽도 염려 마. 나도 함께 도울게."

모르는 주제에 분위기를 탄 헤라누마가 끼어들었다. 이 봐, 헤라누마! 네가 말하는 '이쪽'이란 대체 누구란 말이야?

미치코도 입을 다문 채 고개를 끄덕였다.

그리고 우리는 이제 얼마 남지 않은 여름방학 스케줄과 산더미처럼 쌓여 있는 숙제에 관해 떠들어댔다.

가게에서 나왔을 때 서쪽 하늘에 노을이 뉘엿뉘엿 넘어가고 있었다.

집에 돌아오니 아버지로부터 장문의 메일이 와 있었다. 내가 메일을 하지 않았을 때도 아버지는 아침 식사 메뉴를 적은 메일을 꾸준히 보내오고 있었다. 요 며칠 아무런 보고도 하지 않았기 때문에 경과보고를 했다. 처음에는 간단하게 쓸 예정이었는데 정신을 차리고 보니 지금까지 써본 적이 없을 정도로 긴 메일이 되어 있었다.

　메일을 보낸 나는 컬러풀한 화면 앞에서 아버지의 답신을 기다렸다. 방이 어두워지고 화면 불빛만이 방을 환하게 채웠다. 하지만 저녁 무렵까지 아버지로부터 메일은 오지 않았다.

　기다리다 지친 나는 책상에 엎드려 어느 틈엔가 깊은 잠에 빠져들었다.

제10장

아버지께서 말씀하셨지, "세상에서 가장 어려운 일은 목표가 보이지 않을 때 기다리는 것이다"라고.

다음 날 아침, 깨어보니 책상에 엎드린 채 잠이 들어 있었다. 모니터 화면이 검게 바뀌어 있었다.

서둘러 화면을 복원해 보니 메일 수신을 알리는 불빛이 반짝반짝 빛나고 있었다. 스팸 메일을 분리하고 겨우 아버지 메일을 찾아 급히 열었다.

익숙한 첫마디가 눈에 들어왔다. 하지만 그 다음 이어진 말들은 평소와는 다르게 아침 메뉴가 없었다.

✉ 디어, 카오루!

요 며칠 메일 답신이 없어서 걱정했다. 카오루가 그렇게 엄청난 일에 휘말려 있으라고는 생각하지 못했다. 답장이 늦어 미안하다. 하필이면 이런 때 VIP 방문이 겹쳤고, 또 그 VIP가 VIP답지 않은 행동으로 아버지를 곤란하게 해서 나 역시 힘들었다. 상황은 카오루 쪽이 훨씬 더 참담했겠지만…….

네 메일을 보고 곧바로 답장을 하긴 했는데 아마도 너는 침대에 쓰러져 잠들어 있지 않을까 싶다. 학교 등교 직전에 메일을 확인할 것 같은데 답장은 저녁에 돌아와서 해도 상관없다. 이야기가 뒤죽박죽이어서 안됐지만 일단 결론이 나는 대로 새로운 메일을 보내도록 하마.

나는 혀를 끌끌 찼다. 게임이론의 세계적 권위자인 소네자키 신이치로 교수는 하나에 빠지면 다른 일은 소홀히 한다는 약점이 있다.

아버지는 중학생인 내가 지금 여름방학 중이라는 사실을 완전히 잊어버리고 있다. 여름방학이기 때문에 평일 아침인 지금도 곧장 답장을 쓸 수 있다. 하지만 나는 답장 쓰기를 연기했다. 이유는 아버지의 두 번째 메일을 읽기 시작했기 때문이다.

✉ 디어, 카오루!

메일 내용으로 보니 후지타 교수라는 사람은 상당히 악질적인 인간인 것 같다. 이러한 인간을 상대할 때는 두 가지 방법이 있다. 하나는 '받은 대로 되돌려주는 방법'이다. 이것은 '액티브 페이즈'라고도 불리는 방법인데 이럴 경우 상대는 전력을 다해 도전해오기 때문에 총력전이 된다. 카오루가 좋아하는 중국 역사로 이야기해 보면 한나라 한신의 '배수의 진'을 칠 각오가 필요하다.

또 한 가지는 '패시브 페이즈'라는 방법으로 그 극단적 의미는 '명경지수'다. 모든 사태를 있는 그대로 받아들이고 가능한 한 풍파를 일으키지 않는 방법이다. 노자의 사상에 가깝다고 할 수 있지. 싸우지 않는 것을 최상으로 하면 손해는 적어진다. 단, 이것도 상대에 따라 달라서 상대가 최악의 악인일 경우 아무런 데미지도 입히지 못할 확률이 높다.

여기서 카오루에게 한 가지 바라는 게 있다. 위의 두 가지 방법 중 하나를 기본 전략으로 결정하는 일이다. 왜냐하면 두 가지가 싸우는 방식에 있어서 완전히 다르기 때문이다. 그리고 일단 기본 전략을 선택했으면 중도에 변경해서는 안 된다.

아버지가 좀 더 자세하게 설명해주었으면 좋겠지만 불행하게도 후지타 교수와 직접 대면한 일이 없기 때문에 판단이 어렵다.

✉ 카오루, 네가 직접 결정하면 그 다음 방법을 가르쳐주겠다.

아버지 메일을 반복해서 읽었다. 그러나 결국 액티브 페이즈와 패시브 페이즈 어느 방법을 기본전략으로 선택할지 결정을 내리지 못했다. 양쪽 모두 가르쳐주면 좋을 텐데, 라고 생각하다가 아직 열어보지 않은 세 번째 메일에 눈이 갔다. 즉시 메일을 열었다.

✉ 디어, 카오루!

카오루를 잘 알기 때문에 두 번째 메일을 보고 네가 양쪽 방법 모두 가르쳐주기를 원할 거라는 생각이 들었다. 하지만 그것은 안 된다. 양쪽 전략이 머릿속에 있으면 무의식적으로 쉬운 방식을 선택하기 때문이다. 이것이 약한 인간의 특징이다. 그리고 어찌된 영문인지 쉬운 방법은 패배로 연결되는 경향이 많다. 쉬운 방법을 택하는 인간이 얼마나 많은가하면 쉽지 않은 방법을 택하는 인간이 오히려 '이상한 인간' 취급을 받을 정도다. 하지만 쉽지 않은 방법을 선택해 성공한 사람만이 '용감한 사람'이라고 불릴 자격이 있다. 이 세상에 '용감한 사람'이 얼마나 적은지 역사를 좋아하는 카오루라면 알 거라고 생각한다.

나는 유방이나 조조 등 영웅을 생각해보았다. 그리고 요즘 사람들과 비교하면서 아버지 말이 전적으로 옳다고 동의하며 다음을 읽어내려 갔다.

액티브나 패시브 모두 쉬운 방법도 있고 고통스러운

방법도 있다. 하지만 둘 모두 어려운 방법이다. 그래서 아버지는 한 가지 밖에 가르쳐줄 수 없다. 이 싸움은 어느 쪽이든 네 개의 과정이 있다. 첫째 과정은 비슷하고 그 다음에 둘로 갈라진다. 패시브에서 어려운 과정은 두 번째 과정이 되고 액티브에서 어려운 과정은 세 번째와 네 번째다. 그런데 양쪽을 알고 있으면 두 번째 과정은 쉬운 액티브 과정을 선택하고 세 번째 네 번째 과정은 액티브가 무척 힘들기 때문에 패시브를 선택하기 쉽다. 그러나 이것이야말로 최악의 선택으로 필패의 지름길이다. 그래서 아버지는 카오루에게 한쪽만 가르쳐 줄 수밖에 없다. 아들이 지는 것을 원하는 아버지는 없기 때문에.

마지막 대목에서 약간 울컥하면서 네 번째 메일을 열었다.

✉ 디어, 카오루!

이제부터 어느 쪽을 선택할지 메일을 보내라. 그러면 12시간 뒤에 지시 메일을 보내주겠다. 지령 1번과 2번은 그대로 행동할 것. 그 전에 먼저 해

야 할 일이 있다. 지령 0번! 이제부터 12시간 동
안 잡일 들을 처리하고 내일은 쉴 수 있도록 할 것.
그리고 종합 해부학 연구실의 후지타 교수, 모모쿠라
의사, 사사키 선배 메일 주소를 알아내도록.
그럼 다음 명령을 기다려라!

나는 일어나 방안을 빙빙 돌았다. 이것은 내가 무언가를 고민할 때 하는 행동이다. 아마도 아버지 역시 그렇게 예상할 것이다. 내가 방안을 빙빙 돌며 고민하는 것은 아버지가 꿰뚫어보고 있는 느낌이 들었기 때문이다. 나와 아버지처럼 오랜 세월 관계를 지속해야할 사이에서는 이렇게 작은 것조차 문제가 된다.

나는 액티브와 페시브 중 한쪽을 제거하고 답신 버튼을 눌렀다. "띠링" 하는 소리와 함께 내 메일은 태평양 해저케이블 속으로 빨려 들어갔다.

아버지가 시킨 일을 수행하기 위해서 일어났다. 버스 시간이 빠듯하다. 도쿄 대학 의학부로 가기 위해 버스를 타기로 결정했다.

가는 버스 안에서 지령 0번의 적절함을 느낄 수 있었다. 이제부터 아버지는 여러 가지 어드바이스를 하겠지만 결국 마지막 중요한 결단은 내 스스로 내려야 할 것이다. 그때는 직접적인 정보가 중요한 역할을 할 것 같다. 그 정보를 얻기 위하여 정보가 있는 곳에 가야만 한다. 지금 필요한 것은 후지타 교수 생각이나 그밖에 미세한 사항들. 가령, 무엇이 좋고 무엇을 싫어하는지 또는 그러한 성격을 포함한 다양한 정보다. 지령 0번은 그런 정보 모두를 포함하여 아주 간략하게 표현되었다.

버스에 앉아 생각에 잠겨 있는데 누군가 팔소매를 붙잡았다. 일전에 버스 안에서 만난 유치원생인 카이가 생글생글 웃으며 서있었다.

오른쪽 눈에는 여전히 하얀 안대를 하고 있었다. 결막염치고는 상당히 오래가는 것 같아 걱정이 됐다.

"네 번째 문제. 「하이퍼맨 박카스」가 제일 많이 광선을 사용한 괴물은 누굴까요?"

아이는 나를 쳐다보며 두 눈을 반짝였다. 내가 명료하게 대답해주었다.

"게동가모몽가!"

카이는 입을 틀어막고 까르르 웃었다. 그리고 양팔을 활짝 펼쳤다.

"정답, 입니다."

생각이 나서 윗주머니를 뒤적였다. 예전에 모모쿠라 씨의

〈동도코〉에서 뺀 시트론 성인의 실이 있었다.

"이것 받아."

카이 얼굴에 미소가 번졌다.

"정말? 정말 주는 거야?"

나는 고개를 끄덕거렸다. 팔을 크로스 시켜 하이퍼맨 변신 포즈를 취한 카이는 뒷좌석으로 뛰어가 어머니 어깨를 흔들었다.

"엄마! 나 이거 받았다."

졸고 있던 어머니가 실을 보았다. 그리고 나를 보며 미소 띤 얼굴로 인사를 했다. 버스가 덜컹거렸다. 서서히 버스 앞쪽이 기울어졌다. 안내방송이 나왔다.

"잠시 후 종점인 도쿄 대학 부속병원입니다. 내리실 분께서는 벨을 눌러 주세요."

종점에서도 꼭 벨을 눌러야 할까? 안내방송을 들을 때마다 그런 생각을 하곤 한다.

버스에서 내린 카이는 깡충깡충 뛰며 오렌지색 건물로 향했다. 이따금씩 돌아보며 내게 손을 흔들었다. 어머니와 함께 가는 모습이 점점 멀어져갔다. 두 모자의 모습을 지켜보며 초록이 무성한 벚나무 길을 통해 빨간 기와 건물로 향했다.

종합 해부학 연구실에 들어서자 소파에 앉아 있던 후지타 교수가 웃으며 손을 내밀었다.

"야하, 울트라 슈퍼중학생 의학도인 소네자키 군! 어제는 수고했어."

상기된 후지타 교수의 말이 이어졌다.

"보았나? 사쿠라노미야 슈퍼스타 열전. 소네자키 군도 그렇게 보니 아주 멋있어. 다시 봤어."

우즈키 씨가 후지타 교수에게 커피를 내려놓으며 미소 지었다. 향긋한 꽃냄새가 물씬 풍겼다.

"하지만 오아프 교수에게 문제점을 지적받았잖아요."

후지타 교수의 안색이 순간적으로 어두워졌다. 그러나 가볍게 던지듯 말했다.

"오아프가 무슨 말을 하더라도 여기는 학회가 아니야. 이쪽은 문부과학성 눈만 속이면 그만이지."

한숨이 절로 나왔다. 지금 분명히 후지타 교수는 속인다는 단어를 썼다.

후지타 교수는 크게 기지개를 폈다.

"오아프가 왔을 때 어떻게 될까 걱정했는데 사쿠라 TV 스태프들이 영어 실력이 없어서 다행이었어. 최대 위기였는데 내가 생각해도 감쪽같이 해결했어."

후지타 교수의 상기된 얼굴을 내려 보다 격언 하나가 떠올랐다.

“이무기의 한이 서렸구나!”

“응? 지금 뭐라고 했지?”

“아니요. 아무 말도…….”

내가 내뱉은 말이지만 그 냉랭한 말투에 문득 사사키 선배를 닮은 것 같다는 생각이 들었다.

후지타 교수에게서 탈출한 나는 옆에 있는 비서실로 향했다. 우즈키 씨는 컴퓨터를 하고 있었다.

“저기, 연구실 사람들 주소록 있어요? 가능하면 복사하고 싶은데…….”

“있긴 있는데, 갑자기 그건 왜?”

재빨리 거짓말을 했다.

“방학 때 엽서라도 보내려고요.”

우즈키 씨가 배시시 웃었다.

“정말? 기특하네. 그럼 복사해 줘야지.”

우즈키 씨는 하던 일을 멈추고 화면 상단을 살폈다. 그리고 이내 하얗고 긴 손가락으로 키보드를 두드리기 시작했다. 뒤에서 기계음이 들려왔다. 돌아보니 프린터에서 한 장의 종이가 빠져나오고 있었다.

프린트 된 종이에는 연구실원들의 주소록이 적혀 있었다. 나는 내 머리를 쥐어박았다.

"미안하지만 메일 주소도 부탁해요."

"엽서라면 메일 주소는 필요 없잖아?"

반사적으로 대답했다.

"사실은 메일로 보낼까 하구요."

"그래? 그럼 아까 칭찬한 것은 취소해야겠네. 드물게 펜을 쓰는 것 같아서 감탄했는데……."

거짓말 하느라 두근거렸던 마음과 철회당한 아쉬운 마음이 뒤섞였다. 프린터에서 나온 종이를 갖고 인사를 남긴 채 비서실을 빠져나왔다.

지하 실험실로 내려갔다. 문을 열자 모모쿠라 씨가 PCR 검체를 조정하고 있었다.

"어제는 고마웠습니다."

나의 인사에 모모쿠라 씨가 고개를 들었다.

"소네자키 군! 인사를 받아야 한 일이 아니야. 그것은 연구실 문제니까……. 오히려 내가 사과하고 싶은 심정인데!"

오랜만에 모모쿠라 씨 말이 가슴에 와 닿아 정수리가 뜨거워질 지경이었다.

"그래도 고맙습니다."

모모쿠라 씨는 핀셋을 들고 조용히 시약 조정에 들어갔다. 그리고 그 자리에 서 있는 나를 쳐다보지도 않고 말했다.

"오늘은 이 PCR만 하면 되니까 모처럼 점심이나 같이 할까?"

나는 앞뒤 생각할 것도 없이 제안을 받아들였다.

모모쿠라 씨 월급이 적은 사실은 보통 때의 복장과 먹는 것, 그리고 생활 모습을 보면 알 수 있지만 오랜만에 식사를 하러 간 곳이 '만텐'이어서 조금은 실망스러웠다. 하지만 만텐의 우동 맛은 정말 끝내준다. 그것으로 마음을 달랠 수밖에.

오후 두 시가 지난 병원식당은 텅텅 비어 있었다. 나는 모모쿠라 씨와 창가 자리에 앉아 우동을 먹었다.

창밖으로는 은색 수평선이 펼쳐져 있었다. 그런데 멀지 않은 곳에서 무언가 반짝거리며 빛났다.

"저게 뭐죠?"

모모쿠라 씨는 내 손가락이 가리키는 곳을 잠시 보고 다시 우동을 먹는데 열중했다.

"저것은 옛날 조개껍데기 잔해야. 그리고 유적지에 유리성이 세워졌다가 무너졌어."

무슨 말이야? 물어보려 하였으나 갑자기 모모쿠라 씨에게 말을 걸어온 사람이 있어서 그만두었다.

"어이, 모모쿠라! 언제까지 키소에서 놀고 있는 거야?"

하얀 가운이 잘 어울리는 멋진 형이다. 얼핏 보니 외과의사 같다. 모모쿠라 씨는 웅크린 듯 앉아 중얼대듯 말했다.

"토네, 인가! 오랜만이야. 조금만 있으면 실험이 끝날 거야. 그보다 축하하네. 강사가 되었다고……."

토네, 라 불린 사내는 웃으며 말했다.

"운이 좋았어! 별 볼일 없는 잡지에 실린 논문이 잡지 임팩트 요인을 급상승시키는 바람에 내 주가도 급등한 거지. 그보다 정신 바짝 차려야겠어. 지금은 프로젝트가 순조롭게 진행되니까 카키타니 교수도 네 일을 잊고 있지만 일단 문제가 되면 분풀이 대상이 될 수도 있어."

그리고 나를 힐끔 보며 말을 이었다.

"자네가 그 유명한 울트라 슈퍼중학생 의학도인가? 아, 모모쿠라 좀 부탁하네."

나는 고개를 떨어뜨렸다. 토네 씨는 가운 소맷자락을 휘날리며 씩씩하게 만텐을 나갔다.

"저 사람은 누구에요?"

"장기통제 외과 토네 강사인데 같은 동기야."

"동기? 토네 선생님이 모모쿠라 씨와 같은 나이에요?"

"나는 일 년 재수했고 저 친구는 현역이니까 한 살 어리지."

아니, 그런 의미가 아니라……. 나이 차이가 나는 줄은 알았지만 아무리 그래도 모모쿠라 씨는 나이에 비해 너무 들어 보이잖아요.

"어, 모모쿠라 씨는 해부 의사가 아니라 외과 의사잖아요.

그런데 왜 해부 공부를 해요?”

“박사 학위를 따려고……..”

“박사 학위는 「하이퍼맨 박카스」의 자가용자전거 타케시 같은 거예요?”

오랜만에 모모쿠라 씨가 웃는 얼굴을 보았다.

“듣고 보니 박사학위하고 타케시 하고 그다지 다르지 않네. 어느 쪽도 도움이 되질 않는 것은 똑같아. 그렇다고 그게 없으면 모양새가 안 나고……..”

모모쿠라 씨 눈길이 창밖의 수평선 쪽으로 갔다.

“내가 연구실에 온 지도 벌써 거의 3년이 되어가니까 넘었으니까 내년에는 외과로 돌아가야 해. 이대로라면 박사학위는 힘들겠지……..”

모모쿠라 씨가 연구실을 나간다? 그럼 나는 어떻게 하지? 가슴 속에 먹구름이 뭉게뭉게 피어오르기 시작했다.

창밖에서는 내 마음과 상관없이 한여름 태양 빛이 찬란하게 빛나고 있었다. 수평선에는 소나기구름이 모이기 시작했다.

병원 현관에서 모모쿠라 씨와 헤어져 집으로 돌아가는 버스를 탔다. 시간이 정확한 아버지 지령으로는 일이 시작되기 8시간 전이다. 그 전에 잡일들을 끝내야만 한다. 주머니에 넣어 둔 주소록을 꺼냈다. 어쨌든 일이 시작되는 시간 전까지 엽서메일을 보내야 한다.

주소록에는 우즈키 씨 것도 있었다. 쓸데없는 사람한테 메일을 보낼 시간은 없는데……. 전신이 축 늘어졌다. 마음 한구석에서 귀찮은 일로부터 자유로운 아버지에 대한 부러움과 분함이 교차했다.

오후 4시에 집으로 돌아와 저녁을 먹고 메일을 보냈다. 일을 마치자 오후 7시가 됐다. 메일의 배경 그림은「하이퍼맨 박카스」와 시트론 성인이다. 내가 생각해도 잘 만들어 진 컴퓨터 그래픽 같아 만족스럽다. 그 그림을 찬찬히 들여다보고 있으면 웬일인지 후지타 교수와 모모쿠라 씨가 논쟁하는 장면이 떠올랐다. 그림과 전혀 별개의 장면이 왜 떠오르는 것일까!

송신은 모두 7시 반 에 끝냈다. 이것으로 드디어 준비가 완료됐다. 그리고 오렌지주스를 마시며 컴퓨터 앞에서 아버지로부터의 메일을 기다렸다.

8시 정각. "띠링" 하는 메일 착신음이 울렸다. 메일을 열어 봤다.

✉ 디어, 카오루!

오늘 아침 메뉴는 시나몬토스트와 카모밀티였다.

긴장하고 있던 나는 맥이 쫙 풀렸다. 곧이어 두 번째 착신음이 울리며 또 다른 메일이 도착했다.

✉ 디어, 카오루!

아버지가 예측하기로는 카오루가 패시브를 선택할 확률이 97%, 액티브를 선택할 확률 2%, 선택을 포기하고 의존할 확률 1%다.

아버지한테는 자신의 추측을 과시하는 나쁜 습성이 있다. 거의 동시에 또 한 통의 메일이 도착했다.

✉ 디어, 카오루!

네 메일을 읽고 판단했다고 생각하겠지? 두 번째 메일 송신 시간을 잘 살펴봐라. 12시간 전에 시간 지정을 해서 보낸 메일이란 것을 알 수 있을 거다.

메일을 확인해 보았다. 확실히 예상 메일 송신은 11시간

전이었다. 아버지의 능력에 탄복을 금치 못했다. 이어서 네 번째 메일이 도착했다.

✉ 디어, 카오루!

감탄했나? 그래서는 안 된다. 송신 메일은 네 답신을 보고 보낸 거다. 송신 시간 속이는 일은 간단하지.

대체 아버지는 지금 무슨 말을 하고 싶은 거야? 책상 위에 있는 베개에 얼굴을 푹 파묻고 한참 동안 꼼짝도 하지 않았다. 베개에서 얼굴을 드는데 또 다시 메일 도착 신호음이 울렸다.

✉ 디어, 카오루!

자, 이제부터 지시를 하겠다. 첫 번째 과정, 지령 1. 해부학 연구실 스태프들의 주소와 메일 주소를 아버지한테 보내라.

두 장의 주소록을 전자 데이터로 변환시켜 메일을 보냈다.

✉ **디어, 카오루!**

**첫 번째 과정, 지령 2는 시간이 약간 걸린다.
네가 해부학 연구실에 다니면서 매일 기록한 일
기(아니면 업무일지)를 메일로 보내라.**

업무일지를 메일로 보내라니! 기가 막혔다. 반 년분 업무일지에는 평소 일상생활에서 있었던 일을 써놨기 때문에 아무리 못해도 100페이지 분량은 족히 된다. 그것을 하나하나 컴퓨터로 작성하려면 작업시간이 꽤 걸릴 것이다. 거기다 보낸다고 해도 분량이 많아서 서버가 수신을 감당하지 못할 것이다. 그럼 한 장씩 따로따로 보내야 한단 말인가!

다른 때 같으면 이렇게 귀찮은 일은 일찌감치 집어치울 것이다. 하지만 오아프 교수의 날카로운 눈초리가 떠올랐다. 그 눈길로부터 도망치기 위해서는 아무리 많은 시간이 걸려도 반드시 해야 하는 일이라고 생각을 고쳐먹었다. 곧장 일을 하려다 혹시나 하는 생각에 확인 메일부터 보냈다.

✉ **아버지께!**

업무일지는 분량이 너무 많아서 전부 보내려면 4~5시간 걸릴 것 같아요. 그래도 꼭 해야 하나요?

띠링!

✉ 디어 카오루!

느긋하게 기다릴 테니 하나도 빼먹지 말고 전부 보내라. 이 작업이 끝나면 두 번째 과정으로 넘어간다. 두 번째는 무엇보다 중요하고 엄청난 일이니 열심히 하기 바란다.

첫 번째 과정, 지령 2만으로도 엄청나다고 생각하는데 그것보다 더 힘들다고? 순간적으로 현기증이 일었다. 다시 정신을 차리고 메일을 보냈다.

✉ 라져! 지금부터 임무에 돌입하겠다!

띠링.

✉ 디어, 카오루!

그럼 아버지는 잠시 눈을 붙이겠다.

모든 업무일지를 전자화해서 마지막 메일을 보냈다. 일을 마치자 6시간이나 흘러 있었다. 시계를 보니 오전 두시, 착한 아이들은 모두 꿈나라에 가 있을 시간이었다.

답신을 기다렸지만 오지 않았다. 화면 저쪽에서 아버지는 지금 잠에 빠져 있을 것이다. 그 생각을 하니 괜히 분했다. 그리고 내가 너무 바보 같아서 업무일지 뭉치를 들고 방안을 어슬렁거렸다.

눈을 뜨니 아침이었다. 또 모니터 앞에 엎어져 잠든 것 같다. 화면을 보니 반짝반짝 착신 불이 점멸하고 있었다. 산더미처럼 쌓인 스팸 메일 가운데서 아버지 메일을 찾아 열었다.

✉ **디어, 카오루!**

업무일지를 읽으니 정말 네가 열심히 했다는 생각이 들어서 아버지는 기뻤다. 학문, 특히 의학은 행복을 위해 하는 것이다. 그 일익을 우리 카오루가 감당하게 되었다는 사실에 감개무량했다.

겨우 이것뿐? 이것은 단순한 감상문이잖아. 어디에도 지령 같은 것은 없었다. 설마 하는 생각에 황급히 메일을 뒤져 봤다. 스팸 메일 속에 한 통의 메일이 파묻혀 있었다.

> ✉ 디어, 카오루!
>
> 지금부터 더더욱 어려운 두 번째 과정에 대한
> 지령을 하겠다.
> ·지령 1
> 3일 후 카오루에게 아버지가 보낸 우편이 도착하
> 겠지만 열어 보면 안 된다.
> ·지령 2
> 이제부터 카오루는 이 건에 대해서 아무런 생각
> 도 말도 행동도 하면 안 된다. 이상.

아니? 뭔가 빠진 듯한 생각이 들어 몇 번이고 메일을 다시 읽어보았다. 이것이 제일 중요한 지령이라고? 뭔가 잘못된 거 아니야? 하지만 아무리 읽어봐도 아버지 메일은 그 상태 그대 로였다.

3일 후 국제우편이 왔다. 호기심이 일었지만 지령 받은 대로 열어보지는 않았다.

아버지는 그 동안 아무 일도 없었다는 듯 여느 때와 마찬가지로 아침 메뉴 메일만을 보내왔다. 아버지는 왜 두 번째 과정이 제일 어렵다고 했던 것일까? 국제 우편을 받은 날 궁금한 생각에 메일로 그 이유에 대해 물었다.

✉ 아버지께!

편지는 받았어요. 한 가지 궁금한 게 있는데 왜
두 번째 과정이 제일 중요하고 어려운 거죠?

곧바로 도착한 아버지의 답신은 달랑 한 줄이었다.

✉ 디어, 카오루!

이 세상에서 가장 어려운 일이 목표가 보이지 않
을 때 기다리는 것이기 때문이다.

한참 뒤 아무래도 뜬금없는 메일이라는 생각이 들었던지 조금 긴 메일이 왔다.

✉ 디어, 카오루!

보충 설명을 하겠다. 패시브 페이즈의 극단적인 뜻은 전수방어다. 즉 일이 발생하면 즉시 대응해서 피해를 최소한으로 줄이는 것이지. 따라서 앞으로 너의 인내는 언제까지 계속될지 모른다. 그리고 일단 일이 시작되면 기민하게 움직여야만 한다. 정신을 집중하고 진득하게 기다려야 한다. 이것이 세상에서 가장 어려운 일이라고 아버지는 생각한다.

어쩌면 지금까지의 준비가 모두 쓸모없는 것이 될지도 모른다. 실은 그것이야말로 제일 다행스러운 일이기에 그렇게 되기를 바란다. 그렇지만 아버지 예상으로는 한 달 안에 문제가 발생할 확률이 75% 정도로 상당히 높다. 그러니 카오루는 체력을 축적해 두어야만 한다.

메일 내용은 이해하기 힘들었다. 하지만 아버지 애기를 들으면 왠지 모르게 설득되는 경향이 있다.

　순식간에 일주일이 지나가고 아버지 지령을 잊어버릴 만큼 평온한 시간들이 흘러갔다. 아버지는 나를 잘 모른다. 나는 한가한 생활에 조급해하는 성격이 아니다. 아버지 예측은 빗나갔다고 생각했다. 게다가 그것뿐만이 아니었다. 몰리고 몰린 여름방학 숙제에 어깨가 잔뜩 무거워진 상태였다.

　하지만 아버지의 예상은 항상 잘 들어맞았다. 당연한 이치다. 아버지는 세계 제일의 게임이론 학자니까. 그런데 행운인지 불행인지 나는 그런 사실을 까맣게 잊고 있었다.

　8월 31일 월요일.

　여름 방학의 마지막 날 도쿄 대학으로 갔다. 후지타 교수와 모모쿠라 씨는 교대로 여름방학 휴식기를 갖고 있었다.

　방학이 끝나기 전날 일부러 도쿄 대학에 간 데는 이유가 있다. 아직 다 마치지 못한 수학 숙제 프린트가 가방 속에 한가득 들어 있었다. 당연히 내 전속 수학강사인 모모쿠라 씨 힘을 빌리기 위해 학교에 간 것이다.

　연구실에 들어서자 모모쿠라 씨가 오랜만에 〈동도코〉 최신호를 읽고 있었다. 다른 때와 같은 긴장감은 보이지 않았다. 그도 그럴 것이 이번 주는 후지타 교수가 여름휴가를 간 상태라 우리처럼 밑에 있는 사람에게는 사막의 오아시스 즉, 파라다이스 같은 환경이다. 내가 잡지를 뺏어도 모모쿠라 씨는 화내지 않았다. 이제부터 모모쿠라 씨에게 수학 숙제를 해달라고 해도 괜찮을 것 같다. 그런 내 생각도 모르고 모모쿠라 씨는 늘어지게 하품을 했다.

보통 이야기에서 평온한 공기는 앞으로 불어 닥칠 폭풍 전야를 암시한다. 정석대로 문이 벌컥 열렸다. 나와 모모쿠라 씨는 문 앞에 서있는 사람을 보고 몸이 굳었다.

후지타 교수의 돌연한 등장. 놀란 모모라씨는 〈동도코〉를 내 손에서 뺏어 쓰레기통에 던져 넣었다.

"앗! 교수님, 내일까지 여름휴가가 아니었나요?"

후지타 교수는 모모쿠라 씨에게 눈길도 주지 않았다. 거기다 버려진 〈동도코〉 잡지에 한 마디 언급도 않고 책상 위에 신문을 집어 던졌다.

"어떻게 할 거야, 모모쿠라 군!"

우리는 신문을 보았다. 조간인 토키카제신포우였다. 1면 한쪽 구서에 자게 '문화과하성 중요 프로젝트에 논문 날조 의혹'이라는 글이 적혀 있었다. '날조'라는 글자를 못 읽어 고개를 돌리는 나를 후지타 교수는 냉담하게 내려다보며 모모쿠라 씨에게 신문을 던졌다.

도대체, 무슨 일이 일어났다는 말인가?

제11장

아버지는 말하셨지, "마음에 자라고 있는 전갈을 풀
어 주거라"라고.

후지타 교수에게 건네받은 신문을 보고 모모쿠라 씨는 얼
어붙은 듯 움직이지 못했다. 신문에 적힌 굵은 글씨가 내 눈
에 들어왔다. 머릿속이 하얗게 변했다.

'슈퍼중학생 의학도를 둘러싼 의혹', '노벨 의학상 후보, 매
사추세츠 오아프 교수의 질문을 속인 토론회', '실험 결과 날
조 충격', '연구실 전체적으로 은폐공작!'

내용은 읽어볼 필요도 없었다. 머릿속에서 하얀 와이셔츠
를 입고, 초록색 완장을 찼던 무라야마 기자의 얼굴이 스쳐
지나갔다.

파랗게 질린 모모쿠라 씨가 작은 소리로 기사를 읽었다.

"도쿄 대학 의학부 종합 해부학 연구실에 특급 열차를 타고 입학한 중학생인 S.K군이 얼마 전 의학 잡지에 논문을 게재했다. 그리고 그를 선발했던 후지타 교수는 '문부과학성 특별과학 연구비B-전략적 미래예상 프로젝트' 공모에 지원했다. 그는 '중학생의 유연한 발상을 토대로 의학연구의 새로운 교육과 연구 계발'이라는 프로젝트의 핵심이 되는 존재였다. 그런 그가 망막부종이라는 질환에 관한 획기적인 연구를 전미 전문지에 게재했고, 나아가 후지타 교수는 문부과학성 차기 미래구상 프로젝트 심의위원에 위촉되었다. 이는 모두 S.K 군의 공적이었다. 그러나 기자는 두 가지 의혹을 감지했다. 하나는 S.K 군이 작성한 논문이 지도교관인 후지타 교수가 쓴 것은 아닌가하는 의혹이다. 취재에서 S.K 군의 중학교 영어 성적이 극히 안 좋은 사실을 발견했다. 중학교 영어도 제대로 소화하지 못하는 소년이 어떻게 의학전문지에 실릴 논문을 작성할 수 있었을까?

그렇지만 그런 의혹은 논문이 후지타 교수의 지도하에 작성되었고 공동 저자로 올라와 있기 때문에 그다지 문제가 되지 않는다. 오히려 이런 일은 부끄럽지만 의학계에서 널리 통용되고 있는 것이 사실이다. 과거에도 연구자 자신의 이름이 아닌 지도교수 명의로 발표된 논문이 존재했다는 사실은 의료종사자라면 누구나 주지하는 바이다."

모모쿠라 씨는 후지타 교수의 얼굴을 힐끗 보았다. 후지타 교수는 팔짱을 낀 채 아무 말 없이 눈을 감고 있었다. 모모쿠라 씨가 계속 낭독했다.

"최대의 의혹은 다음의 사항이다. S.K 군이 획기적 결과를 내기 위해 실험결과를 날조한 것은 아닌가하는 점이다. 이 점에 관해서는 일전에 세계적인 연구자인 매사추세츠 의과대학 오아프 교수가 사쿠라노미야 시를 방문하여 공개 토론장에서 직접 질문을 했다. 그런데 질의응답 장소에서 S.K 군은 일체 대답을 하지 않았고, 주위 지도교관들만이 시종일관 분주한 모습이었다. 이런 모습은 사실을 은폐한다는 느낌을 주기에 충분했다. 그 직후 나리타공항 라운지에서 출발 직전 오아프 교수와 단독 인터뷰를 한 결과 S.K 군이 발견한 시퀀스는 악성흑색종일 가능성이 크고 망막부종에서는 아직 보고된 예가 없는 시퀀스라고 한다. 그래서 망막부종과 악성흑색종의 컨태미(조직 혼입)가 일어난 가능성을······."

"됐어!"

후지타 교수가 괴로운 듯 신음을 흘렸다. 나와 모모쿠라 씨 그리고 후지타 교수는 입을 다물고 신문을 응시했다.

후지타 교수가 입을 열었다.

"모모쿠라 군! 병리진단 결과는 확인이 끝났겠지?"

모모쿠라 씨가 대답했다.

"그때 조사한다고 했더니 급히 해야 한다고 하면서 교수님이 직접 전자 카르테에 액세스하시겠다고 하셔서……."

"오호 그래, 모모쿠라 군은 이 논문 공동저자이면서 지금까지 병리진단도 하지 않았단 말인가!"

모모쿠라 씨는 고개를 끄덕였다. 후지타 교수는 자리에서 일어나 돌아서며 말했다.

"따라와."

우리는 후지타 교수의 뒤를 따라 교수실로 들어섰다.

교수는 컴퓨터 앞에 앉아 엄청난 속도로 키보드를 두드리기 시작했다. 이윽고 만들려는 데이터가 나왔는지 팔짱을 낀 채 잡아먹을 듯이 화면을 노려보았다. 그리고 턱짓으로 모모쿠라 씨에게 오라는 시늉을 해보였다. 모모쿠라 씨는 책상 건너편으로 돌아 후지타 교수 뒤에서 화면을 들여다보았다.

"Retinoblastoma, compatible with, see description. 역시 레티노였던 거군요."

모모쿠라 씨가 잠긴 목소리로 대답했다. 나는 안도의 한숨을 내쉬었다. 어쩌면 진단이 잘못된 것이 아닐 수도 있다. 그러나 후지타 교수의 굳은 표정은 변함이 없었다. 낮게 깔린 음성이 이어졌다.

"그래서 자네는 안 돼. 끝까지 잘 읽어 보게.

See description(기술 참고)이라고 쓰여 있잖아."

모모쿠라 씨 눈길이 화면 아래쪽으로 갔다. 그리고 마지막 문장에 시선이 딱 멈췄다. 입술이 떨리기 시작했다.

"rule out, malignant melanoma……. 악성흑색종 감별을 요한다……."

고개를 든 모모쿠라 씨가 후지타 교수에게 물었다.

"그 다음 추가시험 결과는 어떻게 되었습니까?"

후지타 교수는 어깨를 으쓱했다.

"병리 리포트는 여기까지다."

"네? 면역염색은 하지 않았나요?"

"멍청이. 악성진단이 나오면 확정 진단을 생략하는 것이 관례잖아! 10년 전에 발생한 의료붕괴 때문에 의료비 실링(한도)이 까다로워져서 최소한의 진단밖에 허락되지 않는다는 사실을 모른단 말이야!"

"그렇다고 여기서 진단을 그만둔다는 것은……."

"할 수 없잖아. 병리의사는 이미 레드카드를 받은 거나 다름없어. 퇴출 일보직전인데 뭘 더 할 수 있겠어?"

후지타 교수는 모모쿠라 씨를 뚫어지게 쳐다보았다.

"의료 현실에 대해서는 떠들어봐야 아무런 소용도 없어. 지금 해야 할 일은 눈앞에 떨어진 의혹을 어떻게 불식 시키느냐 하는 거야."

모모쿠라 씨는 몸을 움츠렸다.

"그렇지만 이 리포터로는 오아프 교수의 질문에 답할 수가 없는 것이……."

"쾅" 하고 큰 소리가 울려 퍼졌다. 후지타 교수가 책상을 양 손바닥으로 내리치며 일어섰다.

"그런 건 알고 있어. 문제는 그 다음에 어떻게 하느냐는 거야."

이제 와서 뭘 어떻게 한단 말입니까? 모모쿠라 씨도 나도 멍하니 바라만 보고 있었다.

후지타 교수는 내게 시선을 돌렸다. 조소의 눈빛에 나는 오한이 났다. 후지타 교수의 입이 열렸다.

"어쩌면 소네자키 군이 책임을 져야할 시기가 왔는지 모르겠군."

네? 제가 책임을 진다고요? 잠깐만 기다려 주세요 선생님! 제가 무엇을 어떻게 책임질 수 있나요?

후지터 교수의 입기에 미소기 번졌다. 그의 목소리는 지옥에서 흘러나오는 소리보다 낮고 음산했다.

"소네자키 군, 이제 남아 있는 수단은 모든 사람 앞에서 자네가 '잘못된 결과를 냈습니다' 하고 용서를 구하는 거야."

이 사람이 지금 무슨 말을 하고 있는 거야. 아니 논문을 쓴 사람은 후지타 교수고 실험 대부분을 한 사람도 모모쿠라 씨인데……. 나는 기가 막혀버릴 지경이었다. 나야말로 한 것이 아무 것도 없는데, 어째서 내가 용서를 구해야만 하는 것인가?

후지타 교수의 기분 나쁜 미소가 다시 입가에 번져나갔다.

"어째서 제가 사과해야 하는지 모르겠다는 표정이군. 자네도 곤란한 일이겠지. 하지만 소네자키 군이 사과하는 게 당연하지 않나? 이 논문은 자네가 〈매그니피슨트-메디컬-아이〉에 게재한 논문이야. 잊어선 곤란하지. 이 논문의 저자는 소네자키 군이야."

주위의 사물들이 찌그러져 보였다. 왜? 어째서? 나는 단지…….

후지타 교수는 나를 보며 말을 이었다.

"그렇다고는 해도 나와 모모쿠라 군도 자네의 폭주를 제지 못한 책임이 있지. 그래서 사죄회견에는 동석하겠네. 소네자키 군이 사죄하는 것을 지원하겠다고."

"저기 사죄회견이라니요?"

후지타 교수가 고개를 좌우로 흔들었다.

"생각을 해보게. 소란이 이렇게 커졌어. 소네자키 군이 좋아하는 기자들을 불러놓고 모든 사람 앞에서 제대로 사죄를 하는 거야. 울트라 슈퍼중학생 의학도 소네자키 군! 자네는 이미 그렇게 하는 길밖에 도리가 없어."

모모쿠라 씨가 놀라 물었다.

"소네자키 군에게 사죄를 시킨단 말입니까?"

"물론이지. 그렇게 하지 않으면 미디어를 진정시킬 수 없어."

"하지만, 소네자키 군은 중학생이고 여기는 교수님이……."

"오호, 모모쿠라 군은 책임자인 내가 사람들 앞에서 머리를 숙여라 이거군."

"아니, 저기, 그게……."

후지타 교수가 노려보자 모모쿠라 씨는 몸을 움츠렸다. 그리고 잠시 뒤 결심한 듯 말했다.

"저기, 교수님이 힘드시면 대신에 제가……."

"자네한테 그런 지명도가 있나! 외과에서 온 대학원생 주제에. 거기다 학위도 받지 못하고 있고 기간이 정해진 조교 일을 맡고 있는데 어떻게 우리 종합 해부학 연구실을 대표할 수 있단 말인가?"

모모쿠라 씨는 입을 다물었다. 후지타 교수가 나를 향해 선언했다.

"이렇게 되었으니 소네자키 군이 사람들 앞에서 사죄하는 것이 좋겠어. 사과 타이밍이 문젠데, 기사가 나온 바로 직후라 지금 사과해봐야 큰 효과를 볼 수 없을 것 같네. 잠시 여론이 흘러가는 향방을 지켜봐야겠지. 오늘이 8월 31일 월요일. 내일은 시업식이 있으니까 다음 주가 좋겠어. 월요일은 주초라서 바쁠 테니까 열흘 후인 9월 9일에 사죄회견을 하도록 하지."

일방적인 선고를 받고 나는 후지타 교수 방에서 쫓기듯 내쳐졌다. 모모쿠라 씨는 방에 남으라는 지시를 받았다. 방을 나서는 내게 후지타 교수가 한마디 덧붙였다.

"소네자키 군! 사죄회견 당일 날 보세. 짧은 기간이었지만 자네와 함께 지내서 즐거웠네."

닫히는 문 안쪽으로 잠시 우즈키 씨와 모모쿠라 씨 얼굴이 스쳐지나갔다. 나는 닫힌 문을 한동안 멍하니 바라보고 있었다.

"무슨 일 있어? 얼굴이 새파랗게 질렸잖아."

누군가 어깨를 두들겨 돌아보았다. 울트라 슈퍼고등학생 의학도인 사사키 선배였다. 그의 왼쪽 눈과 교복의 금색 단추가 동시에 빛났다. 그 빛을 보자 안도감이 밀려오며 모든 것이 무너져버리는 듯한 감정에 사로잡혔다. 시계가 흐려졌다. 정신을 차려보니 나는 소리 내어 울고 있었다.

"왜, 왜 그래? 무슨 일이야?"

사사키 선배가 당황스러운 표정으로 물었다. 나는 한층 더 소리를 내어 울었다. 사사키 선배는 곤란한 듯 주위를 살펴보다 엘리베이터 안으로 나를 밀어 넣었다. 순간적으로 어둠에 휩싸인 뒤 엘리베이터는 서서히 하강했다.

울부짖는 내 어깨를 어루만지며 사사키 선배는 나를 지하 실험실로 데려갔다. 그리고 냉장고에서 캔 콜라를 꺼내 주었다. 굉음을 내는 PCR 기계 앞에서 나와 사사키 선배는 나란히 주저앉았다.

"무슨 일이 있었는지 설명해 봐."

울먹이며 자초지종을 설명했다. 사사키 선배는 묵묵히 내 말을 듣고만 있었다.

이야기하는 사이 슬픔보다는 분노가 끓어올랐다. 볼에 흘러내린 눈물도 어느새 말라버렸다.

"아무리 교수라지만 너무하잖아요. 반드시 복수할 거예요."

사사키 선배는 나를 쳐다보며 말했다.

"왜 네가 사죄하는 것이 심한 일인데?"

"속인 사람은 내가 아니잖아요. 후지타 교수가 그랬잖아요."

"정말 그래?"

사사키 선배의 물음은 의외였다. 설마 선배마저 내 탓으로 생각하고 있는 것일까? 그가 냉랭하게 말을 이었다.

"너는 매스컴 취재할 때 그것이 네가 쓴 논문이 아니라고 말하지 않았잖아?"

갑자기 상처에 소금이 뿌려진 것처럼 아려왔다.

"하지만 그건……."

"하지만이 아니야. 그때 너는 리포터의 칭찬에 정신이 나가 있었어."

맹세코 아니다, 라고 말하고 싶었다. 그러나 말할 수 없었다. 사사키 선배의 지적은 정확했다.

"사람들 칭찬에 기분이 좋았던 게 사실이잖아. 그래서 괴로워도 도망가기 어려웠던 거고."

나는 비로소 거울에 비쳐진 내 모습을 볼 수 있었다. 그래, 나는 홀렸던 거야. 그것을 사사키 선배가 알려준 것뿐이다.

침묵을 지키는 나를 곁눈질하면서 사사키 선배는 PCR 결과물을 겔에 올려놓고 냉각장치를 작동시켰다. 그리고 방에서 나가려고 하는 나를 힐끔 보았다.

사사키 선배는 한숨을 쉬며 말했다.

"네게 보여주고 싶은 게 있어. 따라 와봐."

금세라도 눈물이 쏟아질 것만 같았다. 나는 눈물이 글썽이는 눈으로 흐릿하게 보이는 사사키 선배의 뒷모습을 따라 실험실을 나섰다.

빨간 건물을 뒤로 하고 사사키 선배는 빠른 걸음으로 하얀 병원 건물로 향했다. 바람에 푸른색으로 물든 벚꽃나무 가지 끝이 흔들렸다. 하얀 병원 건물로 향하는 줄 알았는데 사사키 선배는 중간에서 오른쪽 오솔길로 접어들었다. 무성한 나무숲을 지나자 눈앞에 둥그런 오렌지색 건물이 나타났다.

나는 문득 버스에서 안대를 한 소년 즉, 「하이퍼맨 박카스」

의 팬인 카이를 떠올렸다. 그러고 보니 카이는 항상 이 건물 쪽으로 갔었다.

사사키 선배는 오렌지색 건물에 자주 온 모양이었다. 매우 자연스러운 모습으로 둥근 건물 안으로 들어갔다.

입구는 자동문이었다. "윙" 하는 소리와 더불어 투명한 유리문이 열렸다. 1층은 어둠침침했고 사람들 모습도 보이지 않았다. 나는 사사키 선배에게 속삭였다.

"여긴 뭐하는 데에요?"

계단을 올라가면서 사사키 선배는 뒤도 돌아보지 않고 대답했다.

"오렌지 신축 건물로 예전에는 응급센터, 2층은 소아과 병동이었어."

"네에! 응급센터요? 그런데 왜 지금은 운영되지 않나요?"

사사키 선배가 뒤돌아보며 한마디 했다.

"부도가 났어. 그것도 아주 오래 전에."

"병원도 부도가 나나요?"

사사키 선배는 어깨를 떨어뜨렸다.

"아, 대학병원도 부도가 났었어. 몰랐어? 아마 그때 유치원생이었을 테니까 모를 수도 있겠네."

사사키 선배가 내 눈을 보며 말했다.

"응급센터가 부도났다는 표현은 정확하지 않은 것 같네. 그때 도쿄 대학 부속병원 전체가 부도가 났으니까. 그리고 회생할 수 있는 부분만 다시 부분적으로 부활시킨 거야. 하지만 응급센터는 끝까지 부활되지 못했어.”

사사키 선배는 2층 문 앞에 섰다. 금속제 문이 소리도 없이 열리고 어두운 계단으로 빛이 들어왔다.

눈이 부신 와중에 어디선가 밝은 웃음소리가 들렸다. 올려다보자 안대를 한 소년 카이가 문 앞에서 웃고 있었다.

사사키 선배가 소년의 머리를 쓰다듬었다.

카이가 물었다.

“아츠시짱! 선물?”

“항상 선물을 준다고 생각하지 마, 카이!”

사사키 선배는 곧바로 접수대로 갔다. 나는 카이를 힐끗 쳐다보고는 그 옆을 지나갔다. 카이는 이상한 눈초리로 나를 쳐다보았다. 어디서 본 적이 있는 것 같은데……. 순간 나를 알아 본 카이는 주먹을 쥐고 가슴에서 크로스 시늉을 하며 변신 포즈를 취했다. 나도 카이가 한 것처럼 M88 성운의 용감한 포즈로 카이의 인사에 답해주었다.

나와 사사키 선배는 간호사실로 갔다. 간판 아래서 바쁘게 움직이는 간호사에게 사사키 선배가 말을 건넸다.

“쇼코짱이 데리고 오라고 아우성치던 카오루를 데려왔어요.”

무엇인가 쓰고 있던 간호사가 고개를 들어 나를 봤다. 눈이 크고 아름다운 얼굴이다. 하지만 조금 아줌마 같은 인상이다.

간호사가 웃었다.

"귀여운 아이네. 잘난 체하는 아츠시보다 훨씬 멋지게 생겼어."

사사키 선배가 어깨를 으쓱했다.

"나쁜 버릇을 못 고치네, 쇼코짱!"

간호사는 사사키 선배의 말을 무시하고 일어나 내게 손을 내밀었다. 두근두근 설레며 그 손을 잡았다. 쇼코짱은 일상적인 인사말을 했다.

"처음 보네요, 소네자키 군! 네 이야기는 사사키로부터 들었어. 나는 오렌지 신병동 2층, 소아과 종합치료센터 간호부장인 키사라기 쇼코야. 또 한 가지 도쿄 대학 부속병원 미소년검색네트 회장이기도 해. 잘 부탁한다."

악수한 손을 흔들어대는 쇼코짱을 묵묵히 바라보았다.

"쇼코짱은 안 따라와도 돼요. 이 녀석에게 할 말이 있는 사람은 나니까."

"그런다고 안 갈까봐! 그리고 내가 모를 것 같아? 일부러 여기까지 온 건 소네자키 군에게 이야기 좀 해 주었으면 해서 아냐? 겸연쩍어할 필요 없어."

사사키 선배는 치, 하며 혀를 찼다.

“마음대로 생각해…….”

면담실 문을 열고 사사키 선배는 멋대로 내게 오라는 손짓을 했다. 내 어깨를 밀며 쇼코 씨도 함께 들어왔다. 의자에 앉자 쇼코짱은 책상에 앉아 팔짱을 꼈다. 사사키 선배가 정면에 앉았다.

“내가 너를 이곳에 데려온 이유를 알겠어?”

“나를 소개해줄려고 그런 거 아니야?”

“쇼코짱, 조용히 좀 해줘요.”

단칼에 말이 잘린 쇼코 씨는 어깨를 으쓱하며 입을 다물었다. 나는 생각하다 고개를 가로저었다.

“모르겠는데요.”

사사키 선배의 말이 이어졌다.

“너 카이를 알고 있는 것 같더라. 분명히 버스 안에서 만난 적이 있다고 했었지.”

내가 고개를 끄덕였다.

“놀랐어요. 왜 카이가 여기 있죠?”

혹시 병 때문에 안대를 하고 있는 것은 아닐까, 하는 생각이 스쳤다. 사사키 선배가 말했다.

“아직 모르겠어?”

나는 고개를 저었다. 사사키 선배는 한숨을 쉬었다.

“정말 둔하군. 그러니까 후지타 교수한테 그렇게 당하는 거야.”

"후지타 교수가 또 무슨 짓 했어?"

쇼코짱이었다. 사사키 선배가 돌아보며 대답했다.

"멍청한 중학생 녀석한테 자신의 실수를 전부 덮어씌우려 하고 있어요."

"진짜 나쁘네. 그 엉터리 아저씨!"

순간 후지타 교수가 "오호"라고 하는 모습이 떠올라 나도 모르게 미소 지었다. 사사키 선배가 쇼코 씨에게 주의를 주었다.

"쇼코짱! 벽에도 귀가 있어요."

"상관없어. 들으라지 뭐!"

"알았어, 알았어요! 중요한 얘기 할 분위기가 안 되니까 쇼코짱은 잠시 잠자코 있어 주세요."

쇼코짱은 다시 새침해졌다. 이러고 보니 누가 나이가 많은지 모르겠다. 정신 차려보니 사사키 선배의 날카로운 눈이 나를 노려보고 있었다. 가슴이 철렁 내려앉았다.

사사키 선배가 내게 물었다.

"전에도 물었지만 너는 무엇 때문에 의학을 연구하지?"

그 질문을 기억하고 있다. 그리고 질문에 대답할 수 없었던 것도 기억났다. 그때와 달리 나는 솔직하게 대답했다.

"미안해요. 잘 모르겠어요."

사사키 선배의 한숨 소리가 커졌다.

"이번 건에서는 정말 화가 나. 네가 이전처럼 멍청한 상태라면 모르는 척하려고 했는데 그렇지도 않은 것 같아."

이번에는 내가 사사키 선배에게 물었다.

"그럼 사사키 선배는 왜 의학 공부를 하는데요?"

사사키 선배는 잠시 침묵을 지키다 대답했다.

"레티노블라스토마 치료법을 발견하기 위해서야!"

"후지타 교수 말대로 레티노 연구를 하고 싶은 건가요?"

"후지타 교수 말대로, 라니?"

사사키 선배는 마음속으로 날 바보 취급하는 것 같은 표정이었다. 내 얼굴을 가만히 응시하다 표정 그대로의 말을 내뱉었다.

"바보 아니야? 후지타 교수 같은 건 전혀 상관없어."

나는 카이의 머리를 쓰다듬던 사사키 선배의 웃는 얼굴을 떠올렸다. 그때 어떤 직감이 번개처럼 내 몸을 훑고 지나갔다.

"혹시 카이 군이 레티노인가요? 그래서 사사키 선배가 어떻게 해서든 카이를 고쳐주려고 노력하는 거죠."

사사키 선배는 피식 웃었다.

"드디어 알았나! 그러나 아직 반에 지나지 않아. 50점이지."

카이가 레티노라고? 그럼 그 하얀 안대 속에 안구가 없단 말인가? 나는 깜짝 놀라 가슴이 두근거리기 시작했다.

하지만 사사키 선배는 반이라고 했다. 다시 사사키에게 물었다.

"그럼 나머지 반은?"

사사키 선배는 쇼코 씨를 쳐다보았다. 쇼코 씨가 말했다.

"나머지 반은 자신을 위해서지."

사사키 선배는 고개를 끄덕였다.

"카이를 도와주려는 것은 다섯 살인 자신을 구하려는 거야."

네? 네? 지금 무슨 말을 하고 있는 거예요?

사사키 선배는 차갑게 빛나는 왼쪽 눈을 왼손으로 가렸다. 그리고 다음 순간 놀라운 일이 벌어졌다. 펼쳐진 손바닥에 하얗고 작은 도자기가 놓여 있었다.

"내 왼쪽 눈이야. 옛날에 레티노에 걸려서 이렇게 됐지."

사사키 선배의 왼쪽 눈이 손바닥 위에서 도자기 특유의 차가운 빛을 발산했다. 나는 기가 막혀 그것을 멍하니 쳐다보았다.

사사기 선배의 말이 이어졌다.

"또 한 가지 잊어선 안 될 일이 있지. 네가 소란을 피운 그 검체는 카이의 안구였어."

맙소사! 나는 도대체 지금까지 무슨 일을 저지른 걸까. 드디어 모든 것을 알 수 있었다. 그 순간 후지타 교수에 대한 분노와 모모쿠라 씨에 대한 실망 등이 한순간에 날아가 버렸다.

나는 입술을 깨물며 오랫동안 고개를 숙였다. 그러면서 작은 결심을 했다.

"또 와요."

손을 흔드는 쇼코 씨와 카이를 돌아보며 오렌지 신축건물을 떠났다. 카이가 양팔을 크로스하며 나를 배웅했다. 나도 같은 포즈를 취해주었다.

나는 집으로 돌아가기로 했다. 버스 정류장에서 사사키 선배에게 말했다.

"9일 회견에서 사죄를 하겠습니다. 그렇게 하지 않으면 안 될 것 같아요."

사사키 선배가 조용히 물었다.

"네가 잘못한 게 아닌데 사과할 작정이야?"

나는 고개를 끄덕였다.

"잘 모르겠지만 나 역시 어느 정도 잘못했기 때문에 그렇게 해야만 할 것 같아요. 더 이상 여기 올 수 없는 것이 섭섭하지만……. 아무튼 여러 가지로 고마웠습니다."

사사키 선배는 나를 쳐다보았다. 그때 빨간 버스가 도착했다. 뒷좌석에 앉자 버스가 움직이기 시작했다. 나를 배웅하는 사사키 선배의 모습이 점차 작아졌다. 언덕을 내려가며 버스는 흔들렸다. 그 흔들림에 눈물이 볼을 타고 흘러내렸다.

집에 돌아와서 아버지한테 메일을 보냈다.

✉ 아버지께!

큰 일이 난 것 같아요. 하지만 내가 그렇게 했으니까 어쩔 수 없죠. 모든 사람 앞에서 사죄하기로 마음먹었어요. 걱정 끼쳐드려 죄송해요.

– 카오루

메일을 보내고 나니 기분이 가라앉았다. 울적한 기분을 달래려 오렌지주스를 마시러 부엌으로 갔다. 간식을 다 먹고 난 후 다시 컴퓨터에 앉았다. 아버지로부터 두 통의 메일이 와 있었다.

✉ 디어, 카오루!

아침 메뉴는 오토밀이었다.

메일을 보는 순간 나도 모르게 울음이 북받쳤다. 하늘이 두 쪽 나도 아버지는 결코 변하지 않을 것이다.

두 번째 메일은 길었다.

✉ 디어, 나의 카오루!

아빠가 걱정했던 대로 모든 일이 최악의 상황으로 치달아 간 것 같구나.

오늘은 긴요한 이야기를 해야겠다. 예전에 네가 대발견을 했다고 메일을 보냈을 때 축하한다고 했었지. 그것은 네가 과학계의 일익을 담당하는 역할을 맡게 됐다는 의미에서 장르는 다르지만 아버지와 같은 필드에 서서 기뻤기 때문이다. 그 말을 해두었으면 좋았을 텐데, 라고 생각한다. 그러나 지금이라도 늦지 않은 것 같다. 아니 틀리지. 지금이야말로 그 말을 할 때라고 생각한다.

아빠가 말하고 싶었던 것은 과학 앞에서는 어른도 아이도 없다는 점이다. 그러니 자신이 한 일에 대한 책임은 스스로 책임지지 않으면 안 된다.

디어, 마이 카오루! 너는 지금 굉장히 피곤하겠지. 지금은 그냥 푹 자두어라.

잠시 후에 빠뜨린 것이 있었는지 한 줄의 메일이 다시 도착했다.

✉ 디어, 마이 카오루!

무슨 일이 있어도 아버지는 네 편이다.

울었다. 울면서 나는 앞으로는 두 번 다시 울지 않겠다고 다짐했다.

다음날 아침, 눈이 부은 나는 컴퓨터 앞에 앉았다. 창밖은 푸른 하늘이 찬란했다. 2학기 첫날을 시작하기에는 아까운 날씨였다.

아버지 메일이 도착한 것을 발견하고 곧장 열어보았다.

✉ 디어, 카오루!

이제 어느 정도 안정을 찾았지. 아빠는 어젯밤 너에게 혹독한 말을 했다. "과학 앞에서는 어른도 아이도 없다. 자신이 한 일은 스스로 책임져야만 한다"고.

이 점은 아빠 말이 옳다고 생각한다. 하지만 아빠가 진정으로 하고 싶었던 말은 나머지 반이다. 그것을 지금부터 얘기하마.

카오루! 과학을 앞에 두고는 어른도 아이도 없다. 사람의 목숨과 관련된 의학에서는 특히 그렇다. 그것은 바꿔서 얘기해도 마찬가지다. 네가 사태를 냉정하게 파악하고 모든 것을 명확하게 할 용기와 각오를 갖는다면 가령, 상대가 대학교수라도 무섭지 않을 것이다. 과학 앞에서는 어른도 아이도 없다. 카오루와 후지타 교수는 지금 같은 입장에 있는 라이벌이다. 양보는 필요 없다. 용기를 갖고 앞으로 나아가기 바란다.

나는 놀랐다. 그리고 망설이며 키보드를 눌렀다.

✉ 아버지 이야기는 너무 어려워요. 잘 모르겠어요.

한참 뒤에 "띠링" 하는 메일 도착음이 울렸다. 새로운 메일을 열어 보고 나는 어이가 없었다.

✉ **디어, 카오루!**

네가 한 일이 잘못되지 않았으면 싸워라. 상대가 교수라 해도 상대방이 틀리다면 가차 없이 쳐부숴라. 지금이야말로 네 마음속에서 키우고 있던 사소리(전갈)**를 해방시켜!**

나는 아버지 메일을 뚫어지게 보았다.

싸우라고? 중학교 열등생이 의학부 교수에게 칼을 겨눌 수 있다고 생각하는 걸까? 마음속에 키우고 있던 사소리는 대체 뭘까? 의문투성이였다.

오! 마이, 파파!

어찌해야 할 바를 몰라 나는 다시 메일을 썼다.

✉ **아버지께!**

싸우다니? 대체 어떻게 해야 한단 말이에요?

띠링.

서둘러 메일을 열어보았다.

✉ **디어, 카오루!**

**걱정 마라. 앞으로 일어날 일에 대해 성실하게
대처하면 모든 문제는 말끔하게 해결 될 거다.
사죄회견 날에는 아빠가 일전에 보냈던 편지를
갖고 가라. 그것이 마지막 보루가 될 것이다.**

나는 아버지로부터 온 편지를 생각하고 책상 위를 올려다
보았다. 봉투는 하얗게 먼지를 뒤집어쓰고 있었다.

부엌에서 야마사키 아줌마의 부르는 소리가 들렸다.

"서두르지 않으면 지각이야."

나는 황급히 컴퓨터 전원을 끄고 오랜만에 가방을 메고
밖으로 나섰다.

제12장

나는 말했지, "길은 자신의 눈앞에 펼쳐져 있다"고.

9월 1일 화요일. 맑음.

오랜만에 가보는 사쿠라노미야 중학교. 오늘부터 2학기가 시작된다. 등교한 나를 기다리고 있는 것은 주위 친구들의 냉소적인 시선이었다. 옆 반 녀석이 내게 와 말했다.

"거짓말쟁이!"

내 마음을 아프게 찌르는 말이었지만 감수했다. 나는 카이의 안구를 사용하여 말도 안 되는 연구를 했다. 비록 내가 한 일이 아닐지라도 사람들의 칭찬에 들뜬 나머지 나는 그 일을 했다고 자랑했다. 그러니 어떤 비난을 받아도 할 말이 없다.

교실에 들어서자 학급위원인 신도 미치코, 나의 두뇌 역인

미타무라 유우이치, 그리고 우리 반 장난꾸러기 헤라누마가
나를 맞아 주었다. 소네자키 팀원의 대집합이다.

"저기, 괜찮았어?"

신문 기사를 읽었다며 미치코는 걱정스럽게 물었다. 나는
미소 지으며 대답했다.

"걱정 없어. 별 일 없어."

헤라누마가 그답지 않게 초연한 표정을 지으며 말했다.

"안됐다, 카오루짱! 사실은 네 영어 성적이 안 좋다고 기자
에게 말한 사람이 바로 나였어. 일전에 있었던 토론회에서
얼굴을 알게 돼서 나도 모르게 말해버렸지 뭐야."

역시 하수인은 너였구나, 말썽꾸러기 같은 놈! 하지만 그
러니 말썽꾸러기지, 라고 생각하며 체념했다.

"할 수 없지. 다음 주 수요일에 사죄회견을 하기로 했어."

"후지타 교수가 사죄하는 거야?"

미타무라의 질문에 나는 고개를 절레절레 저었다.

"아니, 사죄하는 사람은 교수가 아니라 나야."

"왜 카오루가 사죄하는데?"

미치코가 흥분했다.

"어쩔 수 없잖아. 아무튼 그 논문은 내가 쓴 걸로 되어 있으
니까. 잘못했으니까 사과하는 게 당연하지."

"그렇지만 실제로 카오루가 한 일은 아무 것도 없잖아."

나는 씁쓸하게 웃었다.

말 그대로야 미치코. 나는 아무 것도 하지 않았어!

그러나 요 이틀 사이 내가 알고 생각한 것들을 전부 전달하기에는 시간이 너무 없다. 나는 그저 미소만 지었다. 헤라누마가 끼어들었다.

"카오루짱! 곤란한 일이 있으면 나한테 말해. 아버지한테 부탁해서 무엇이든 해달라고 할 테니까."

고맙다, 헤라누마. 하지만 너희 아버지는 공장 사장이고 유명한 발명가잖아? 아마도 도움이 전혀 안 될 거라고 생각하진 않지만…….

마음은 기쁘지만 아침에 말한 것을 점심시간에 잊어버리는 헤라누마이기에 마음을 비우고 기다려보기로 했다.

소네자키 팀원으로부터 따사로운 위로를 받았지만 대부분의 동급생들은 차가운 눈길로 나를 보며 자기들끼리 소곤거렸다. 시업식이 끝나자 여름방학 숙제 제출, 대청소 등 분주한 일이 벌어졌다. 일을 모두 마치고 종례 시간이 찾아왔다. 담임인 타나카 요시코 선생님은 까맣게 그을린 얼굴로 웃으며 말했다.

"여러분! 모두 건강하게 돌아와서 선생님은 정말 기뻐요."

그 말을 곱씹으며 나는 홀로 집으로 향했다.

앞으로 일주일이면 모든 것이 끝난다.

9월 9일 수요일. 맑음.
드디어 운명의 날이 되었다. 아침에 일어나 컴퓨터를 켰다.
"띠링" 하는 소리와 함께 메일이 도착했다. 메일을 열었다.

✉ 디어, 카오루!

아침 메뉴는 포크진저 샌드위치였다.
드디어 사죄회견 날이네. 오늘은 카오루에게 있어
서 중요한 하루다. 사죄할 일은 사죄해야 한다.
단, 부당하다고 생각하면 싸워야 한다. 그리고
아빠가 보내준 편지를 갖고 가라. 반드시 너를 지
켜줄 것이다.

먼지를 뽀얗게 뒤집어 쓴 봉투를 꺼내 주머니에 챙겼다.
마음이 따뜻하고 포근해졌다. 아버지 메일을 마저 읽었다.

✉ 디어, 카오루!

카오루, 안 좋은 흐름에 휘말렸을 때 제일 힘든 게

뭐라고 생각하니? 사과하는 것은 그리 어려운 일도 아니다. 사과하는 것보다 더 힘들고 어려운 것이 있지. 그것은 부당한 비난에 맞서 과감하게 싸우는 일이다. 이것은 사죄만 하는 것보다 훨씬 어렵고 기술도 필요하며 무엇보다 용기가 가장 필요한 일이다.

마이 리틀 카오루! 건투를 빈다.
멀리 보스턴의 하늘 아래서…….

나는 잠시 생각에 잠기다 키보드를 치기 시작했다.

✉ 디어, 파파!

여러 가지로 고마워요. 아버지가 무엇을 말하고 싶어 하는지 여전히 모르겠지만 결국 언제라도 길은 내 앞에 펼쳐져 있다고 생각해요. 어떻게 될지 모르겠지만 어쨌든 다녀오겠습니다.

발신 버튼을 누르고 나가려는데 등 뒤에서 메일 착신음이 울렸다. 나는 다시 돌아가 앉았다.

✉ 디어, 카오루!

용감한 사람에게는 하늘이 도움을 준다. 굿럭!

밝게 빛나는 화면을 쳐다보며 크게 심호흡을 했다. 그리고 뒤도 돌아보지 않고 방을 나섰다.

빨간 기와 건물 3층. 종합 해부학 연구실로 향했다. 엘리베이터에 타자 순간의 어둠에 사로잡혔다. 어둠속에서 눈을 감고 마음 속 깊은 곳을 들여다보았다. 잠시 뒤 불이 들어왔다. 그 어둠이 단지 엘리베이터 안만 점령하는 아주 작은 어둠임을 새삼 느꼈다. 어둠이란 그런 것이 아닐까? 빛을 받으면 금세 사라지고 마는.

얼굴을 들었다. 페인트가 벗겨진 금속 문이 출구를 가리고 있었다.

"띵" 하는 소리와 함께 문이 열렸다. 기다리고 있는 사람은 검은 정장을 말쑥하게 차려입은 마피아 보스 후지타 교수였다.

"늦었군, 소네자키 군! 3분 지각이야."

나를 힐끗 노려본 후지타 교수는 피식 웃었다.

"혹시 도망가지 않았나 걱정했지."

나도 지지 않고 웃으며 말했다.

"나야말로 후지타 교수님이 급하게 출장이라도 가지 않을까 염려했어요. 오늘 잘 부탁합니다."

반격당할 줄은 꿈에도 상상을 못했던지 후지타 교수는 순간적으로 멍해졌다. 그러다 애써 미소 지었다.

"오호! 이 정도라면 미디어에 낚여도 괜찮겠는 걸. 안심했어."

후지타 교수는 턱을 치켜들고 따라오라는 무언의 신호를 했다. 나는 검은 정장 뒤를 따라 교수실에 발을 들여놓았다.

우즈키 씨가 담백한 핑크 정장 차림으로 소파에 앉아 손에 든 종이를 열심히 보고 있었다.

"소네자키 군, 앉게."

우즈키 씨 옆 자리에 앉았다. 후지타 교수의 입가에 미소가 번졌다.

후지타 교수는 정면에 털썩 앉았다.

"학교 가는 날에 일부러 오라고 해서 미안하네."

나는 가볍게 고개를 숙였다. 후지타 교수는 마음에도 없는 말을 늘어놓고 있다. 그 사실이 뼈아프게 느껴졌다.

"그 뒤로부터 일주일 동안 나도 많이 힘들었네. 엊그제 월요일은 병원 내의 리스크매니지먼트 위원회, 어제는 엑시스 커미티에 소집되었고 연일 바빴어. 모든 위원회에서 소네자키 군에게 직접 사건의 전말을 듣고 싶어 했지만 엄격한 심문 장소에 중학생을 내보는 게 안 돼 보여서 내가 대응을 해주었네.”

왠지 모를 어색함. 나는 금방 그 속임수를 알아차렸다. 나를 엄격한 장소에 내보내는 것이 망설여진다면 오늘의 기자회견에 내보내는 일은 말과 일치하지 않는다.

일순, 후지타 교수에게 감사하려는 마음을 가지려 했던 내 자신을 나무랐다. 이제 더 이상 아무도 믿을 수 없다.

후지타 교수의 저음이 스멀스멀 기어 나왔다.

“그렇더라도 소네자키 군은 인기가 있어. 새삼 느꼈어. 이번에도 대회의실이 취재진으로 넘쳐났다고 하네. 회의장에 대기하고 있는 모모쿠라 군이 조금 전에 전화로 알려주더군. 그것뿐이었으니까 아무 걱정할 것 없네.”

후지타 교수는 나를 보며 기분 나쁘게 말했다.

“이런 아수라장에서 그렇게 웃고 있다니 바보야 아니면 둔한 거야?”

그 말에 비로소 내가 웃고 있다는 사실을 깨달았다.

후지타 교수는 내게 한 장의 종이를 내밀었다.

“내가 리스크매니지먼트 위원회와 엑시스 커미티에서 설명한 이번 날조 문제의 요약이야. 자네가 직접 대답하지 않아도 되게 해놨지만 무슨 일이 있어도 이대로 답변하도록…….”

종이를 펼쳐봤다. 그 문장을 보고 몸이 얼어붙었다. 왜냐하면 종이에는 진실과 동떨어진 내용이 쓰여 있었기 때문이었다.

실험할 때 검체가 섞였다는 사실을 사전에 알았다는 것. 그것을 모모쿠라 씨와 후지타 교수에게 지적 받았지만 정확하게 실험했다고 주장한 것. 그 뒤에 여러 차례 말하려고 했으나 취재 등을 받으면서 말할 수 없게 되었다는 것. 결과적으로 거짓말을 하게 되어 몸 둘 바를 모르겠다는 내용이었다.

기가 막혀 후지타 교수의 얼굴을 빤히 쳐다보았다.

"이것은 이야기가 전혀 다르잖아요……."

내 말을 자르며 교수가 부드러운 목소리로 말했다.

"설명하는 사람은 나야. 소네자키 군은 그냥 죄송한 얼굴을 하고 고개 숙인 채 앉아만 있으면 돼."

후지타 교수는 눈에 광채를 띠며 말을 이었다.

"자네는 이것이 사실이 아니라고 말하고 싶겠지만 그런 증거가 어디 있나? 그래, 있다고 해도 기자회견에서 보여줄 수 있나? 만약 자네가 그렇게 한다면 나 역시 자네를 보호해 주지 않고 모든 것을 폭로할 거네. 그리고 자네가 말한 것을 씹어 주지. 기자도 의사들도 자네 말을 아무도 믿지 않아. 그런 상황에서 자네가 진실이라고 믿고 있는 내용을 잘 설명할 수 있다고 생각하나?"

후지타 교수는 어금니를 깨물었다. 조금 전까지 나를 지탱해주고 있던 결의는 순식간에 바람 빠진 풍선처럼 찌그러져버렸다.

"시간이 됐어. 회의장 대기실에는 학장님도 기다리고 있어. 자, 가자고!"

나는 천천히 일어났다. 아까까지 용기백배하던 나는 멀고 먼 세계에 버려져 마치 도살장에 끌려들어가는 것 같은 기분이었다.

병원 3층 대회의실 대기실 문을 열자 낯익은 얼굴들이 모여 있었다. 하얀 가운을 입은 모모쿠라 씨는 쪼그라든 풍선처럼 초라하게 보였다. 옆에는 학생복을 말쑥하게 차려입은 슈퍼고등학생 의학도인 사사키 선배가 앉아 있었고 그 옆에 있는 체구가 작은 할아버지가 평온한 미소로 나를 보았다. 교수회의 때 제일 높은 사람이 앉는 자리에 앉아 있던 선생님이었다. 분명히 지위가 높은 학장님일 것이다.

"소네자키 군! 오랜만이야, 잘 지냈나? 이렇게 소란하니 잘 지냈을 리가 없었겠지!"

학장님 목소리가 가슴 속을 찡하게 했다. 학장님이 계속 말을 이었다.

"다시 한 번 묻겠는데 소네자키 군은 정말로 모든 사람 앞

에서 사죄하고 싶다고 말했나? 이 일은 어른들 책임이기도
한데 무리할 필요는 없어."

후지타 교수를 힐끔 보자 교수는 모르는 척 고개를 돌렸다.

학장님의 부드러운 말투에 마음이 동요되기는 했지만 단
단히 마음먹고 용기를 내어 대답했다.

"아닙니다. 누가 시킨 것도 아니고 제 실수를 모든 사람들
에게 분명히 사과하겠습니다."

후지타 교수가 틈을 놓치지 않고 끼어들었다.

"학장님! 걱정 마세요. 소네자키 군은 머리만 조아리고 있
으면 되게 해놨으니까……."

검은 가방을 안은 사사키 선배의 눈빛이 빛났다. 학장이
말했다.

"소네자키 군! 대단하네, 자네는……."

대회의실에 들어서자 휘황찬란하게 빛나는 라이트와 사
람들의 열기가 내 볼을 달구었다. 눈이 부셔 잠시 시선을 잃
었지만 곧바로 실내 상황에 익숙해졌다.

돌아보니 앞쪽으로는 긴 의자들이 놓여 있었고, 기자들로
가득 차 있었다. 사쿠라 TV의 카메라도 있었지만 평상시 보
이던 리리씨와 선글라스 아저씨는 보이지 않았다. 구석에 토
키카제신포우의 와이셔츠맨인 무라야마 기자가 보였다. 나
를 보고 살짝 미소를 지어 보였다. 그를 무시하고 심호흡을

하며 단상으로 갔다.

그때 누군가 팔소매를 붙잡아 뒤돌아보았다. 사사키 선배였다. 그는 내 귓가에 대고 속삭였다.

"용감한 자는 하늘이 돕는다. 굿럭!"

깜짝 놀랐다. 아버지 메일과 똑같은 말이다. 우연일까? 아니면 누구나 알고 있는 유명한 말인가? 그것을 확인할 사이도 없이 후지타 교수에게 등을 떠밀려 단상에 올라갔다.

무대 위에는 왼쪽 끝에서 모모쿠라 씨, 학장님, 후지타 교수가 앉아 있고 후지타 교수 옆 오른쪽 끝에 내가 앉았다. 자리에서 일어나 다 같이 인사를 했다. 가만히 있는 나를 후지타 교수가 목덜미를 잡아 숙이는 바람에 얼떨결에 같이 인사를 했다.

핑크 정장 차림의 우즈키 씨가 보통 때와 같은 침착한 어조로 말했다.

"그러면 지금부터 논문 날조 의혹에 대해 도쿄 대학 의학부에서 사과회견을 시작하겠습니다. 먼저 학장님께서 사죄의 말씀을 하겠습니다. 그리고 이어서 해당 연구실 책임자인 후지타 교수로부터 경위 보고가 있겠습니다."

학장이 일어나 간결하게 사죄의 말을 했다. 시끌시끌하던 회의장에 정적이 감돌았다. 그 말을 듣고 후지타 교수가 차근차근 설명을 시작했다. 아까 받았던 내용대로였다. 회의장에는 기자들이 내용을 받아 적는 소리가 여기 저기 들렸다.

마지막으로 후지타 교수가 고개를 숙였다.

"이번 일은 어린아이인 중학생이 조급하게 공적을 쌓기 위해 벌인 일이지만 저의 감독 책임도 중요하다고 할 수 있습니다. 그렇기 때문에 중학생이라는 점을 고려하여 관대한 처분을 내려주시기 바랍니다."

기자들로부터 예리한 질문들이 쏟아졌다. 후지타 교수는 흔들림 없이 사죄의 말을 되풀이했다. 잘 들어보면 마치 나만이 나쁜 놈인 것 같은 사과회견이었다. 억울했다. 가슴 속에 검은 절망이 퍼져나갔다.

질문이 잠시 끊겼다. 그 순간을 놓치지 않고 후지타 교수가 말했다.

"그럼 이것으로 회견을 마치려고 합니다만……."

"마지막으로 질문이 하나……."

후지타 교수는 인상을 찡그렸다. 하얀 외이셔츠에 초록색 완장을 찬 토키카제신포우의 무라야마 기자였다. 후지타 교수의 허락도 없이 무라야마 기자가 일어나 질문을 했다.

"후지타 교수님의 설명은 알겠습니다. 그러나 저는 소네자키 군에게 직접 사죄의 말을 듣고 싶습니다만."

후지타 교수는 눈이 휘둥그레지며 던지듯 말했다.

"중학생한테 그렇게까지 시킵니까? 토키카제신포우는?"

무라야마 기자는 후지타 교수의 협박을 귓등으로 날려버렸다.

"기사화할 생각은 없습니다. 하지만 후지타 교수의 설명에 납득할 수 없는 부분이 있어서요. 당사자에게 직접 물어보면 깨끗해지지 않을까요? 소네자키 군이 싫다고 한다면 무리하게 강요할 생각은 없습니다."

무라야마 기자는 내 눈을 응시했다. 심장이 쿵덕쿵덕 뛰기 시작했다.

후지타 교수가 작게 속삭였다.

"흘려버리면 돼. 상대 하지 마라. 큰일 날 수 있어."

마음속에 부풀어 오른 종이풍선이 다시 한 번 퍽, 하고 찌그러졌다.

나는 고개를 떨어뜨렸다. 아주 오랜 시간이 흘렀다고 생각했다. 침묵의 무게에 눌려버렸다.

그때 한쪽 시야에서 나를 쳐다보는 강한 시선이 느껴졌다. 고개를 들었다.

슈퍼고등학생 의학도인 사사키 선배가 나를 똑바로 바라보고 있었다. 사사키는 주먹을 불끈 쥐고 가슴에서 양팔을 크로스했다. 「하이퍼맨 박카스」의 변신 포즈인 M88 성운의 용기를 나타내는 증표를 내게 보낸 것이다.

사사키 선배의 입술이 미세하게 움직였다.

'카이!'

소리는 들리지 않았지만 나는 사사키 선배의 말을 금방 알아들을 수 있었다. 그 한마디가 내 종이 풍선을 단번에 팽창시켰다.

나는 벌떡 일어났다.

놀란 눈으로 나를 보는 후지타 교수를 내려다보며 말했다.

"미안합니다. 제가 속였습니다. 후지타 교수님의 설명은 완전히 다릅니다."

회의실이 침묵에 사로잡혔다.

"무슨 말이지? 어디가 다른데?"

침묵을 깨고 무라야마 기자가 물었다. 옆에서 후지타 교수가 새빨갛게 변한 얼굴로 나를 노려보았다. 그러나 내 종이 풍선은 더 이상 찌그러지지 않았다.

"논문의 시퀀스는 정말로 나왔습니다. 하지만 추가시험에서 재현할 수 없었습니다."

"다시 말해서 일전에 오아프 교수가 지적한 대로였네요!"

나는 고개를 끄덕였다. 후지타 교수가 신음 소리처럼 떠들었다.

"엉터리야. 아무런 증거도 없어."

후지타 교수를 보며 고개를 끄덕였다.

"증거는 없습니다. 그렇지만 후지타 교수님은 알고 계시죠! 그것이 진실이라는 것을……."

후지타 교수가 일어나며 나를 흘겼다.

"중학생이라고 생각하고 봐주니까 뒤에서 그런 나쁜 생각을 하고 있었구나. 아버지한테 상담 받아 속임수를 배웠어. 자네 아버지가 세계적인 게임이론 학자인 소네자키 신이치로 교수라며……."

후지타 교수의 공격에도 이상하게 마음이 평화로웠다. 그렇다고 해도 상황이 변한 것은 아무것도 없다. 어떻게 하면 좋을까? 증거가 있으면 좋을 텐데?

그때 "띠링" 하는 소리가 회의장에 울려 퍼졌다. 소리 나는 곳을 보니 사사키 선배가 일어나 휴대폰을 꺼냈다.

"종합 해부학 연구실의 사사키입니다. 소네자키 군의 선배로 함께 실험을 했습니다. 실은 어제 소네자키 군 아버지로부터 제게 온 소포가 있었습니다. 만약 오늘 회견에서 소네자키 군이 곤란한 처지에 놓이게 되면 열어보라고 했습니다. 순서는 문자 메시지로 알려주셨습니다. 지금이 바로 그때인 것 같아 설명하겠습니다. 잠깐 시간을 얻을 수 있겠습니까?"

사사키 선배는 검은 가방에서 소포를 꺼냈다. 후지타 교수는 사사키 선배를 노려보았다.

"제멋대로 하면 용서할 수 없어. 어째서 그렇게 중요한 일을 연구실 책임자인 내게 보고하지 않았나?"

사사키 선배는 싸늘한 눈초리로 대답했다.

"후지타 교수님은 어제 제게 집에서 대기하라는 명령을 하고 일체 연락하지 말라는 지시를 내렸기 때문입니다. 게다가 이것이 그렇게 중요한 거라고는 생각하지 못했기에……."

학장이 나섰다.

"좋아, 좋아. 그렇게 많은 시간이 걸릴 것 같지 않으니까 끝까지 들어봅시다."

후지타 교수는 학장을 보며 입술을 바르르 떨었다.

사사키 선배는 회의장을 한 번 둘러보았다.

"그럼 시작하겠습니다. 지시 1. 이 자리에서 중립적인 위치에 있는 분한테 도움을 요청하라."

질문을 했던 무라야마 기자가 사사기 선배에게 다가갔다.

"그 역할은 제가 맡겠습니다."

"지시 2, 소포가 개봉되지 않은 사실을 모두에게 알릴 것."

소포를 받아 든 무라야마 기자는 회의장 안에 있는 모든 사람들에게 소포를 보여주었다.

"확인했습니다."

"지시 3, 소포를 개봉한다."

무라야마 기자가 소포를 열자 종이 다발이 나왔다. 사사키 선배가 휴대폰을 보면서 계속했다.

"지시 4, 서류 1페이지 첫째 줄을 읽는다."

무라야마 기자가 헛기침을 한 후 첫째 줄을 읽었다.

"2월 18일 화요일. 맑음. 후지타 교수에게 이끌려 태어나서 처음으로 도쿄 대학 의학부에 갔다. 엘리베이터 불빛이 꺼져 깜짝 놀랐다."

내 업무일지다! 아버지의 서류가 무엇인지 그제야 이해가 갔다. 그런데 아버지는 내 업무일지로 도대체 무엇을 하려는 것일까? 내가 고개를 갸우뚱하기 전에 사사키 선배가 먼저 말했다.

"이것은 소네자키 군이 도쿄 대학에 다니면서 매일 쓴 업무 일지인 것 같습니다."

"그게 어쨌다고?"

후지타 교수가 탐탁지 않다는 듯 툭 던졌다.

사사키 선배는 신경 쓰지 않고 휴대폰 화면을 읽었다.

"지시 5. 별첨 25페이지 다섯째 줄을 읽어라."

페이지를 들쳐본 무라야마 기자는 눈이 휘둥그레졌다. 잠시 머뭇거리다 읽었다.

"4월 14일 화요일. 이슬비. 후지타 교수는 추가시험이 확인 되지 않았지만 〈네이처〉지에 응모하기로 했다, 고 한다."

회의실에 무거운 침묵이 가라앉았다. 정적을 깨고 입을 연 사람은 검은 양복의 마피아인 후지타 교수였다. 목소리가 묘하게 밝았다.

"오호! 역시 세계적인 게임이론 학자다운 속임수군요. 하지만 그런 정도에 속아 넘어가지 않습니다. 그렇게 손으로 쓴 문서는 증거 능력이 있을 수 없습니다. 문제가 발각되어 열흘이나 흘렀기 때문에 그 사이 급하게 노트를 만들었을 수도 있습니다."

종이 다발을 훑어보며 무라야마 기자가 말했다.

"이 정도 분량의 직접 쓴 서류를 열흘 남짓한 시간 안에 만들기란 쉬운 일이 아니죠."

후지타 교수가 무라야마 기자를 노려보았다.

"일주일이면 충분합니다. 인간은 쫓기면 무엇이든 할 수 있으니까요. 그것이 진짜라면 원문은 이렇게 되었을까요? 보여주시죠. 아아, 원문이 있고 없고는 문제가 안 되겠군요. 전부 만들어낸 거니까."

나는 후지타 교수의 얼굴을 보고 되받아 쳐주었다.

"나는 날조 같은 거 안 해요."

"증명할 수 없으면 거짓말이라고 해도 할 수 없잖은가, 소네자키 군! 우리처럼 증명을 중시하는 과학 분야에서는 더더욱……."

그렇다면 과학 세계에서 가장 멀리 떨어진 존재가 후지타 교수 자신이 아닌가? 목구멍까지 치밀어 올라온 말을 꿀떡 삼켜버렸다.

그때 사사키 선배가 나섰다.

"기다려 주세요. 문자 메시지를 보면 지시사항이 일정한 순서도로 이루어져 있습니다. 반론이 있을 경우 대처법. 서류가 기재된 시기에 대한 의문이 나올 경우, 그럼…… 저기…… 지시 11로 가라."

사사키 선배는 휴대폰을 높이 들어 화면 속 아버지 말을 읽었다.

"지시 11, 서류 뒤를 보아라. 이어서 16으로……."

지쳤다. 아버지는 늘 이렇게 맥이 풀리게 한다.

무라야마 기자가 서류 뒤를 보고 야릇한 표정을 지었다.

"뭐야? 서류 전체에 우체국 소인이 찍혀 있네요."

"지시 16, 소인 날짜를 읽어라."

"16. Aug. 2020. 이니까 2020년 8월 16일 이군요."

무라야마 기자 대답에 사사키 선배가 휴대폰을 읽어주었다.

"지시 17, 다음 문장을 읽어라."

사사키 선배는 헛기침을 했다.

"소인은 미국 보스턴 국제우편 날인으로 이 서류가 작성된 날짜는 8월 16일이라는 것이 증명된다. 이번 문제가 발각된 것은 8월 31. 다시 말해서 의혹에 맞춰 서류 날조가 불가능함과 동시에 이 서류가 절대적으로 내 아들인 카오루 것이라는 것을 객관적으로 증명한다."

회의실 모두의 시선이 후지타 교수에게 쏠렸다.

순간 멍한 표정이 된 후지타 교수였지만 곧바로 미소를 띠며 천연덕스럽게 말했다.

"이런, 상당히 신경 쓴 사기술이네요. 미국 우체국 소인이 찍혔기 때문에 서류 작성일이 확정되었다고? 게임이론의 제일인자인 소네자키 교수라면 그런 소인 하나 쯤이야 컴퓨터 그래픽으로 간단하게 만들어낼 수 있죠. 범죄행위이지만 범죄에 관해서는 무감각하니 소인 날짜를 날조한 것은 아닐까요? 필요하다면 제가 같은 위조를 해보여 드릴까요? 시간만 있으면 얼마든지 가능합니다."

아무리 추궁을 해도 끝이 나질 않는단 말인가? 아, 아버지가 여기에 있었으면…….

그러나 체스는 끝나지 않았다. 사사키 선배가 휴대폰을 읽었다.

"이렇게 해도 여전히 후지타 교수가 소인 날조 등을 근거로 이 서류의 신빙성을 인정하지 않는다면 지시 22로 가라."

사사키 선배는 휴대폰을 눌렀다.

"지시 22, 마지막 페이지 뒷면을 보아라."

무라야마 기자는 서류 맨 뒷면을 보았다.

"영어 사인과 코멘트가 있습니다."

"도대체 누구의 무슨 코멘트야?"

후지타 교수 물음에 무라야마 기자는 눈을 가늘게 뜨고 영어를 읽었다.

"저기, P.oafu. 필립 오아프 교수가 직접 쓴 사인입니다. 날짜는 역시 8월 16일입니다."

"뭐라고 쓰여 있지?"

후지타 교수 말에 무라야마 기자가 내용을 보며 더듬더듬 번역했다.

"내 친구 신이치로의 아들이 일전에 만난 소네자키 카오루라는 사실을 알고 놀랐다. 일본어는 읽지 못하지만 소네자키 주니어의 업무일지에서 천재 중학생 의학도의 연구 족적을 볼 수 있는 2020년 8월 16일을 기념하고 평생 잊지 않을 것을 사인과 더불어 맹세한다. 필립 오아프."

무라야마 기자 말과 동시에 사사키 선배가 휴대폰을 읽었다.

"지시 25. 디어 카오루. 네가 갖고 있는 아버지 편지를 검증인에게 주어라."

소인 날짜는 8월 17일이라고 하면서 무라야마 기자가 봉투에서 꺼낸 것은 논문을 따로 복사한 것이었다. 표지를 보고 내 가슴이 뛰었다. 한눈에 오아프 교수의 〈네이처〉지 기고 논문 사본임을 알 수 있었기 때문이다. 사진이 동봉되어 있고 내 업무일지를 든 오아프 교수가 웃고 있었다. 사진에도 날짜와 함께 서명이 적혀 있었다. 영어로 Dear Kaoru, 라고 쓰여 있었다. 당연한 일이지만 '디어' 라는 표현이 일본어가 아니라 진짜 영어로 적혀 있었다.

"국제우편 소인은 8월 17일입니다."

무라야마 씨가 확인했다. 후지타 교수는 파랗게 질려 얼어붙은 채 꼼짝도 못했다.

"지시 27. 사인한 일시를 오아프 교수에게 직접 확인해 받을 수도 있다. 이상으로 이 문서가 문제 발각 전에 작성된 사실을 확인할 수 있는 증명이 되었다. 지시 30으로."

사사키 선배는 한숨을 돌리고 계속 이었다.

"지시 30. 후지타 교수에게. 나는 아직 일지 내용을 오아프 교수에게 실명하지 않았다. 오아프는 원만한 성격의 소유자이지만 학문에 있어서는 엄격하다. 사실을 알면 국제 학회지 심사위원회 소집을 열 수도 있다. 지시 25를 대리인인 사사키가 읽는다면 최악의 사태가 일어날 수도 있다고 생각한다. 더 이상 카오루 업무일지 신빙성에 의혹을 품는다면 사사키에게 맡긴 일은 이것으로 종료하고 나 소네자키 신이치로가 직접 보스턴에서 국제학회지 심문위원회 이사인 오아프 교수에게 면담을 신청하겠다."

후지타 교수는 눈을 멀뚱거리며 나와 사사키 선배 휴대폰을 번갈아 노려보았다.

회의장에 무라야마 기자의 목소리가 울려 퍼졌다.

"후지타 교수의 보고야말로 최대의 날조였습니다."

후지타 교수는 금방이라도 쓰러질듯이 비틀댔다. 거의 쓰러지려는 찰라 후지타 교수를 붙잡고 나선 사람은 옆에 있던 모모쿠라 씨였다.

모모쿠라 씨는 후지타 교수를 오른손으로 붙잡으며 마이크를 잡았다.

"추가시험을 태만히 한 사람은 접니다. 모든 책임은 제게 있습니다."

나는 정말로 깜짝 놀라 마이크를 붙잡은 모모쿠라 씨를 보았다.

혼이 나간 듯한 후지타 교수를 대신해서 모모쿠라 씨가 담담하게 설명을 덧붙였다. 추가시험을 두 차례 시행했지만 시퀀스 재확인이 불가능했던 일. 교수님에게 무슨 일이 있어도 시퀀스를 재현하라는 명령을 받았던 사실. 그러는 사이 시료량이 줄어들어 추가시험이 곤란한 지경에 이르렀던 일. 그리고 논문이 주목을 받게 되어 오류를 정정할 기회를 놓친 일 등.

모모쿠라 씨 이야기에 거짓은 없었다. 모두가 사실이었다. 단 하나 말하지 않은 것이 있었다.

내가 입을 열려는 순간 모모쿠라 씨의 눈에서 빛이 났다. 모모쿠라 씨는 내게 시선을 고정한 채 설명을 이어갔다. 나는 입을 벌린 채 모모쿠라 씨를 응시했다.

왜? 무엇 때문에? 마음속으로 묻고 있는 사이 모모쿠라 씨는 고개를 떨어뜨렸다.

"이번 소동의 원인은 제가 소네자키 군에게 정확히 후지타 교수님의 말을 전달하지 못했기 때문이며 그 오해가 증폭된 결과입니다. PCR이라는 실험에서는 처음에 작은 컨태미가 섞여도 그 결과가 엄청나게 달라집니다. 이것은 현실에서도 마찬가지입니다. 작은 오류가 눈덩이처럼 커집니다. 그러니까 실수는 눈치 챈 그 단계에서 철저하게 제거해야만 합니다. 이번 일은 그 일을 소홀히 한 지도교관인 저의 실수입니다. 소란을 일으켜서 대단히 죄송합니다."

학장은 팔짱을 낀 채 모모쿠라 씨를 쳐다보았다.

오른쪽 끝에서 고개를 떨어뜨리고 있는 모모쿠라 씨를 응시하며 우즈키 씨가 맑은 소리로 말했다.

"이상으로 도쿄 대학 의학부 의학연구원 기초해부연구실에서 발생한 논문 날조 의혹 설명 기자회견을 마치겠습니다."

모여 있던 기자들은 고개를 갸우뚱하며 삼삼오오 방을 나갔다.

하얀 와이셔츠를 입은 무라야마 기자가 내 어깨를 툭툭 쳤다. 손에 들고 있던 업무일지를 내게 주었다. 그리고 그도 회의장을 떠났다.

회의장에 남겨진 우리들은 얼어붙은 채 그대로 있었다.

기자들의 모습이 사라지자 학장이 후지타 교수에게 물었다.

"모모쿠라 군 이야기가 맞습니까?"

후지타 교수의 표정이 가늘게 떨렸다. 하지만 그 표정은 이내 본래의 가면 속으로 숨어들어갔다.

"네, 사실이 그렇게 됐습니다."

모모쿠라 씨는 고개를 숙인 채 아무 말도 하지 못했다. 학장은 덧붙였다.

"리스크매니지먼트 위원회와 엑시스 커미티에서 올라온 보고와 내용이 상당히 다른 것 같네요."

"죄송합니다. 실은 저도 오늘 아침 처음 들었습니다."

입에 발린 말투가 보통 때의 후지타 교수였다. 가슴 속에서 말할 수 없는 분노가 치밀어 올랐다.

'되받아쳐 봐요, 모모쿠라 씨!'

하지만 모모쿠라 씨는 아무 말도 하지 않았다. 학장이 말했다.

"그러면 이 건에 관한 처분은 다시 알려주지요. 단, 지금 이
야기가 사실이라면 소네자키 군 처분은 필요 없습니다. 따라
서 후지타 교수가 제출한 소네자키 군 학적등록 말소 청원은
취소하는 것이 좋을 것 같습니다."

"그, 그것은……."

후지타 교수는 학장의 날카로운 눈빛에 눌려 입을 다물었
다. 나는 조용히 옆에 있는 사사키 선배에게 속삭였다.

"어떻게 된 거에요?"

사사키 선배는 더 작은 소리로 속삭였다.

"대학이 너를 자르기로 한 명령을 철회한 거야. 너는 우리
연구실에서 계속 연구할 수 있게 됐다고."

학장은 내게 미소를 보내고 회의장을 나갔다.

종합 해부학 연구실의 멤버만 남자 후지타 교수는 어깨를
펴고 모모쿠라 씨를 지목하며 말했다.

"자네 덕분에 터무니없는 수치를 모면했어. 그런데 상황이
이렇게 되면 더 이상 자네를 연구실에 둘 수가 없게 됐네. 박
사학위는 포기하게."

"각오하고 있었습니다. 죄송합니다."

"대체 무슨 생각을 하고 있는 거야?"

후지타 교수는 화가 난 듯 모모쿠라 씨를 질책했다.

사사키 선배가 내 옆으로 와 속삭였다.

"내가 오른손을 들면 내 이름을 불러!"

"뭐? 왜요?"

"이러쿵저러쿵 묻지 말고 이름이나 불러. 알았어?"

사사키 선배는 뭘 어쩌려는 걸까? 나는 이유도 모른 채 고개를 끄덕였다. 사사키 선배는 내게서 떨어졌다. 그리고 내게 등을 보이고 책상 위에 흩어진 서류들을 정리하기 시작했다. 나는 한쪽에서 멍하니 그 모습을 지켜보았다. 후지타 교수는 모모쿠라 씨를 큰 소리로 꾸짖은 후 회의실을 나서려고 했다.

나와 사사키 선배 사이를 후지타 교수가 지나가려고 하는 순간 사사키 선배의 오른손이 올라갔다. 나는 그가 지시한 대로 크게 외쳤다.

"사사키 선배!"

사사키 선배가 돌아보았다. 서서히 몸이 회전하며 치켜들었던 오른팔이 크게 반원을 그었다. 그 궤적과 동시에 사사키 선배의 오른팔이 후지타 교수의 턱에 명중했다.

"퍽" 하는 소리가 났다. 마치 슬로우 화면처럼 사사키 선배의 주먹이 후지타 교수의 볼에 작렬했다. 후지타 교수의 눈이 크게 일그러졌다. 그와 동시에 비명을 지르며 뒤로 자빠졌다.

검은 양복을 입은 후지타 교수는 쓰러졌다. 그리고 그가 서 있던 자리에 사사키 선배의 모습이 들어왔다. 주먹을 날린 사사키 선배는 한손으로 작은 승리의 포즈를 취했다. 입가에 회심의 미소가 번졌다. 금색 단추가 반짝하고 빛났다.

"아, 미안합니다. 후지타 교수님!"

사사키 선배는 엉거주춤 후지타 교수에게 다가가 몸을 일으켜 세웠다. 그리고 나를 노려보았다.

"갑자기 사람 이름을 부르고 그래, 멍청아!"

나는 실실 웃으며 후지타 교수 등을 향해 고개를 조아렸다.

"죄송합니다. 사사키 선배!"

사사키 선배는 교수의 옷에 묻은 먼지를 털면서 한마디 던졌다.

"앞으로도 우리의 레티노 연구 지원을 부탁합니다."

후지타 교수는 멍하니 사사키 선배와 나를 번갈아 보았다.

보고 있자니 교수의 왼쪽 볼이 부어오르는 게 보였다. 혼이 나간 후지타 교수를 우즈키 씨가 부축해서 나가자 사사키 선배와 니 그리고 모모쿠라 씨 단 세람만 남게 되었다.

우리는 유리로 된 엘리베이터를 타고 스카이레스토랑인 만텐으로 갔다. 저녁 무렵 만텐은 사람들로 붐볐다. 우리 세 사람은 모두 타누끼 우동을 주문하고 창가 자리에 자리를 잡았다.

나는 조용히 우동을 먹다가 더는 참지 못하고 입을 열었다.

"왜 그런 거짓말을 했어요?"

모모쿠라 씨는 묵묵히 우동을 먹기만 했다. 나는 다시 같은 질문을 던졌다. 모모쿠라 씨가 툭 내뱉듯이 말했다.

"그게 제일 좋은 방법이라고 생각했으니까. 게다가 거짓말도 아니잖아."

"그렇게 되면 모모쿠라 씨만 나쁜 사람이 되잖아요?"

"괜찮아. 그것으로 끝났어."

"괜찮지 않아요."

"괜찮아. 그렇게 하지 않으면 소네자키 군이 모든 것을 뒤집어 써야 할 판이야. 그것보다 훨씬 낫잖아."

"하지만 조금만 있었으면 후지타 교수가 제일 나쁜 사람이 될 수 있었는데……."

모모쿠라 씨는 씁쓸하게 웃었다.

"후지타 교수를 사람들 앞에서 모욕을 준다고 뭐가 달라지는데?"

내가 고개를 갸우뚱했다.

"너는 아직 어려. 언제나 정의가 옳은 것은 아니야. 그런 꿈같은 이야기는 「하이퍼맨 박카스」 속에나 나오지."

모모쿠라 씨는 나와 사사키 선배를 번갈아 보다가 사사키 선배에게 말했다.

"사사키 군이 연구실에 드나드는 이유는 뭐지?"

사사키 선배는 기다렸다는 듯 대답했다.

"레티노를 정복하고 싶어서요."

모모쿠라 씨가 고개를 끄덕였다.

"그러니까 이게 제일 좋은 방법이라는 거야. 후지타 교수가 나쁜 짓을 했다는 사실이 명확해지면 연구실 문을 닫아야 해. 그렇게 되면 실험은 중지될 수밖에 없어. 그러니 내가 대신 뒤집어쓰는 편이 나아."

사사키 선배는 화를 냈다.

"농담 말아요. 모모쿠라 씨를 희생시키면서까지 연구하고 싶지 않아요."

"그것은 안 될 말이야."

모모쿠라 씨의 확고부동한 말투에 우리 두 사람은 멍해졌다.

"나 정도는 어떻게 돼도 의학에는 아무런 해가 안 돼. 연구실에 3년 이상 있어도 논문 하나 제대로 써내지 못했어. 도움이 안 되는 연구원이지. 내년 봄에는 외과로 돌아가게 되어 있고 모교인 쿄쿠호쿠 대학에서 오라는 손짓도 있어. 여기가 아니라도, 연구를 하지 않아도 살아갈 수 있지. 그렇지만 사사키와 소네자키 군 연구가 멈추면 의학의 진보가 없잖아. 그리고 그만큼 레티노로 인해 슬픈 기억을 갖게 되는 아이들이 늘게 되고……. 자네들은 재능이 있어. 그러니까 레티노 퇴치를 위해 노력했으면 좋겠어. 그렇게 하지 못하면 내가 뒤

집어쓴 일이 아무 의미 없어져······."

석양에 비친 모모쿠라 씨의 얼굴이 빛났다.

"나는 더 이상 연구실에 남지 않아. 내일 대학원 자퇴 원서를 내고 고향으로 돌아갈 생각이야. 사사키와는 2년 가까이, 소네자키 군 하고는 반 년 정도 됐지만 함께 해서 즐거웠다."

모모쿠라 씨가 일어섰다. 그러더니 창문 너머를 응시했다.

"태양이 지는구나. 늦었으니 이제 돌아들 가라."

나는 모모쿠라 씨의 옆모습을 바라보았다. 두 번 다시 볼 수 없을 것만 같은 생각이 들어서였다. 모모쿠라 씨는 나를 보고 미소 지었다.

"소네자키 군도 중학교 2학년이니까 열심히 해서 방정식 정도는 알아야지?"

나는 애써 터져 나올 것만 같은 눈물을 참았다. 무엇인가 말하고 싶었지만 사사키 선배도 나처럼 입을 다물고 있었다. 모모쿠라 씨는 사사키 선배에게 말했다.

"아까는 멋진 펀치였어. 솔직히 가슴이 후련했다."

사사키 선배는 겸연쩍은 듯 미소 지었다.

"너희 둘은 좋은 콤비야. 앞으로도 열심히 해서 레티노를 퇴치하도록."

우리 둘은 크게 고개를 끄덕였다.

우리는 만텐을 나왔다. 버스 정류장에서 모모쿠라 씨와

사사키 선배가 나를 배웅해주었다.

버스가 언덕을 내려가기 시작하고 모모쿠라 씨 모습이 콩처럼 작아질 때까지 나는 세차게 손을 흔들었다. 그리고 잠시 후 모모쿠라 씨 모습이 시야에서 사라졌다. 그 대신 어둠을 배경으로 도쿄 대학 부속병원인 거대한 백색 빌딩이 희미하게 빛을 발하기 시작했다.

그날 밤 나는 아버지한테 오랜 시간 들여서 메일을 보냈다. 몇 차례나 고치고 고치다 결국 내용은 짤막하게 마감되었다.

✉ 아버지께!

오늘 감사했어요. 설마 사사키 선배에게 도움을 요청했을 줄 몰랐어요. 덕분에 나는 명예를 지킬 수 있었어요. 그 대신 소중한 사람을 잃어버렸어요. 정말 이렇게 해도 괜찮은지 나는 잘 모르겠어요.

저녁은 야마사키 아줌마가 만들어준 카레를 먹었다. 사쿠라 TV와 유우히 TV의 저녁 뉴스를 보았지만 기자회견 보도는 나오지 않았다. 방에 들어오자 아버지로부터 메일이 와 있었다.

✉ 디어, 카오루!

잘했다. 아버지가 도와준 건 맞지만 카오루가 신념을 갖고 진실을 밝혔다는 게 더 중요한 사실이다. 아무리 아버지가 사사키에게 부탁해 놓았다고 해도 카오루 네가 스스로 일어나지 않았다면 아무것도 할 수 없었을 거다. 오늘의 일은 카오루 네 용기의 결과물이다.

몸에서 힘이 쫙 빠졌다. 메일 한 통이 더 있었다.

✉ 디어, 카오루!

너는 소중한 사람을 잃었을지 모른다고 말했지. 그것은 어쩔 수 없는 일이다. 하나를 얻으면 다른 하나를 잃게 마련이니까. 그것이 두려워서 아무 것도 하지 않는 것은 아주 잘못된 생각이다. 카오루는 소중한 사람을 잃어 마음이 아프겠지만 시간이 지나면 괜찮아질 거다. 그 사람의 마음속에는 카오루가 용기를 갖고 일어섰던 모습이 계속 남아 있을 거야.

네 마음속에도 소중한 그 사람의 용기 있는 모습이 언제까지나 찬란하게 빛나는 것과 같은 이치지.

아버지 말을 곱씹었다. 그때 "띠링" 하는 신호음과 함께 따끈따끈한 메일 한 통이 도착했다. 서둘러 메일을 열어보았다.

✉ 디어, 카오루!

좀 전의 메일에 아주 중요한 사실 한 가지를 빼먹었다. 아버지는 카오루가 내 말을 노트에 적어 놓고 있는 사실을 알고 있었다. 실은 아버지도 좋아하는 말을 써놓는 노트를 갖고 있다. 이 메일 마지막 부분에 아버지가 오늘 아침에 적은 멋진 말을 전해주마. 굉장히 멋있는 말이니 카오루도 꼭 맘에 들 거라 생각한다.

눈길이 마지막 한 줄로 옮겨졌다. 그리고 나도 모르게 미소가 피어올랐다. 거기에는 다음과 같이 쓰여 있었다.

"길은 언제나 자신의 눈앞에 펼쳐져 있다"라고 카오루가 말했다.

감사의 말과 미래에 대한 조언

이 이야기는 많은 사람들의 도움으로 완성되었다. 리론샤의 코우모리 씨와 고미야마 씨를 비롯하여 의학전문 일간지 〈닛케이 메디컬〉의 風間 씨. 일러스트 요시타케 신스케 씨. 교정을 봐 주신 石飛 씨, 디자인 守先 씨, 인쇄소 여러분, 영업하신 분들, 책을 많은 사람들에게 전달해준 책방 주인님들 그리고 이 책의 첫 독자가 되어준 딸 아이, 게다가 이 책을 끝까지 읽어준 독자 여러분에게 감사의 말씀을 전한다.

이 이야기는 중고등학생을 대상으로 썼지만 연재 중에 잡지를 읽은 의사와 의료종사자 분들이 상당히 재미있었다는 감상을 보내주었다. 그래서 어른이나 전문가도 즐길 수 있는 글이 되었다는 자부심이 생겼다.

여기서 중고생 여러분에게 이 이야기에 관련된 메시지를 주고 싶다.

장차 의사와 간호사 또는 의료계에서 일하고 싶어 하는 사람에게 말하고 싶다. 의료는 병을 치료하는데 그 최종 목적이 있지만 그것만으로 이루어지는 단순한 일이 아니다. 병자를 고치는데 의학연구 같은 것은 어떠해도 상관없다고 생각하는 것은 커다란 오류다. 연구라는 사고방식을 몸에 익히지 않으면 객관적 치료를 할 수 있는 감각을 얻기가 어렵기 때문이다. 연구는 공평한 마음으로 행해야만 한다. 후지타 교수 같은 마음으로 연구를 해선 절대 안 된다. 현실적으로 후지타 교수 같은 연구자는 많지 않지만…….

다음으로 의사나 간호사는 절대 안 되겠다고 마음먹고 있는 사람들에게 전한다.

이 이야기는 그러한 사람들이 꼭 읽어주었으면 한다. 싫든 좋든 간에 의료는 어떠한 사람에게도 관련되어 있다. 태어나서 죽을 때까지 한 번쯤 병원 신세를 지지 않는 사람은 없다. 그렇기 때문에 병원에서 어떤 일들이 일어나고 있는지 의사와 간호사라는 사람들은 어떤 사람들인지 알아 둘 필요가 있다.

모른다는 것은 자신의 인생에 마이너스 요인이 될 수 있다.

무지는 죄다.

마지막으로 소설가가 되고 싶어 하는 분들에게 전한다.

이야기는 쓰려고 해서 써지는 것이 아니지만 포기하지 말고 매일매일 열심히 하기 바란다. 그러면 언젠가는 쓸 수 있게 된다. 반드시 그렇게 될 것이다. 내가 살아 있는 그 증거다. 나는 초등학교 6학년 때 처음으로 이야기를 썼다. 그리고 두 번째 이야기를 썼을 때가 마흔 네 살이었다.

자, 카오루 군의 모험은 앞으로도 계속 될 것이다. 또한, 여러분과 마주 할 그날이 올 때까지 때때로 카오루가 써놓은 노트를 생각해주기 바란다. 이 말은 반드시 여러분에게 용기와 희망을 던져줄 것이다.

2008년 1월 1일 가이도 다케루